Le dernier NUAGE

Ouvrage publié avec le concours de Florence Sultan

ISBN 9782357209237

Frédéric Chignac

Le dernier NUAGE

ÉDITIONS HERVÉ CHOPIN

À Gustave, Eliot et Raphaël

1

Il faisait froid le 6 décembre 1802. Le ciel était dégagé, moucheté de petits nuages blancs et ovales qui filaient au-dessus des toits, poussés par un vent d'est qui rendait l'air de Londres presque transparent. Luke Howard venait d'avoir 30 ans. C'était un homme réservé, austère, toujours vêtu de noir. Il appartenait à la communauté des quakers, une société religieuse dont les membres s'appelaient entre eux « Amis » et nommaient les autres « gens du monde ». Le plus souvent, on les considérait avec une bienveillance teintée de raillerie, en raison de leurs manières austères et d'une tenue vestimentaire dénuée de fantaisie. Ils tutoyaient tout le monde, ne s'adressaient à personne par un « monsieur » ou « madame », et Howard ne dérogeait jamais aux règles de son groupe. C'était un bon quaker, et pourtant il était fou. Fou de nuages et de météorologie, depuis son enfance.

Il exerçait le métier d'apothicaire. Son officine se trouvait au cœur de la capitale, 29 Fleet Street, dans une maison étroite, en briques rouges et grises. Le rez-de-chaussée servait à la fabrication et au commerce des médicaments, la famille Howard vivait au premier étage et le deuxième abritait un autre laboratoire où l'on confectionnait les savons et les parfums. C'est là que Luke était assis, près d'une fenêtre haute, à petits carreaux, permettant de voir loin, au-delà de la rive droite de la Tamise. Son visage était blanc, son front très haut, sa pâleur rehaussée par des yeux d'un noir profond, il finissait le croquis d'un nuage. Ces derniers mois, il les passait essentiellement à représenter le ciel. Son assistant se trouvait à ses côtés, il n'avait pas 20 ans, cherchait à se vieillir en laissant pousser les quelques poils de ses joues. Silvanus Bevan imprimait sur les savons le sceau de la maison Howard, une figure géométrique créée par Mariabella, la femme de Luke. De temps en temps, il ne pouvait s'empêcher de jeter un coup d'œil vers le dessin de son patron, qui sentait la curiosité du laborantin passer par-dessus son épaule. Silvanus trouvait l'image ressemblante et belle, mais il s'interrogeait de plus en plus sur la frénésie artistique d'Howard, se demandant s'il ne basculait pas dans un autre monde. L'apothicaire ne faisait que se rapprocher du seul sujet qui le passionnait, quitte à y laisser sa peau.

— Qu'en dis-tu Silvanus?

— On dirait qu'il est vrai, c'est le même que celui qu'on voit depuis notre fenêtre.

— Ainsi que de toutes les fenêtres de Londres et d'ailleurs.

Silvanus se remit à signer les savons, son geste était mécanique, son esprit tourné lui aussi vers le ciel.

— Mais les nuages sont-ils partout les mêmes? Dans tous les pays, sur toutes les mers?

— Je le pense. J'en suis même convaincu.

Un troisième homme se trouvait dans la pièce, Thomas Forster, ami d'enfance d'Howard et journaliste pour le compte d'une revue très populaire en Angleterre, *The Gentleman's Magazine*. Il était assis dans un coin, accaparé par la lecture d'un livret intitulé *Sur les modifications des nuages*. Sous le titre, il y avait le nom de Luke Howard. Forster était blond, élégant, il portait un gilet rouge sous une veste noire et des bottes en cuir, il avait une petite cicatrice sur la pommette droite et de larges épaules. Rien ne détournait son attention, il avalait les pages. Arrivé au bout du cahier, il se redressa, observant son auteur pendant de longues secondes, puis il déclara:

— C'est brillant, vraiment. C'est osé, mais c'est brillant. Je vais en parler au journal.

Les compliments n'avaient apparemment pas de prise sur Howard, les angles aigus de son corps les détournaient et les précipitaient dans le vide. Il demeurait silencieux, sourd aux louanges que son éducation lui avait appris à ignorer. Les mots de son ami faisaient pourtant vibrer son cœur. Rien de ce qui provenait de Forster ne lui était indifférent.

— J'ai juste une petite réserve, ou plutôt une interrogation, ajouta le journaliste en laissant planer le doute.

— Vas-y.

— Es-tu sûr d'en avoir fini avec ta description du ciel?

Howard fixa son ami, il savait cette question inévitable de sa part, il la traita avec détachement.

— Rien n'est jamais fini.

— Mais encore?

— J'ai dit tout ce que je sais ou plutôt tout ce que je pense avoir compris.

Forster n'insista pas, sachant que c'était inutile.

Quelques heures plus tard, Thomas Forster bataillait avec William Markham, un homme d'une bonne cinquantaine d'années, rond, chauve, le visage sans rides avec des bajoues qui tombaient sur son col, son regard était fuyant mais d'une prodigieuse acuité; il captait tout, instantanément. Le patron du *Gentleman's Magazine* n'élevait jamais la voix, elle était toujours faible et douce, en toutes circonstances, surtout quand il avait affaire à un interlocuteur qui s'emportait. Il poursuivait la relecture d'un article sur le projet de restauration d'un château du Moyen Âge, à Saltwood, dans le Kent. Il soulignait les phrases de son index droit, pendant que Forster s'époumonait à le convertir:

— On s'intéresse aux châteaux, à l'architecture et même aux ruines, qu'est-ce qu'on doit faire des ruines? C'est important l'avenir des ruines!

Markham suspendit son travail pendant que son journaliste assénait ses arguments. Cette allusion était évidemment une attaque, une provocation chargée d'ironie destinée à le faire sortir de sa réserve.

— ... aux animaux aussi, aux poissons, aux traditions, mais aux nuages, jamais ! On se demande pourtant en permanence ce qu'ils nous réservent ! Pour notre confort quotidien, pour décider de la façon dont on va se vêtir, si on va se lancer dans telle activité ou y renoncer. Ils nous gouvernent en quelque sorte, mais on ne sait rien de leur fonction, de leur caractère. On ne fait pas de distinction entre eux. Ce sont « les nuages ». Alors qu'Howard nous éclaire avec sa théorie, il nous ouvre un monde, nous l'explique, en utilisant une nomenclature universelle, révolutionnaire ! La classification d'Howard est totalement révolutionnaire !

Markham leva enfin les yeux de son article. Ils étaient d'un bleu très clair, perçants. Quand il ne pouvait plus fuir, il les plantait dans ceux de son adversaire pour ne plus les lâcher jusqu'à susciter le malaise, mais sa voix restait toujours aussi posée.

— C'est bien ça qui m'inquiète justement, c'est ce côté révolutionnaire.

— Mais ce sont les révolutions qui font bouger les lignes, elles n'apportent pas que le chaos ou la mort. La théorie d'Howard est une révolution pacifique.

— Vous oubliez que nous sommes une revue sérieuse. On n'écrit pas sous le coup de l'émotion ici, ni de la sensation. Qui est ce monsieur Howard ? Un apothicaire ! A-t-il une quelconque légitimité pour parler d'un sujet n'ayant rien à voir avec ses compétences ? Aucune !

— Je suis journaliste, mais je suis aussi un scientifique. J'ai lu sa théorie.

— Vous êtes jeune, plein d'enthousiasme pour les idées nouvelles ! C'est bien d'avoir de l'enthousiasme, mais cette théorie me semble très fragile.

— La jeunesse n'a rien à voir avec mon jugement.

— C'est juste un quaker qui se prend pour ce qu'il n'est pas. Vous voulez que je vous fasse la liste des vrais hommes de science qui ont étudié le ciel avant votre apothicaire? Je crois que votre intuition vous conseille mal aujourd'hui. Laissez tomber. Ne perdez pas de temps. C'est votre amitié qui vous aveugle. On ne peut pas être lucide avec un ami. Faites-moi confiance, Forster. Passez à autre chose.

Avant de se coucher, Mariabella Howard consacrait toujours un peu de temps à la broderie qu'elle avait apprise à l'école d'Acworth, près de Leeds. C'est là qu'ils avaient fait connaissance. Il y avait un pensionnat pour les filles et un autre pour les garçons, tous quakers. De temps en temps, les élèves se rencontraient, notamment pour les expositions de broderies. L'école accordait une grande importance à cette discipline. Elle enseignait les techniques les plus complexes et un style géométrique dont le sens était seulement connu des quakers. Alors qu'il faisait le tour de l'exposition, Luke s'arrêta devant un ouvrage noir et blanc. L'œuvre l'intriguait. Elle cachait un mystère qu'il cherchait à percer, une voix lui murmura à l'oreille :

— C'est un oiseau.

Mariabella était fine, c'était une liane, le visage ovale, avec des longs cheveux raides, très bruns, qui s'échappaient de sa coiffe, et des yeux noirs.

— Je vois bien que c'est un oiseau, mais il n'a pas d'œil !

— Parce que c'est un oiseau aveugle.

— Il existe réellement ?

— Non. Je l'ai inventé, je n'arrivais pas à broder l'œil tel que je le voulais.

Elle l'étudiait, attendant la question suivante, en vain. Il était dérouté par sa liberté. Elle l'éblouissait, l'enivrait d'un sentiment inconnu. L'exposition suivante, Mariabella avait dissimulé dans une de ses broderies, les initiales LH. Elles étaient presque invisibles, mais Luke dit aussitôt :

— C'est celle-ci que je préfère.

Mariabella remarqua qu'une de ses lèvres tremblait, il ne fit rien pour masquer sa nervosité, elle saurait tout de lui. Ils sentaient que leur rencontre les figeait dans l'éternité, que leurs existences s'emboîteraient l'une dans l'autre, comme les pièces du mécanisme complexe d'une horloge. Mariabella avait 13 ans et Luke 14.

Mariabella n'a jamais cessé de broder, c'était son passe-temps favori et le fil qui les ramenait à l'origine de leur amour. Depuis Acworth, ils avaient eu trois enfants. Chaque soir, Luke suivait l'évolution de la broderie en cours et Mariabella soupesait la curiosité de son mari, sans même voir son visage. Elle était dense ou distante, selon son humeur et ses pensées. Ce soir-là, elle était nulle.

— Et si l'on m'applaudit, que devrai-je faire?

Après un court silence, Mariabella répondit:

— Rien.

2

Howard sortait toujours la tête couverte d'un chapeau à large bord. Il était grand et mince, marchait les mains libres à travers des rues étroites, surpeuplées et bruyantes, balayées par un vent froid et humide. Une femme cria « Au voleur », un homme souffla dans une corne blanche, produisant un son fort et lugubre, puis il plongea une main dans son dos pour saisir une gazette qui disait tout du « Meurtre abominable de Lombard Street ». Londres grossissait de jour en jour, elle était devenue la capitale mondiale du commerce. Un porteur de chaises qui venait de le bousculer insulta Howard qui ne réagit pas, n'entendant rien, ne voyant rien, ses pensées l'absorbaient. Silvanus l'accompagnait, il portait sous les bras deux grands cartons dans lesquels il avait glissé les aquarelles peintes par son patron.

— J'espère que ça va bien se passer, dit Silvanus, soucieux lui aussi.

Howard ne s'y attendait pas, surpris que son assistant lui fasse part de ses doutes. La seule réponse qui lui vint fut un rictus.

— Ça va bien se passer, répéta Silvanus, d'un ton plus affirmatif.

Ils se rendaient à l'Askesian Society, située 2 Plough Court. Quelques années auparavant, cette salle était encore un laboratoire de chimie. Il avait été reconverti en club culturel pour les exposés que des spécialistes de toutes les branches du savoir humain venaient tester face à un auditoire de connaisseurs affamés de découvertes récentes, de théories nouvelles à encenser ou à détruire. Le lieu était sombre, moite et libre. On y organisait aussi des soirées plus festives, où certains inhalaient des gaz hilarants pendant que les autres s'amusaient de les voir trébucher sur la scène. Les conférences voyaient plusieurs scientifiques se succéder. Howard était le dernier d'entre eux à se produire. Il attendait son tour dans une pièce vide, l'angoisse grandissait, il relisait ses notes pour chasser le trac et ne pas entendre les réactions du public tout proche. Un « *Yeah* » très grave montait de l'auditoire quand il approuvait une idée. Parfois, une voix s'élevait pour déstabiliser l'orateur, entraînant des rires gras ou la surenchère d'un autre spectateur qui cherchait à le fragiliser davantage. Silvanus était aux côtés de son patron, il l'épiait, redoutant qu'il ne trouve pas ses mots. Howard but un verre d'eau, sa gorge était sèche, sa main tremblante, son angoisse frôlait la panique, il se tourna vers Silvanus pour lire sur son visage le niveau d'inquiétude qu'il lui inspirait. Derrière le rideau, les applaudissements montèrent pour saluer la performance de celui qui venait d'occuper la scène, et un homme vint signifier à Howard que son tour était proche et qu'il devait faire son entrée à l'annonce de son nom.

La salle était presque exclusivement remplie d'hommes, des scientifiques plus ou moins éclairés, des philosophes, des géographes, des banquiers, des commerçants, des hommes de loi, des historiens, des rentiers, des espions à l'affût d'informations pouvant être vendues, des flics écoutant si l'on n'y prêchait pas, sous couvert de science, des idées révolutionnaires ou autres que la morale réprouvait. La succession des interventions rendait l'auditoire de plus en plus indiscipliné. Ceux qui avaient coutume de se produire dans ces clubs fleurissant un peu partout à Londres insistaient pour ne pas passer parmi les derniers. Ils savaient que le public, debout ou mal assis, avait tendance à se montrer, au fil des exposés, plus critique, prompt à prendre la parole et le pouvoir pour exister à son tour et se délester de la masse d'informations ingurgitées. Howard parcourut la salle des yeux, à la recherche de figures rassurantes. Il repéra Forster. L'attention de son ami était dirigée vers un homme qui dévisageait Howard avec un profond intérêt. Alexander Tilloch était plus grand que la moyenne, massif, roux, âgé d'une quarantaine d'années. C'était le patron du *Philosophical Magazine*, la revue concurrente du *Gentleman's Magazine*.

Howard tenta d'évacuer son émotion en vérifiant l'ordre de ses notes qu'il posa sur un pupitre. L'impatience de l'assistance monta d'un cran, on cria :

— J'ai faim ! Elle vient cette recette du rôti de baleine ?

Un rire vulgaire ébranla la salle. La tentative de déstabilisation eut un effet inattendu et bénéfique sur Howard, la pression qui l'étouffait s'évanouit. Il s'empara de la première image que Silvanus lui tendait.

— Je suis venu pour vous faire part…

Une voix puissante l'interrompit aussitôt :

— Plus fort !

Howard inspira profondément et se lança à la conquête du pouvoir.

— Ma causerie portera sur un sujet qu'on pourrait estimer sans intérêt pratique, puisqu'il s'agit des nuages et de leur modification. – Il tourna son aquarelle vers la foule, puis il articula, un brin mystérieux. – Cirrus !

Une rumeur d'incompréhension parcourut le public. Howard laissa s'avancer les plus curieux et il répéta le mot, pour assurer à ses auditeurs qu'ils n'avaient pas rêvé.

— Cirrus ! Qui veut dire en latin « boucle de cheveux ».

Howard se surprenait lui-même, son appréhension avait disparu, il se sentait maintenant libre, léger face à cette assemblée qu'il était en train de dompter. Il attrapa la deuxième aquarelle que lui tendait avec fierté Silvanus, sentant que son patron avait trouvé le ton juste, et il dit :

— Cumulus ! Qui signifie ?

Howard attendait que les spectateurs entrent dans son jeu et l'attente ne fut pas longue.

— Un tas!

— Exactement, nous sommes d'accord sur la traduction, un tas ou un amas!

Un autre hurla:

— Du latin! C'est notre roi qui va être content!

La remarque troubla Howard. Il l'avait pourtant prévue, mais il fit semblant de n'avoir rien entendu, c'était lui qui dictait l'ordre des choses. Il présenta une autre image, en allant d'un côté à l'autre de la scène.

— Stratus!

Quelqu'un s'écria du fond de la salle:

— Plus haut, on ne voit rien!

— Pas la peine, rétorqua un autre, on le connaît bien, c'est notre voisin! Plus encombrant que les Français.

L'assistance s'embrasa.

— Non, dit encore une voix, l'eau c'est la vie, les Français c'est la mort!

— *Yeah*, approuva le public.

Silvanus admirait son patron, il s'était même assis à l'écart dans une posture négligée, à la limite de l'arrogance. L'assurance prise par Howard avait déteint sur lui. Alexander Tilloch était un des rares spectateurs à rester muet, il guettait le conférencier comme un chasseur le fait avec la proie qu'il tient dans sa mire.

Quarante-cinq minutes après le début de son exposé, dans un silence redevenu total, Howard arrivait au terme de son propos.

— J'aime notre langue, elle est précise, subtile, les noms que j'ai empruntés proviennent en effet du latin, parce qu'il me semble vain de vouloir nommer les nuages avec des mots anglais. Certes, ils nous seraient plus familiers, mais ils seraient imparfaits, trop restrictifs.

— Pourquoi? lança un auditeur.

— Le raisonnement est valable pour un Suédois dont personne ne parle la langue, mais pas pour nous, prétexta un autre.

— J'entends, mais ce serait une erreur, parce que les nuages sont universels. L'eau dont ils sont faits s'est élevée dans l'atmosphère par l'évaporation. Or l'atmosphère n'admet aucune frontière tracée par les hommes. La seule déduction qu'on peut en tirer est que les nuages sont partout les mêmes, que ce soit au-dessus de Londres, de Paris, de Pékin, de New York, du point le plus éloigné de notre chère patrie. Des hommes qui ne se comprennent pas et qui n'ont rien en commun peuvent ainsi parler du ciel et le désigner de la même façon. Mon but n'est pas de plaire ou de déplaire, mon but est de servir la science, la connaissance humaine, celle du monde qui nous entoure et, en l'occurrence, de proposer une nomenclature méthodique, applicable à toutes les formes d'eau en suspension, autrement dit, aux différentes transformations que subissent les nuages. Le latin est l'outil qui me paraît le plus approprié pour servir cette cause. C'est ma conviction et c'est pourquoi je vous la soumets. Je vous remercie pour votre écoute.

Personne ne réagit, l'ambiance était indécise, Howard se demandait si le vent n'avait pas changé de côté, si la curiosité et l'approbation qu'il avait ressenties au début de son intervention ne s'étaient pas muées en incompréhension, voire en hostilité. Il rassemblait ses aquarelles, adressa un coup d'œil à Silvanus qui vint immédiatement l'aider à les glisser dans leurs cartons. Puis un spectateur se mit à applaudir, c'était Forster, et le reste du public fit de même, avec ferveur, pendant de longues minutes. La salle se vida progressivement, certains la quittaient en interpellant une dernière fois Howard pour le remercier. Tilloch ne cessait de l'étudier, évaluant les avantages et les inconvénients à acheter ce singulier quaker épris de météorologie, puis il monta les six marches qui menaient à la scène pour le féliciter de vive voix.

— Bravo! J'ai été très impressionné par votre exposé. C'est étrange à quel point on peut être aveugle et inculte face à ce qui nous crève les yeux. Je pense que le *Magazine* pourrait consacrer un peu d'espace à vos nuages.

Howard resta sans réponse, démuni.

— Excusez-moi, j'aurais dû commencer par là. Je suis Alexander Tilloch, directeur et propriétaire du *Philosophical Magazine*. Peut-être cette revue vous dit-elle quelque chose?

— Oui, bien sûr.

— Votre théorie est lumineuse, c'est une belle offrande et un beau message tendus à l'humanité, vraiment. Toutefois, si je peux me permettre, quand un de vos auditeurs vous a demandé s'il y avait encore des nuages à identifier, des espèces qui auraient échappé à votre lecture du ciel, j'ai trouvé votre explication un peu évasive, un moment de flottement, et puis à la réflexion, je me suis dit que non, vous avez raison, c'est bien de laisser la place au mystère, de ne pas tout dévoiler d'un seul coup.

Howard hésita, bousculé par un goinfre qui pénétrait son intimité.

— Je ne cultive pas le mystère, j'ai dit tout ce que je sais. Cette science est nouvelle.

— Nouvelle, audacieuse, c'est ça qui me plaît. Renverser les codes. Et c'est précisément le rôle de mon journal. J'aimerais beaucoup qu'on reparle de votre théorie. Venez me voir, quand vous voulez.

Tilloch éclata d'un rire bruyant, inattendu, faisant mine de se moquer de lui-même. C'était sa façon de masquer la seule issue qu'il envisageait à un bien aiguisant son appétit, se l'approprier.

— En fait non, ça ne sert à rien de vous cacher mon impatience, j'ai trop hâte, venez demain.

Forster suivait à distance la rencontre entre son ami et le directeur du *Philosophical Magazine*. Il se doutait bien de la teneur de leurs échanges, mais il n'avait pas d'autre choix que de laisser Tilloch agir. Quand Howard se retrouva seul, abandonné par les derniers auditeurs qui voulaient le féliciter et l'examiner d'un peu plus près, Forster le rejoignit.

— Bravo, tu l'as dit aussi bien que tu l'as écrit.

— Le directeur du *Philosophical Magazine* s'intéresse à ma théorie.

— J'ai vu ça. Il veut la publier dans son journal?

— Je ne sais pas.

— Bien sûr qu'il le veut. Mais c'est bien. Je pense que c'est mieux que ce soit lui qui le fasse. Nous sommes trop proches. J'aurais peur de mal la présenter, de ne pas être à la bonne distance, de te décevoir.

— Mais…
— … Mais rien. C'était au début, c'est loin tout ça. Un inventeur doit regarder devant, jamais derrière.

La famille Howard prenait ses repas réunie autour d'une table en bois, rectangulaire. D'un côté, il y avait Mariabella, Mary, l'aînée des enfants, 8 ans, Elisabeth, 3 ans, et de l'autre, Luke et Robert, 6 ans. Ils ne se parlaient pas. Le silence était la règle. Les parents n'avaient rien fait pour l'imposer de façon autoritaire. Chez les Howard, tout s'enseignait dans la douceur et la patience, même la discipline la plus stricte. Elisabeth imitait le mutisme des autres sans savoir encore qu'il s'agissait d'un principe fixé par sa communauté, mais elle sentait ce soir-là qu'il était différent, plus pesant. La conférence que leur père venait de donner avait perturbé la quiétude habituelle. Elle ne put s'empêcher de déclarer :
— Moi aussi j'ai dessiné un *status*.
Surprise, Mariabella regarda furtivement Luke qui continuait à manger, comme s'il n'avait pas entendu. Les couverts des autres enfants cessèrent leurs allers-retours, puis la règle reprit le dessus. Rien ne pouvait infléchir son existence. Elisabeth finirait bien par le comprendre.

Le coucher aussi avait son rituel. La chambre était dénuée de toute ostentation, un buffet élégant supportait une petite horloge, les murs étaient blancs, agrémentés d'une seule gravure qui illustrait les conditions de vie à bord d'un navire négrier. Assis sur le rebord de leur lit, Luke retirait ses chaussures, il posait ensuite ses vêtements sur le dos d'une chaise et s'agenouillait pour prier. Mariabella rangeait sa broderie dans un tiroir du meuble, elle remontait le mécanisme de l'horloge avant de se joindre à sa prière. Il avait les yeux fermés, mais Mariabella savait que ses pensées n'étaient pas tournées vers Dieu, elle lisait son mari jusqu'au tréfonds de son âme.
— On t'a applaudi ?
— Oui.

Mariabella s'avança vers Luke, elle se déplaçait toujours avec la même grâce, légère. Elle passa une main dans ses cheveux, il se laissa faire, un sourire apparut au coin de sa bouche.

— Tu repenses à ta fille? demanda Mariabella.

— Un *status*!

Il prit la main de sa femme pour examiner les lignes qui striaient sa paume, il les suivait une à une avec son index, il la porta à ses lèvres, l'embrassa et posa son front dessus.

— Le propriétaire du *Philosophical Magazine* souhaite me rencontrer.

— Que veut-il?

— Je ne sais pas encore.

— Tu en as parlé à Thomas?

— Il me dit d'y aller.

— Si quelqu'un doit écrire, c'est pourtant bien lui!

— Il prétend que notre proximité le dérange.

L'argument était légitime, mais Mariabella le jugea mensonger. Elle ne fit aucun commentaire. Elle savait que leur vie allait sortir de son cours, qu'elle serait désormais ballottée par des courants irrationnels, incontrôlables. Elle ne craignait rien, ils feraient face, seuls contre les sceptiques, en sombrant ou en conquérant leur adhésion. C'était écrit depuis le jour de leur rencontre.

— Vas-y, dit Mariabella.

— Et si Alexander Tilloch souhaite mentionner mon nom dans sa revue?

— Tu as bien donné un nom aux nuages.

3

Howard notait chaque jour dans des petits carnets les températures, la direction du vent, la forme des nuages, les précipitations qu'ils causaient. Longtemps, il l'avait fait à l'insu de son père. Robert Howard, veuf, inflexible, ne souriait jamais à rien. Il portait sur chaque chose le même regard, invariablement sévère, et n'autorisait aucune distraction à côté du travail et de la prière. Une nuit, il surprit Luke, âgé d'une douzaine d'années, devant la fenêtre ouverte de sa chambre, la main tendue pour recueillir un flocon de neige afin d'en étudier la constitution. Il remarqua le carnet que son fils tenait dans l'autre main. Il le désigna de la tête, Luke le lui remit, il en lut rapidement le contenu fait de chiffres et de mots, secs, sans commentaire.

— Tu en as d'autres?

Luke acquiesça.

— Quel est notre premier devoir face au ciel?

— L'humilité.

— Déchire-les.

Il les détruisit, un à un, anéantissant des années de relevés météorologiques. Quand les cahiers ne formèrent plus qu'un tas de signes privés de leur sens, Robert Howard dit:

— Déshabille-toi. Torse nu.

Il ordonna à son fils de rester devant la fenêtre ouverte jusqu'à ce qu'il l'autorise à se rhabiller.

Luke Howard était devenu apothicaire parce que son père l'avait exigé. Il avait appris le métier chez Ollive Smith, un ami de la famille qui fabriquait et vendait des produits chimiques et pharmaceutiques à Stockport, dans le Nord de l'Angleterre. Il y passa sept ans, c'était la règle de la corporation. L'apprentissage commença par les tâches les plus ingrates, frotter les paillasses, nettoyer les bouteilles, garnir les étagères, puis il apprit la composition des remèdes, la galénique, la botanique, les rudiments de la pratique médicale en accompagnant Ollive Smith chez les malades. Il apprit également le latin et le français dans ses rares moments de loisir. Il passa avec succès son examen à 22 ans, revint à Londres pour ouvrir son officine sur Fleet Street et épouser Mariabella, être enfin lui-même, vivre la vie qui lui ouvrait les bras, avec un pied dans la norme et l'autre dans la marge.

Mariabella aimait la physique, les expériences, toute cette effervescence qui bouillonnait autour des sciences et de la compréhension du monde. Elle était la fille unique d'un riche commerçant. Elle aurait pu vivre de ses rentes, éduquer ses enfants, multiplier les actions généreuses, prier, être la femme de son mari, mais elle voyait dans l'ouverture de cette apothicairerie le moyen de se rapprocher, elle aussi, de ce qui la passionnait. Comme Luke, elle notait quotidiennement les humeurs du temps, cherchant leurs liens possibles avec les maladies ou les accidents survenus dans sa clientèle et dans le voisinage.

Les semaines se ressemblaient, chaque heure de chaque jour était consacrée à la même occupation. Luke et Mariabella travaillaient ensemble ou séparément, selon la nature de la tâche. Les quakers ne donnaient pas de noms aux jours de la semaine, juste des numéros. Luke et Mariabella passaient la matinée du troisième jour à fabriquer le laudanum, un médicament propre à soulager les malades de leurs diarrhées, des troubles du sommeil, des règles douloureuses ; tout le monde en consommait, même les enfants en bas âge que l'on trouvait trop excités. Beaucoup mouraient sans que l'on sache que c'était une overdose qui les avait tués. Quand on forçait sur la quantité, le laudanum devenait une drogue puissante et fatale. Sa préparation ramenait invariablement Howard à Stockport et à un événement douloureux. Il avait servi d'assistant à un laborantin capable d'élaborer de mémoire un nombre prodigieux de médicaments. Oliver Norton était un être singulier, inaccessible, asocial, son cerveau paraissait seulement conçu pour reconnaître et assembler les ingrédients. Il avait son local où il travaillait seul. L'arrivée de Luke Howard l'avait dérangé, mais il n'avait rien montré, ne s'adressant pas plus qu'aux autres à cet étranger dont il se méfiait. Il l'ignora. Le centre de la pièce était occupé par une table longue et étroite, sur laquelle étaient alignés des pilons et une balance, le reste était encombré de caisses en bois empilées dans un équilibre instable. Des animaux embaumés, dont un alligator, étaient cloués sur un mur. Les trois autres étaient cachés jusqu'au plafond par des armoires vitrées, garnies de fioles, de carafes, de pots en verre avec le nom de leur contenu. En les rangeant, Howard découvrait des mots nouveaux : armoise, hysope, zédoaire, tanaisie, sassafras, gaume tacamana, sabine... Une étagère débordait de livres de recettes de médicaments, écrites dans toutes les langues du monde, de traités de chimie, d'anatomie, d'opuscules décrivant les maladies vénériennes et l'art de les soigner, d'autres détaillaient la technique des saignées ainsi que toute une série d'interventions chirurgicales.

Parfois, Oliver Norton sentait bon. Howard en déduisit qu'il créait des parfums à ses heures perdues. Quand le laborantin se mêlait aux ouvriers de la manufacture, il déclenchait les rires et les sarcasmes. Il faisait mine de ne pas les entendre. Howard éprouvait pour Norton à la fois de la pitié et de l'admiration. Il aurait voulu lui faire part de sa solidarité, mais Norton n'espérait rigoureusement rien, de personne, il était à part, une curiosité qui distrayait son entourage. Parfois, son patron cherchait à le prendre en défaut, par amusement, en glissant dans une des fioles destinées à l'approvisionnement des apothicaireries une substance qui n'avait rien à voir avec la composition du médicament. Son piège favori consistait à modifier la thériaque, un remède efficace contre l'empoisonnement, qui nécessitait plus de quatre-vingts composants pour son élaboration. Avant expédition, Norton était chargé de vérifier tout ce qui sortait de l'atelier en promenant son nez au-dessus de la multitude des fioles qui lui étaient présentées. Quand il tombait sur l'échantillon que son patron avait dénaturé, il le remarquait immédiatement. Il savait que c'était sa compétence que l'on testait, mais il ne protestait pas. Il grognait un peu et renvoyait l'exemplaire défectueux en barrant son étiquette d'une croix.

Norton est mort à 49 ans, il en paraissait au moins dix de plus. Parfois il s'échappait, secrètement. Quand il fabriquait le laudanum, il en prélevait une petite quantité pour son usage personnel. Un jour, parce qu'il avait mal compté les gouttes ou parce qu'il avait envie de s'éloigner du monde un peu plus longtemps que d'ordinaire, il a pris une dose que son corps n'a pas tolérée. Howard l'a retrouvé mort, entre deux caisses en bois, la chemise ouverte avec, posé sur sa poitrine, le dessin d'une petite maison à toit de chaume devant laquelle passaient un berger et son troupeau de moutons. Howard n'avait jamais entendu le son de sa voix. Quand il l'a découvert, Norton avait perdu son air fuyant. C'était la première fois qu'ils échangeaient un regard. Il avait attendu la mort pour dialoguer avec les autres.

La confection du laudanum était simple, Mariabella et Luke étaient debout, côte à côte, devant la longue table du laboratoire. Ils mélangeaient les ingrédients en un duo parfaitement huilé. L'opium était associé à un alcool safranisé à 30°, Mariabella poussait son goût pour la perfection et le raffinement en ajoutant un peu de miel et d'essence de girofle. Pour Luke, cet instant était toujours traversé par le souvenir douloureux d'Oliver Norton, tout blanc, allongé par terre. Mariabella le sentait, surveillant discrètement ses gestes pendant que l'histoire ancienne refaisait surface. Il revoyait ce dessin et se demandait encore si Norton en était l'auteur, si c'était une vraie maison ou celle dont le laborantin rêvait. Norton était une énigme, comme son père en était resté une, cet homme si proche et si lointain, qui semblait ne pas avoir eu de jeunesse, qui avait toujours eu le même visage si ce n'était la barbe qui avait blanchi avec l'âge. Ce père avait-il eu, ne serait-ce qu'une fois dans sa vie, une pensée bienveillante à son égard? Quand son esprit s'embrumait, il suffisait à Luke de voir Mariabella, d'appliquer le bout de son nez contre sa peau pour en respirer le parfum. Il lui faisait l'effet d'un baume apaisant les douleurs du passé.

La paillasse sur laquelle ils travaillaient était éclairée par des fenêtres dont les carreaux les plus hauts donnaient sur le ciel de Londres. Une ombre passa sur leurs mains, celle d'une montgolfière jaune, mollement poussée par un vent du nord. Depuis quelques années, ces aérostats traversaient le ciel de la capitale, suscitant à chaque fois la curiosité. C'était inédit et captivant. Parfois, un homme se jetait de l'un d'eux, embrassant le vide, les bras écartés, avant d'ouvrir un parachute et d'atterrir dans un parc de l'ouest. La montgolfière qui passait au-dessus des toits de Fleet Street n'annonçait pas d'exploit de ce genre, elle s'élevait en direction d'un petit groupe de cumulus, Luke l'enviait en secret et Mariabella le devinait.

— C'est bien aujourd'hui que tu as rendez-vous avec Alexander Tilloch?

— Oui.

Le patron du *Philosophical Magazine* avait étalé sur son bureau les nuages dessinés par Howard, il les étudiait, l'air dubitatif, accordant par moments un regard au jeune quaker, debout face à lui. À peine bougeait-il que sa chaise craquait. Alexander Tilloch aimait dire qu'il dépassait le «quintal français» que la Révolution venait d'inclure dans le système métrique, mais il jouait de son apparente lourdeur pour séduire ceux qu'il côtoyait, ses yeux brillaient d'une intelligence redoutable. Il se frottait les mains comme s'il se les lavait, longuement, elles étaient épaisses et leur frottement faisait un bruit râpeux, puis il pointa du doigt un des dessins.

— Cirrus !

Howard était intrigué par Tilloch, se demandant s'il ne faisait pas exprès de se tromper.

— Non, c'est un cumulus.

Le patron du *Philosophical Magazine* partit dans son habituel rire, très fort.

— Je vais y arriver, je vous le promets monsieur Howard. Vous savez que les nuages m'obsèdent depuis votre conférence, je vis la tête levée, y compris en marchant, j'ai même renversé une pauvre femme ce matin, toute chétive, je ne l'avais pas vue. Je ne l'ai pas blessée, heureusement, j'aurais pu… c'est un cumulus en effet.

Quand Tilloch parlait, il laissait parfois traîner entre ses phrases un long blanc pendant lequel il examinait son interlocuteur, pour le sonder, le décontenancer et mieux le flatter. Il reprenait la parole sur une autre tessiture, plus grave, jouant de sa voix pour exercer son pouvoir.

— J'ai vraiment aimé votre conférence. Pour quelqu'un qui n'est pas coutumier de ce genre d'exercice, c'était clair, implacable. Pourtant c'est risqué de donner des noms latins aux nuages.

— Les nuages n'appartiennent à personne.

Tilloch sourit. L'opposition ferme qu'exprima subitement Howard l'amusait. Un jour, il la casserait, mais pour le moment, elle le distrayait.

— À Dieu tout de même ?

— Bien sûr.

Le patron du *Philosophical Magazine* prenait plaisir à tourner autour de son interlocuteur, à mettre le doigt sur ses contradictions. On disait de lui qu'il avait quitté l'Écosse dans des conditions scabreuses, on disait toutes sortes de choses à son sujet. On disait aussi qu'il était dangereux. Howard le sentait, mais Tilloch savait assujettir les êtres en camouflant son venin dans des promesses séduisantes.

— Vous êtes étonnant monsieur Howard… Ce n'est pas un reproche, bien au contraire, dans ma bouche, c'est tout sauf un reproche.

— Qu'espères-tu de moi, Alexander Tilloch ?

Il n'aimait pas le tutoiement d'Howard. Il savait que c'était l'usage chez les quakers, qu'ils ne précédaient les noms d'aucun titre, n'ôtaient leur chapeau devant personne, mais les oreilles des puissants ne supportaient pas cette familiarité, cette liberté qu'ils avaient d'ignorer la barrière séparant l'élite du peuple. Tilloch hésita entre imiter Howard pour se mettre à son niveau, établir une connivence, ou remettre le tutoiement à plus tard, le jour où il le jetterait, sa compagnie devenue inutile.

— Cela dépend de vous. Je suppose que je ne suis pas le seul à m'intéresser à votre classification. Monsieur Forster est votre ami en plus. Mais si je peux me permettre, le *Gentleman's Magazine* est certes un bon journal, très populaire, mais il parle de tout et de rien, alors que mon journal ne parle que de science, et encore de science. Monsieur Howard, je vous propose une chose que le *Philosophical* n'a encore jamais faite. Je voudrais que chaque mois, nous publiions le croquis d'un de vos nuages, accompagné de son nom bien sûr et de tout ce que vous pouvez dire à son sujet, comment il apparaît, disparaît, quelle est sa fonction, son histoire, sur une page entière. Je veux que nos lecteurs s'amusent à lire le ciel, à l'apprendre comme ils pourraient apprendre le nom des animaux qui peuplent nos forêts. Je ne nie pas que ce feuilleton serait aussi une manière de fidéliser mes lecteurs, mais les affaires et la science peuvent faire bon ménage, non? Combien souhaitez-vous être payé pour chaque article?

Howard n'avait pas le sens de la repartie. Quand on le désarçonnait, il demeurait silencieux, cherchant comment regagner le terrain perdu. Face à Tilloch, il était désarmé plus que jamais, inadapté à cette bataille l'opposant à un individu fait de couches complexes, où le vrai et le faux s'entremêlent. Cette vulnérabilité surprit le patron du *Philosophical Magazine*, il savait dominer son entourage, le dompter, le soumettre, il savait aussi les limites à ne pas dépasser pour ne pas le dérouter exagérément, au risque de le perdre.

— Excusez-moi, dit Tilloch, je n'aurais pas dû, le marchandage ne fait pas partie de vos pratiques, mais ce n'est pas le plus important, vous avez le temps de réfléchir à cette question.

Tilloch parcourut de nouveau les croquis, puis il en désigna un autre, sûr de lui.

— Le stratus! Celui qui nous est le plus familier, pour reprendre une formule de votre public. Nous allons commencer par lui.

Howard ne cherchait pas la célébrité, c'était contraire à tout ce qu'il était, à son éducation, à ses croyances, à sa volonté de ne pas supplanter sa femme, de ne pas rompre l'équilibre sur lequel reposait leur amour, mais ses idées avançaient avec une puissance qui lui échappait, indifférente à sa façon d'estimer ce qui était bien et ce qui était mal. Elles étaient mues par une énergie qui leur était propre et dont ni lui ni personne ne pouvait arrêter la marche. Howard n'était plus le propriétaire de son destin. Il le suivait comme un chien suit son maître. Ses jambes le ramenaient vers Fleet Street, les paroles de Tilloch résonnaient encore dans son crâne, brouillant sa réflexion. Au lieu de tourner à droite pour rentrer chez lui, il tourna à gauche vers la Tamise. Le ciel était chargé de stratus, il vaporisait dans l'air un crachin froid. Howard promenait sa langue sur ses lèvres et s'en abreuvait. Le fleuve charriait des troncs d'arbres qui apparaissaient puis disparaissaient, semblables aux victimes d'une guerre qui néglige ses morts. Il n'y avait plus qu'eux, le bruit de l'eau et la bruine qui fondait sur la ville. Howard s'agenouilla sur la rive, les mains posées contre sa poitrine, il se mit à prier, le front levé vers le ciel.

— Seigneur tout-puissant, je ne suis qu'un roseau, une poussière, je ne veux rien de cette gloire qui dévore les hommes, je veux savoir, comprendre ce que tu as créé, je ne fais que chercher la vérité des êtres qui m'entourent, je veux élever les consciences et non cultiver l'orgueil, l'orgueil est une maladie, mon cœur est simple, honnête, tu lis dans les cœurs, si le mien devenait impur, punis-le, châtie-le, je ne veux rien te cacher, si ce savoir me détourne de ton chemin, s'il devient indigne de toi, punis-moi, punis-moi.

Le crachin s'était transformé en gouttes épaisses qui frappaient son visage, cette eau lui rappelait celle qu'il versait sur le front de ses enfants quand la fièvre les clouait au lit, il murmura :

— Elisabeth, ma petite Elisabeth ! C'est ton *status* qui nettoie mon âme.

4

Le 1er jour était celui de la Réunion. Luke et Mariabella s'y rendaient accompagnés de leurs trois enfants. Ce 12 décembre 1802, le froid s'infiltrait partout. Enveloppée dans un épais brouillard, Londres n'était plus le monstre grouillant, elle semblait assoupie, comme si elle avait abandonné pour quelques heures les hommes à leurs croyances. Le dimanche était le seul moment de la semaine où les bruits du travail ne dominaient plus la ville. Le silence renaissait. Quand les enfants prenaient un peu d'avance, ils disparaissaient de la vue de leur père et de leur mère, jouant à se faire peur, avalés par la brume. Leurs parents les retrouvaient, plantés au milieu de la rue, inquiets de ne pas les voir réapparaître. Howard se disait qu'il finirait peut-être ainsi, englouti par un nuage trop vorace, qui ne le rendrait jamais à ses êtres les plus chers. Mariabella occupait la conversation, lui faisant part de ses premières hypothèses sur les causes des fractures de membres inférieurs survenues durant le mois de novembre, en nette augmentation par rapport aux mois précédents.

La Réunion se déroulait à St John Street, dans une grande bâtisse isolée en briques rouges que les parents et grands-parents d'Howard fréquentaient de leur temps. Mariabella et Luke rejoignaient depuis de longues années le même groupe d'hommes et de femmes, leurs Amis. Le rendez-vous était incontournable, ils ne s'étaient jamais interrogés sur sa légitimité, n'ayant pas de raison de le faire. C'était un rituel parmi d'autres, inscrit dans leur chair, dans une partie d'eux-mêmes dont ils avaient cédé la gouvernance. Luke y côtoyait des membres avec lesquels il avait grandi et, pour Mariabella, il s'agissait d'un lieu de réflexion et de tolérance où rien ne les différenciait les uns des autres. Les hommes et les femmes étaient tous vêtus de noir, de gris ou de brun. Leurs habits étaient simples, sensiblement les mêmes, le seul détail qui permettait de faire une distinction entre eux était la matière de leurs vêtements, les riches portaient de la soie et les pauvres une étoffe de laine. Ils rencontraient Dieu en même temps, mais chacun entretenait avec Lui sa propre relation, son chemin intime le guidant vers la Lumière. Pour Luke, la réunion hebdomadaire n'était pas seulement religieuse. Elle le ramenait vers son père. Quand il avait 15 ans, il apprit dans cette Maison que Robert Howard et les Amis soutenaient le mouvement anglais qui militait pour l'abolition de l'esclavage. Ce jour-là était gravé dans sa mémoire, il était un phare dans un océan d'obscurité. La rigueur et la sévérité de cet homme, dont il souffrait depuis l'enfance, avaient changé de sens. Luke se mit à considérer son père avec une certaine culpabilité, se disant qu'il n'avait pas été capable de s'élever à sa hauteur d'âme, et que sa petitesse était la seule responsable de leur incompréhension.

Luke et Mariabella étaient en compagnie d'une trentaine d'Amis, assis en cercle, silencieux, dans une grande pièce sans meuble, avec des murs blancs, très hauts, le plafond quadrillé de grosses poutres apparentes et un parquet gris, à larges lames. La prière finie, les têtes se redressaient. Le groupe pouvait alors se disperser ou soulever des sujets concernant la vie et l'organisation de la communauté. L'un d'eux se levait, formulait une question et le silence retombait sur les Amis. Au bout de quelques minutes, un autre se dressait et lançait :

— Mes Amis, une décision doit être prise, votons !

Celle du jour concernait l'entrée des étudiants à l'université. Ils étaient tenus, sous peine d'amende ou de brimades plus ou moins violentes, de jurer fidélité au roi. Or les quakers ne juraient ou ne prêtaient serment en aucune circonstance. Il était admis qu'un disciple de Jésus n'avait pas d'autre choix que de dire la vérité, jurer était une manière implicite de reconnaître que le mensonge pouvait sortir de sa bouche ou dicter ses actes. Les Amis se levèrent tous de leurs chaises, signifiant ainsi que les étudiants ne devaient trahir aucune de leurs règles. Une voix s'éleva :

— L'unanimité est-elle parmi nous ?

Une autre répondit :

— Oui.

— Qu'il en soit ainsi.

Et l'assemblée reprit :

— Qu'il en soit ainsi.

Les Amis se rassirent. Il était 17 heures, on entendait les cloches toutes proches de St Mary-le-Bow. C'était le moment où les enfants réunis dans une pièce voisine avaient droit à un biscuit après avoir écouté la lecture de la Bible. La Réunion touchait à sa fin quand un Ami souhaita évoquer un autre sujet.

— Je voudrais parler des nuages.

Surpris, Howard ne put s'empêcher de lever les yeux vers lui. C'était George Gatlin, un menuisier âgé, chez lequel son père l'envoyait quand il était enfant pour récupérer la sciure servant à la conservation des pommes de terre. Son atelier se trouvait à l'angle de Pudding Lane et de Monument Street. Il s'y rendait une fois par an et Gatlin le recevait toujours comme si c'était sa première visite. Il demandait à Luke ce qu'il savait faire de ses mains, répétant que les mains d'un homme sont sa première richesse, puis en le conduisant vers le tas de sciure, il alignait à voix haute et pour lui-même des chiffres qu'il avait en mémoire et qui devaient concerner ses travaux. Gatlin remerciait Dieu, souvent, puis il s'exclamait : « Au travail, au travail ! » Howard aimait son atelier parce que le lieu sentait bon et parce que le menuisier avait un caractère et un raisonnement qu'il trouvait atypiques. Quand l'Ami Gatlin aborda le sujet des nuages, Howard ne reconnut pas sa voix. Elle était précise, glaciale, rien à voir avec celle du menuisier qui mangeait ses phrases. Après un long silence, Gatlin précisa ce qui tourmentait son esprit :

— Je souhaite soumettre à notre assemblée la réflexion suivante : l'observation scientifique des nuages est-elle compatible avec notre conception divine du ciel?

Il se rassit. Aucun regard ne cibla Howard, mais c'était bien sa récente conférence à l'Askesian Society et les commentaires qu'elle suscitait dans les rues de Londres qui étaient visés. C'était la première fois qu'un débat impliquait personnellement un des Amis. Mariabella ne pouvait rien exprimer, elle s'en tenait à une stricte neutralité, elle fixait le sol mais elle sentait le trouble qui ébranlait Luke. Tout vacillait en lui. Sa communauté avait brutalement changé de visage, elle n'était plus la famille accueillante qu'il avait toujours connue. Elle lui reprochait son comportement, mettant en doute sa fidélité à la morale et à Dieu. Dehors, pour les gens du monde, il était déjà suspecté de trahir son pays, on se demandait désormais s'il n'était pas coupable de le faire avec les membres de son propre camp. Il se sentait nu, sans défense. Il avait envie de dire : «Je suis innocent des mauvaises pensées que l'on me prête, mon seul désir est de pousser les limites de la connaissance», mais il savait qu'en les déplaçant, il avait changé de cercle. Il devait accepter les bruits de la ville qui le qualifiaient soit d'inventeur, soit de paria. Ceux qui hier encore lui étaient proches étaient capables de le bannir. Il ne servait à rien de se justifier, de clamer qu'il demeurait le même homme, le quaker qui scrutait la course des nuages et faisait don de ses découvertes, sans trahir ni la discipline ni l'humilité. Il se trompait. Il n'y avait plus guère que les troncs morts flottant sur la Tamise qui ignoraient son nom. Les Amis se figèrent de nouveau jusqu'à ce que l'un d'eux se manifeste pour connaître leur position :

— Mes Amis, une décision doit être prise, votons !

Sans une seconde d'hésitation, Gatlin et une minorité d'Amis se levèrent, ceux qui estimaient qu'Howard allait trop haut, qu'il était interdit de tutoyer Dieu en côtoyant de si près son Royaume.

— L'unanimité est-elle parmi nous ?

Une voix répondit :

— Non.

— Alors remettons la décision à un autre jour. Qu'il en soit ainsi.

Le groupe entier reprit « Qu'il en soit ainsi », la séance était close. Howard fut le dernier à quitter sa chaise. La majorité le soutenait, mais le doute venait d'être instillé parmi les siens, il avait l'âpreté d'une gifle. Il se sentait renié et, au sommet de ce reniement, il voyait la figure de son père qui le pointait du doigt en sifflant d'une voix cinglante : « Je t'avais pourtant bien prévenu. »

5

Dix jours après sa rencontre avec le patron du *Philosophical Magazine*, Howard avait rédigé un premier article sur le stratus, illustré de quatre croquis. Il était dans le bureau de Tilloch, debout, pendant que le patron du journal avalait les lignes qu'il avait écrites. Tilloch parut se souvenir subitement de sa présence.

— Ne restez pas debout, asseyez-vous !

Il ne laissait rien paraître, aucune réaction permettant de déceler s'il était satisfait ou déçu par ce qu'il lisait. De temps en temps, il se raclait la gorge. Le père de Luke avait la même manie quand il était plongé dans ses comptes, il émettait régulièrement un bruit guttural et se malaxait, entre le pouce et l'index, la pomme d'Adam qu'il avait proéminente. À la fin de sa lecture, Tilloch retira ses lunettes et se cala au fond de son fauteuil pour mieux évaluer le quaker, se disant qu'il ne l'avait pas suffisamment détaillé la première fois et en avait sous-estimé la valeur. Howard attendait, ne sachant que faire ; s'il devait parler, se taire, ignorant tout des règles de cette corporation. Il supposait qu'elle avait ses lois, mais ne savait rien du jeu qui s'instaure entre celui qui écrit et celui qui publie. Pour Tilloch, l'homme qui lui faisait face était hors norme, un don du ciel, une mine de métal précieux à exploiter méthodiquement jusqu'à son épuisement total.

— En principe, dit le patron du *Philosophical Magazine*, j'exige des modifications, une première version est rarement parfaite, mais là, je dois admettre que je n'ai rien à redire. C'est précis, instructif mais pas pédant, tout le monde peut comprendre. Les gens instruits et ceux qui le sont moins. J'ai prévu un tirage exceptionnel, un gros tirage. Je ne fais pas toujours confiance aux nuages, mais à vous, oui.

Les jours suivants, une armée de vendeurs parcouraient les rues de Londres, des piles de *Philosophical Magazine* sous les bras en criant :

— Connaissez-vous le stratus? Apprenez le ciel, apprenez les nuages, lisez la fabuleuse histoire du stratus. C'est dans le *Philosophical Magazine* et nulle part ailleurs...

Souvent, les vendeurs n'avaient pas terminé leur publicité qu'ils étaient interrompus par un client. Et l'on voyait dans les rues de la capitale des Londoniens immobiles, le journal entre les mains, leur attention passant de l'article au ciel. Quand Luke les dépassait, il détournait la tête, gêné, avec l'impression d'occuper une place qui n'était pas la sienne, de commettre un péché en faisant intrusion dans le quotidien de ses concitoyens. Il avait exposé sa théorie à l'Askesian Society, il avait accepté qu'elle soit publiée, mais la notoriété qu'elle déclenchait lui échappait. On prononçait son nom, on faisait fi de son humilité, de ses convictions, de son identité. Il se sentait coupé en deux.

Le matin, au réveil, il avait pourtant l'âme légère. Chaque jour qui se levait était une promesse de progrès. Son idée cheminait. La publication de cet article l'avait libéré de son rôle ancien. Son métier d'apothicaire devenait secondaire, il n'était plus qu'un mince enduit couvrant sa vraie nature. Il finirait par disparaître. Mais dès qu'il enfilait ses vêtements sombres, son chapeau, son apparence de quaker, il sentait Dieu et son père qui posaient leurs mains sur ses épaules. Il n'habitait plus complètement son corps, il avait deux peaux qui se superposaient, celle de Luke et celle de Robert Howard. Elles parlaient deux langues, lui indiquant deux routes opposées. C'était désemparant.

Mariabella ne subissait pas la même déchirure, elle était fière de son mari, curieuse des effets de sa renommée. Les réflexions dont Luke était l'objet ne la dérangeaient pas. Ils existaient pour eux-mêmes, comme au début de leur amour. Dans les rues, elle ralentissait le pas pour capter les remarques des lecteurs. Deux hommes et deux femmes, jeunes, l'allure élégante et libre, venaient d'acheter le journal sur Fleet Street. L'un d'eux faisait la lecture. Ils s'étaient arrêtés devant un magasin de jouets qui vendait des battes de cricket et une multitude de jeux d'échecs avec toutes sortes de figures, des simples aux plus biscornues. Mariabella jouait la passante intéressée par la vitrine, tout en écoutant le groupe qui conversait.

— Est-ce que monsieur Howard précise combien pèse un nuage? demanda un des hommes.

— Pourquoi? interrogea celui qui lisait.

— Je ne sais pas. Toute chose pèse son poids, non?

— Les nuages sont-ils aussi légers que vous? renchérit celui qui tenait le journal à l'adresse des deux femmes. L'une d'elles soupira d'ennui en lâchant:

— Léger? Léger de quelle manière?

— Je pense aux pétales d'une rose qui vient d'éclore.

La femme rit et s'écria:

— Ciel!

— Dieu soit loué, poursuivit le séducteur, monsieur Howard nous dispense de reconnaître les formes que nous voyons dans les nuages.

— Les stratus se déplacent-ils en bandes? Cohabitent-ils avec d'autres espèces comme les animaux dans la nature? ajouta son compagnon.

— Est-ce qu'ils s'accouplent, est-ce qu'il y a le mâle et la femelle? relança l'autre.

— La femelle qui pleure et le mâle qui gronde, supposa l'autre femme jusque-là silencieuse.

— Emily! Vous vous emportez à la vitesse de l'éclair! Vous faites des raccourcis et des caricatures de tout.

— Mais c'est bien vous qui parlez d'accouplement!

— Et vous, Marie, pleurez-vous souvent? se hasarda l'homme au journal.

L'agacement d'Emily grossit encore. Ces deux hommes l'insupportaient.

— Finalement, je me demande si c'est une bonne chose de vouloir nommer les nuages. Ils passent, ils se transforment, quoi de plus? Faut-il une explication à tout? Y compris aux questions absurdes?

Mariabella ne se lassait pas d'écouter, elle remarqua qu'un cumulus apparaissait en surimpression sur les cases d'un jeu d'échecs. Les nuages se répandaient, partout.

L'article à peine paru, Thomas Forster s'était précipité sur sa lecture. Il le trouvait limpide. Quand il croisait un vendeur du *Philosophical Magazine*, son cri creusait à chaque fois un peu plus son amertume. Devant l'église de St James Garlickhythe, il y avait souvent un mauvais musicien qui jouait du violon, un singe assis sur son épaule, puis l'homme passait l'archet à l'animal qui jouait à son tour. Forster considéra le couple de violonistes avec un point de vue différent des autres jours, il trouva que leur association était pareille à celle qu'il formait avec Markham, *tiens, voilà mon chef et la musique qu'il me fait jouer. Nous avions l'occasion de collaborer à une grande découverte et nous nous vautrons dans la médiocrité d'une tambouille dont même les passants se moquent. Quelle belle réussite!* Quand il arriva au bureau, Markham était justement occupé à lire l'article. Le journaliste espéra entendre une formule de regret.

— Vous tombez bien, dit Markham de son inévitable ton patelin.

Il souleva le journal du bout des doigts, signifiant le dégoût et la peur qu'il avait de se salir en le manipulant.

— On ne parle que du *Philosophical Magazine* et de ce feuilleton. Un par mois! On appâte le lecteur comme on appâte le poisson, on lui raconte des fariboles enrobées dans une théorie fumeuse, on le ferre, ensuite on le sèvre et rendez-vous le mois prochain. C'est astucieux, mais où est la rigueur de la science dans tout ça? Sommes-nous faits pour vendre de l'information ou de l'opium?

Forster restait muet. Il avait envie de faire demi-tour, la musique du singe était finalement préférable à celle de son patron.

— Monsieur Forster, le *Philosophical* est notre rival. On ne va pas se rouler les pouces le temps que la clique des nuages ait fini de défiler.

— Je ne vois pas d'autre solution.

— Moi, si. Vous êtes un scientifique. Je vous ai engagé pour ça. La classification de monsieur Howard est un peu légère, non? Il les a touchés, les nuages? Stratus! Ça veut dire quoi pour notre lecteur des faubourgs? Est-ce de l'anglais? Voilà ce que je reçois! On m'accuse d'y être pour quelque chose en plus! Lisez.

Markham tendit un paquet de lettres qu'il avait reçues, toutes hostiles à la nomenclature latine.

— Tenez, celle-ci.

— Elles ne sont même pas signées.

— Et alors, ça ne change rien à la colère des gens. Monsieur Howard a-t-il honte de notre langue? Lisez.

Forster rechignait à lire des critiques qu'il supposait abjectes, écrites par des lecteurs coutumiers de ses articles et dont il aurait esperé un minimum de connivence. Il était devenu journaliste pour informer, raconter les progrès de la science et enrichir les esprits, mais les crachats comptent parmi les retours possibles, ils tempèrent les illusions. Forster se mit à lire.

Monsieur le directeur du Gentleman's Magazine, *un apothicaire nous propose de lire le ciel. Soit. Quelle est sa légitimité? Nulle. Dieu soit loué, il ne parle que des nuages, un sujet somme toute mineur, il n'aborde pas les véritables enjeux scientifiques de notre époque. Cela dit, l'insignifiance de monsieur Howard devient vraiment venimeuse quand il insulte notre pays et notre langue. S'il ne consent pas à appeler un chat un chat, qu'il parte dans un pays où la langue termine ses mots en «us», nous n'avons pas besoin de faux Anglais, nous n'avons pas besoin d'un prétendu savant qui usurpe une identité et humilie notre peuple. La vraie place de ce journal est dans les cabinets pour y torcher les fesses. Certes, vous n'êtes pas responsable du délire de cet individu, mais vous ne pouvez pas laisser un autre journal baver des insanités en toute impunité. Il insulte votre métier et, plus grave, il calomnie notre langue. Il est de votre devoir de réagir. Dehors monsieur Howardus!*

Un fidèle lecteur du Gentleman's Magazine.

Et Markham en remit une couche:

— Si vous ne voulez pas l'attaquer par la face scientifique, attaquez-le par le vocabulaire, nos lecteurs ont raison, Howard n'a pas le droit de mépriser notre langue à ce point-là.

— C'est élégant, riposta Forster en montrant le courrier, élégant et courageux.

— Vous voulez lire la suite?

— Monsieur, dois-je vous rappeler qu'Edward Cave, le fondateur de notre journal, publiait dans ce même journal de la poésie latine? Dois-je vous rappeler que Samuel Johnson, un de nos plus grands écrivains, a commencé sa carrière dans notre journal, le *Gentleman's Magazine*, ce n'est pas si vieux que ça, Samuel Johnson proposait chaque semaine la traduction d'un article en latin.

— Monsieur Forster, permettez-moi de vous dire que je connais nos prédécesseurs aussi bien que vous. Je vous rappellerai à mon tour que nous sommes en 1802, que notre roi Georges III est le premier souverain depuis presque un siècle dont l'anglais est la langue maternelle, qu'il vient d'être sacré roi d'Irlande en plus de sa couronne d'Angleterre et que l'anglais est plus que jamais une arme pour asseoir la grandeur de notre Empire, donc la nomenclature latine de monsieur Howard, qui est probablement très sympathique, tombe assez mal dans le contexte actuel. Le jeu des devinettes ne fait pas l'unanimité chez les grandes personnes, si vous voyez ce que je veux dire!

Forster jeta un œil méprisant sur son patron, comparer la théorie d'Howard à un jeu d'enfants était injurieux pour son ami. Markham aimait piquer, faire mal et soigner. Sa victime atteinte, il lui tendait la main pour la réconforter.

— Mais admettons! Disons que je suis trop sévère avec l'invention de monsieur Howard. Elle est astucieuse, je le pense réellement. Je me suis procuré sa théorie, je l'ai lue en entier, vous voyez, j'ai fait mon travail. La première partie est accessible, mais la seconde est illisible, en tout cas pour la majorité des gens. Aidez votre ami à rendre sa théorie plus claire, trouvez des équivalents en anglais. Des termes justes, il vous en sera redevable. Croyez-moi. À propos d'invention, je voulais vous parler d'autre chose. Marc Brunel, vous connaissez?

— Non.

— C'est un Français, mais ce n'est pas un révolutionnaire. Il a mis au point un système que je trouve assez ingénieux. C'est encore confidentiel. Je ne devrais pas vous en parler, mais les secrets ont la vie courte dans cette ville.

Markham était au courant de tout. Il ne sortait pourtant jamais de son bureau, ou si peu. Il était un mystère et en usait pour s'attacher la docilité de ses journalistes. Forster ne savait rien de ce Marc Isambart Brunel.

— C'est un ingénieur, poursuivit le patron du *Gentleman's*, il a fui la France en raison de ses sympathies royalistes pour trouver refuge aux États-Unis, mais la vieille Europe lui manquait et il est revenu s'installer à Londres il y a trois ou quatre ans, apparemment pour une histoire d'amour aussi, sans importance. En revanche, son invention présente un intérêt certain pour notre ville.

Londres était aussi un port, le plus actif du monde. La Tamise était sillonnée d'un nombre sans cesse croissant de navires de commerce, à la mâture très haute. Avec l'explosion démographique, la capitale devait faciliter les échanges entre ses deux rives. Des ingénieurs proposèrent de construire un pont tournant, d'autres rétorquèrent que cela ralentirait le trafic fluvial et qu'il était préférable de percer un tunnel en mobilisant la main-d'œuvre abondante et qualifiée des Cornouailles. Marc Brunel intervint dans le débat, en présentant une méthode très novatrice. Il avait conçu une machine en forme de bouclier, à plusieurs étages, permettant à une trentaine de mineurs d'attaquer la paroi de front. Il affirmait que son tunnelier avait la capacité de percer un trou de cent mètres en un temps record. Un journaliste comme Forster, à l'affût de tout ce qui faisait progresser les sciences et les techniques, ne pouvait pas rester insensible à une telle invention et à son auteur.

— Vous êtes ingénieur aussi, n'est-ce pas? ajouta Markham. C'est une belle information à creuser, si j'ose dire. Vous en avez l'exclusivité. Je vous le garantis.

Markham savait s'y prendre pour renverser les situations. Forster l'observait, se demandant comment il avait pu se procurer *Sur les modifications des nuages* dans son intégralité, alors qu'aucun éditeur ne l'avait encore publié.

— Vous avez réellement lu la théorie d'Howard?

— Oui, affirma Markham, tout comme j'ai eu vent de certaines critiques, très pertinentes, où il est question de donner des noms anglais aux nuages, et savez-vous de qui elles émanent?

Forster attendait, immobile, désarmé.

— De vous. Parce que vous n'avez jamais été un fervent défenseur du latin. N'est-ce pas? Un différend parmi d'autres avec monsieur Howard. Mais pour répondre à votre question, peu importe la façon dont on s'informe, la seule chose qui compte, c'est de savoir.

6

Le ciel était gris, brumeux, les mouettes ne volaient pas, elles faisaient du surplace face au vent. L'agitation causée par la parution du premier épisode était retombée au bout de quelques jours. Howard se trouvait dans le laboratoire du deuxième étage, en compagnie de Silvanus Bevan. Dès qu'il le pouvait, il abandonnait son rôle d'apothicaire pour s'asseoir à un petit bureau et rédiger l'épisode 2 : le cumulus. Il levait quelquefois les yeux vers le ciel comme s'il lui dictait ce qu'il devait écrire. Silvanus épiait son patron tout en lavant un gros entonnoir et des éprouvettes. La vie avait repris son cours, mais Howard savait que l'accalmie serait de courte durée. Le prochain feuilleton susciterait à son tour son flot de louanges, ses vagues de protestations haineuses, mais rien ne l'arrêterait. Il déclinerait sa théorie comme d'autres répandent les paroles de Dieu, c'était sa mission. L'hostilité qu'il engendrait le galvanisait même davantage que les encouragements, parce que ceux qui croient au progrès ne sont plus à convaincre. Le ciel tonna, il était devenu blanc, opaque. Les cloches des églises se mirent à sonner pour prévenir leurs fidèles d'un danger imminent. Howard abandonna le cumulus qu'il dessinait pour se diriger vers la fenêtre, le vent n'avait plus de direction, il tourbillonnait, les mouettes n'y comprenant rien partaient se réfugier sur la Tamise. Des coups secs firent vibrer les fenêtres, on aurait dit des passants qui tapaient au carreau pour demander refuge. Des grêlons. Ils insistaient, menaçaient d'entrer de force. Le bruit incita Silvanus à rejoindre son patron.

— D'où elle tombe, la grêle?

Howard ne répondit pas.

— Est-ce qu'elle tombe d'un nuage que vous avez décrit? insista Silvanus.

L'apothicaire dévisagea son assistant, avec l'embarras qu'éveille une question indiscrète. Il se dirigea vers un buffet dans lequel il rangeait le cahier de ses relevés météorologiques, fit le tour de ses thermomètres et baromètres pour noter ce que ses instruments lui indiquaient. Le ciel n'était plus qu'une couche uniforme, gris clair, un drap froissé qui occultait ce qui se tramait au-dessus. Howard surveillait une girouette qui se stabilisait un court instant direction nord-ouest avant de sombrer précipitamment dans la folie, ne saisissant plus la langue du vent. Les grêlons frappaient maintenant aux fenêtres avec une violence guerrière. La verrière d'un atelier voisin explosa. Howard allait et venait, de plus en plus agité. En passant près du buffet des cornues, il effleura une éprouvette qui dépassait légèrement de la surface du meuble. Le récipient se mit à rouler, Silvanus se précipita pour éviter sa chute mais trop tard, il était tombé en se brisant avec un bruit sec sans qu'Howard n'y prête attention; il ouvrait doucement une fenêtre, bien campé sur ses deux jambes pour anticiper les effets que la bourrasque allait provoquer en pénétrant dans le laboratoire. Quelques grêlons atterrirent sur le sol de la pièce et il referma immédiatement la fenêtre. Il se saisit de l'un d'eux et le mesura à l'aide d'un pied à coulisse.

— Ils sont plus gros que des œufs, dit Silvanus.

Howard demeurait silencieux.

— Comment c'est possible?

— Je ne sais pas.

C'était bien la taille de ces grêlons qui l'interrogeait, et leur grossissement durant cette tempête. Il rouvrait de temps en temps la fenêtre pour en capturer de nouveaux et les alignait chronologiquement, en notant le temps qui s'écoulait entre chaque récolte. Leurs diamètres ne cessaient de varier, comme s'ils étaient produits par une machine qui les débitait selon les réglages que l'on faisait d'elle. Certains étaient lisses, d'autres granuleux. Silvanus n'avait jamais vu son patron dans un tel état d'excitation. Howard retira d'une armoire une balance et un microscope, et il s'assit au bureau où il avait l'habitude de dessiner. Dehors, la tempête faisait toujours rage, la pluie avait remplacé la glace.

— Passe-les moi un par un, dans l'ordre où je les ai rangés. Vite !

Il pesa chacun d'eux, les examina rapidement au microscope. Il en mit quelques-uns de côté et fit signe à Silvanus de reposer les autres à leur place.

— Combien ils pèsent, les plus gros ?

— Sept onces et demie.

Il se dirigea vers un étau pour découper ceux qu'il avait conservés avec une petite scie.

— C'est beau à l'intérieur, on dirait des pétales de rose, dit Silvanus.

Howard auscultait leurs entrailles à l'œil nu, en les orientant vers la lumière du jour. Certains étaient transparents, d'autres opaques.

— Pareils que des verres en cristal, il y en a des jolis et d'autres moins.

— Peut-être parce que certains ont été vite faits et les autres non, suggéra Howard.

Silvanus remarqua une minuscule goutte à l'intérieur de l'un d'eux.

— C'est de l'air ou de l'eau ?

Howard agita le grêlon, mais rien n'indiquait ce qu'il contenait.

— Comment de la glace pourrait contenir de l'eau ?

— Ça non plus, je ne sais pas.

Un autre grêlon décupla la curiosité du laborantin.

— Et là ! Il y a une toute petite mouche !

— On en trouve quelquefois.

— Mais comment a-t-elle fait pour se retrouver là-dedans?

Howard haussa les épaules, débordé par les questions auxquelles il ne savait pas répondre. La tempête dura une vingtaine de minutes puis elle s'éloigna subitement. Les cloches cessèrent de sonner. Le ciel était maintenant pur, bleu et blanc. Howard aidait Silvanus à ranger des savons dans des boîtes portant le nom de leurs clients. L'assistant ne quittait pas de l'œil son patron, il semblait ailleurs.

— Vous vous trompez.

Howard revint à lui.

— Ceux-là sont à la lavande, lui fit remarquer Silvanus.

— C'est vrai, tu as raison.

L'air était gorgé d'eau, des ruisseaux s'étaient formés dans Fleet Street, ils coulaient en direction de la Tamise. Il tombait encore quelques gouttes, des résidus venus de nulle part. Howard était sur le pas de la porte de son officine, un homme passa devant lui avec un parapluie surmonté d'un paratonnerre, il adressa un salut à l'inventeur des nuages et l'inventeur le lui rendit, frappé de constater que les avancées scientifiques pouvaient cheminer chez ses concitoyens en prenant des formes bien inattendues. Howard se mit en route, des grêlons jonchaient encore le sol, ils s'étaient accumulés dans certains recoins de la rue, formant des tas de charbon blanc. Un homme marchait dans la même direction que lui, une vingtaine de mètres en retrait. Silvanus longeait les murs, de peur d'être vu par son patron. *S'il se retourne et me devine, je dirai quoi? Je peux cacher à monsieur Howard un fait qui lui est inconnu, mais je ne pourrai pas nier devant l'évidence. Je ne pourrai pas mentir, je lui dirai la vérité. Voilà, s'il me voit, je lui dirai pourquoi je le suis.* Howard ne se retournait pas, il marchait d'un bon pas en direction de Whitechapel Road. Le quartier était un énorme chantier, Londres poussait vers l'est. La construction des docks et des entrepôts en aval de la City dévorait d'immenses espaces, absorbant un à un les villages qui parsemaient la campagne. L'urbanisation s'étalait, elle comblait les pourtours de la ville à la manière d'une marée montante. Les usines apparaissaient au milieu des champs, attirant une main-d'œuvre hétéroclite, des paysans qui ne voyaient plus l'utilité de travailler une terre dont ils n'étaient que des locataires, expulsables à tout moment, des dockers qui rappliquaient depuis que les travaux des deux bassins de West India étaient achevés. Peu peuplé jusque-là, l'East End se densifiait avec la création de bidonvilles où échouaient des travailleurs venus de régions plus lointaines, d'Irlande, d'Écosse. On vit même l'apparition d'un quartier chinois depuis que l'East India Company avait importé des journaliers qu'elle payait une misère pour décharger ses navires. Les marins étaient de plus en plus nombreux, ils allaient chez les Chinois blanchir leur linge et fumer l'opium dans les tripots qui se multipliaient. Londres venait de dépasser le million d'habitants. Les odeurs de la nature étaient un lointain souvenir. Ça sentait la chimie et l'urine. Howard marchait le long de grandes et hautes palissades en bois, il s'arrêta devant une petite porte sur laquelle était écrit « Chantiers Paul Gascogne », il la poussa et disparut de la vue de Silvanus pour lequel la filature était enfin terminée.

Howard était face à un vaste espace, un terrain vague occupé sur un côté par une maison un peu bancale, couverte de végétation en sommeil. Au milieu des chantiers, il y avait un échafaudage d'où pendaient des cordes, enchevêtrées comme des lianes. Il restait encore des grêlons sur le sol. Sous un auvent, des hommes assis sur des caisses réparaient les trous d'un fuseau en toile, à l'aide de larges bandes de baudruche qu'ils enduisaient de vernis. Un autre, penché sur un long établi, jaugeait Howard en limant une grosse clef.

— Vous êtes qui ?

— Mon nom est Luke Howard.

— Mais encore ?

— Je m'intéresse aux nuages.

L'homme posa son outil et s'avança vers lui.

— Aux nuages ! C'est une saine occupation, monsieur Howard. Je suis Paul Gascogne, industriel, pilote, toucheur de nuages, parachutiste, inconscient disent certains, les plus polis… et français, à moitié, nul n'est parfait. Et il m'arrive de construire des machines volantes.

Howard observait attentivement Gascogne, il était la pièce jusque-là manquante du puzzle. Un peu plus âgé que lui, il avait des cheveux courts, frisés, presque roux, le nez tordu par une fracture ancienne. Sa taille était moyenne, mais il rayonnait de son corps une vigueur et une force physique rares. Les nuages noirs revenaient à la charge, ils gagnaient la bataille sur le ciel bleu et la pluie, poussée par le vent, avançait en formant un rideau. Les deux hommes se précipitèrent vers l'auvent de la maison.

— Je sais qui vous êtes, dit Gascogne.

Howard remarqua qu'il boitait légèrement.

— Moi aussi. Et je sais que tes ballons ont une excellente réputation.

Gascogne détailla Howard. C'était la première fois qu'il discutait avec un quaker. Il avait entendu parler de leur éthique, il n'y croyait pas, persuadé que tout homme est capable de trahir son prochain, mais le ton d'Howard lui plut. Il sonnait juste, il était rare. Gascogne sourit, se demandant s'il allait passer au tutoiement en l'agrémentant du mot « citoyen », par bravade.

— Je te le confirme. En tout cas, ils ont meilleure réputation que moi.

Puis il désigna d'un doigt le ciel.

— Et là-haut, c'est mieux.

Toutes sortes de rumeurs couraient à propos de Gascogne. On disait qu'il était un ami d'André-Jacques Garnerin, capturés tous les deux lors d'un vol de reconnaissance au-dessus de l'Angleterre, à la fin de la Révolution. Ils avaient atterri en prison. Garnerin avait trouvé une porte de sortie, dans des conditions restées obscures. Puis il s'était fait engager par un organisateur de spectacles, pour sauter en parachute depuis une montgolfière dans le ciel de Londres. Il avait tellement de succès qu'une chanson racontait ses exploits. Au bout de quelques années, Garnerin fut autorisé à retourner en France et Gascogne prit sa suite, grassement payé. Certains soutenaient qu'il était aussi un espion, mais les avis divergeaient quant à savoir pour qui il travaillait réellement.

— Tu parles le latin?

— Oui.

— Moi pas du tout. Mais c'est une belle idée que tu as eue.

Howard remarqua, sur le rebord d'une fenêtre, une rangée de gros grêlons.

— Jolis spécimens, non?

— C'est pour ça que je suis venu, dit Howard.

Gascogne jeta un regard différent sur son visiteur, comme on en jette brusquement sur un scorpion confondu avec une feuille morte.

— Je vois, dit le fabricant de ballons.

Le malaise transpirait de tous les pores de sa peau, ses mains étaient en trop, Silvanus ne savait qu'en faire. Il était debout, face à Alexander Tilloch, toujours assis à son bureau sur lequel était posé le dernier exemplaire de son concurrent annonçant en première page avoir tordu le cou à la nomenclature latine des nuages. Le patron du *Philosophical Magazine* le martelait de questions.

— Vous faisiez quoi?

— Je préparais la livraison de savons pour l'épicerie Underwood et monsieur Howard écrivait son article.

— C'est la première fois que tu le vois mesurer la grêle?

— Non, il le fait à chaque fois.

— Donc ça n'a rien d'extraordinaire?

— D'habitude, il ne casse rien. Et il ne les regarde pas aussi longtemps au microscope. Et il ne les découpe pas non plus avec une scie.

— Il les a découpés?

— Oui, monsieur. Pas tous, mais certains.

— Lesquels a-t-il choisi de découper?

— Il ne m'a pas dit.

— C'est dommage. Donc il a explosé une éprouvette et il ne s'est rendu compte de rien?

— Non, monsieur. Il n'y avait plus que le ciel qui comptait. Ensuite il a voulu m'aider pour la commande de monsieur Underwood et il s'est trompé alors qu'il ne se trompe jamais non plus.

Cette compilation de détails ne manquait pas d'intérêt, mais Tilloch ne voyait aucune conclusion à en tirer, son attention se porta vers la fenêtre et les cris d'un vendeur de journaux. Il se leva en appuyant ses deux grosses mains sur les accoudoirs de son fauteuil. L'homme qui criait les nouvelles était posté sous son bureau, à la verticale, semblant lui lancer un défi en faisant la publicité pour la concurrence.

— Achetez le *Gentleman's Magazine*, le journal pour des lecteurs anglais amoureux de la langue et de la science anglaises. Ici, les nuages portent des noms anglais ! Achetez le *Gentleman's Magazine* !

Ce n'était pas ce que criait le vendeur qui intéressait Tilloch, il avait déjà parcouru l'article. Il lisait toujours la presse de ses rivaux avant tout le monde, grâce à des ouvriers qu'il soudoyait dans chaque imprimerie sortant un journal susceptible de lui faire de l'ombre. Il étudiait surtout la réaction des passants. Le *Gentleman's* se vendait bien, la polémique pour ou contre les noms latins allait enfler, c'était de bon augure pour les affaires. Tilloch leva les yeux vers les nuages, sa dernière manne, et il poursuivit son interrogatoire :

— Et ensuite ?

— Il est sorti.

— Ah ! Tu l'as suivi j'espère ?

— Oui, monsieur.

— Il est allé où ?

— Aux chantiers « Paul Gascogne ».

L'effet fut immédiat, Tilloch fit volte-face.

— Et puis ?

— Je ne sais pas, je ne pouvais pas faire plus. Je suis reparti.

Alors qu'il regagnait son bureau, muet, Tilloch enfonça une main dans son gilet et en sortit une pièce qu'il tendit avec nonchalance à son informateur. Le geste sentait la routine et le mépris, il était mécanique, mû par une fonction autonome de lui-même, affectée à l'accomplissement des basses besognes et à la distribution des récompenses à ses indispensables espions.

— Et pour en revenir à l'orage, c'est tout ce qu'il a dit sur les grêlons?

— Non, il a fait des remarques sur leur taille et il était très perturbé.

— Perturbé?

— Oui, monsieur.

— C'est peut-être parce que ces grêlons étaient plus gros que d'habitude?

— Je ne crois pas.

— C'était quoi alors?

— C'est le changement de leur taille entre le début et la fin de l'orage qui intéressait monsieur Howard.

Tilloch revoyait Howard debout devant lui, le jeune quaker rigoureux, timide, tout habillé de noir qui n'avait pas d'autre option, en vertu de sa morale, que de toujours dire la vérité. Le patron du *Philosophical Magazine* s'était dit que, pour une fois, il s'était peut-être trompé, qu'il existait des êtres qui ne dissimulent rien, qui ne trichent pas. Il se moquait intérieurement de son erreur. Howard était pareil au reste de l'humanité, il avait une panoplie de facettes, il était même le plus beau simulateur qu'il ait connu.

— Parfait, dit Tilloch. On ne se connaît pas, Silvanus, on ne s'est jamais rencontrés, c'est bien compris?

— Vous ne voulez pas de mal à monsieur Howard?

— Surtout pas. Bien au contraire.

Mariabella guettait sa réaction, elle venait de tendre à Luke le dernier numéro du *Gentleman's Magazine*. Il était assis sur le rebord de leur lit, sombre, lisant l'article signé Thomas Forster qui détruisait sa nomenclature latine, lui reprochant d'être incompréhensible pour des lecteurs non initiés, difficile à mémoriser alors que des termes anglais étaient parfaitement appropriés pour décrire le ciel et le rendre lisible par tous.

De temps en temps, Howard soufflait de dépit, puis à la fin il se retourna vers sa femme.

— Le cirrus est selon Thomas un « nuage bouclé » ! Ça dit quoi, « nuage bouclé » à un Espagnol ou à un Français ?

Mariabella s'assit à côté de lui. Ils étaient face à la fenêtre de leur chambre. Les nuages et la brume étaient partis, la nuit les avait remplacés, le vide aussi, peuplé d'obstacles invisibles. Luke se cognait aux mots de son ami d'enfance, ils étaient âpres, cassants. Forster avait encensé sa théorie et maintenant il la massacrait, pour satisfaire le conformisme de ceux que le changement perturbe. La nuit avait un goût amer. En sortant de son officine, Howard avait franchi une frontière, il n'avait pas mesuré à quel point les règles deviendraient différentes. Mariabella prit une main de Luke, la replia comme une boule de papier et l'entoura des siennes.

— À chaque fois tu me soutiens !

— Mais toi aussi tu me soutiens. C'est notre rôle, non ?

— Je ne devrais pas m'offusquer de ce que dit Thomas.

— Un jour, il écrira que c'est toi qui as raison.

— Alors pourquoi ça ?

— Il n'écrit peut-être pas ce qu'il veut. Et puis, vous avez toujours fonctionné de cette façon. Jamais vous n'étiez d'accord et souvent, à la fin, il se rangeait à ton avis.

— Non, là c'est autre chose.

— Je sais.

— Ce qu'il écrit devrait m'être égal.

— Il t'a touché. Il a touché une zone sensible. Parce que tout ce qu'il dit compte pour toi. C'est ton ami.

— C'est tout mon être qui est trop sensible.

— Un jour tu auras le cuir épais. Peut-être trop.

Mariabella caressait la main de son mari, prodiguant du bout de ses doigts une douceur qui l'apaisait, il avoua :

— Ma liste de nuages est incomplète.

Elle n'exprima aucune surprise.

— Je sais. Tu parles beaucoup la nuit.

— Et qu'est-ce que je dis ?

— Ce que tu caches le jour.

— J'ai peur de nous perdre.

Il avait prononcé la même phrase, quinze ans plus tôt, quand il l'avait entraînée sur les sentiers de Wychwood. Son esprit était à l'envers, chamboulé, il craignait que les arbres ne les surveillent et les dénoncent, il ne distinguait plus le sud du nord, croyant marcher en direction du mal, il avait confessé : « J'aime les nuages. »

Il ne voulait pas la tromper sur sa véritable identité. C'était sa face secrète, inaltérable. Elle ne savait rien du ciel. Elle s'en accommoderait. Elle le saisit au col de son manteau pour plonger ses lèvres dans les siennes. Ils étaient seuls, ivres d'audace et d'émotion, la nuit tombait, le chemin était sombre, chaotique, Mariabella ne disait rien, elle goûtait et goûtait encore la bouche de Luke, elle était prête à se perdre avec cet homme-là pour le restant de sa vie, à aimer ses nuages, à vivre avec eux.

— J'ai rencontré Paul Gascogne, l'homme qui construit des ballons. Nous avons parlé de la grêle.

— Seulement de la grêle ?

Elle porta la main de Luke contre sa bouche et l'embrassa.

— Je sais pourquoi tu es allé le voir.

— Il m'a traité de fou.

— J'aime un fou.

7

L'article de Thomas Forster avait fait l'effet d'une torche lancée dans une botte de foin. La rumeur s'embrasa. Howard était redevenu le mauvais Anglais, le quaker ingrat, le traître, un chien. Les louanges qui s'élevaient étaient aussitôt asphyxiées, les âmes furieuses crachent une boue épaisse qui recouvre tout, la paix, le génie, elle éteint la lumière, transforme le soleil en un astre plat et pâle. Il pensait tenir à distance cette deuxième salve de critiques et d'injures, mais elle le pénétrait par des brèches qu'il ne se connaissait pas, elle souillait son intimité, le violait. Il ne quittait plus l'apothicairerie. La rue s'était transformée en un territoire hostile. Il considérait toutes ces fioles, ces substances qu'il assemblait avec Silvanus pour guérir les maux humains ; elles étaient inutiles, rien ne pouvait le soulager ou dissiper l'amertume que le dégoût laissait dans sa bouche. La flèche était venimeuse, parce que c'était Forster qui l'avait décochée. Il sentait la pression de toutes ces mains invisibles et il entendait la voix de son ami qui leur criait de le pousser dans le précipice.

Leur amitié est née pendant l'été 1783. Howard avait 10 ans. Cela faisait plusieurs jours qu'il observait de loin Forster descendre le long de la Fleet River, son niveau était très bas. Il déplaçait de grosses pierres pour construire un barrage surmonté d'un moulin. Thomas se redressa pour se masser les reins et lui fit signe de venir l'aider. Robert Howard interdisait à son fils de fréquenter des enfants qui n'appartenaient pas à leur communauté, mais il ne pouvait pas l'empêcher de secourir quelqu'un qui sollicitait son aide, c'était contraire à la morale et à l'enseignement des quakers. Forster lui expliqua qu'il faisait des expériences pour dompter le débit de la Fleet qui débordait régulièrement de son lit et causait des inondations dans tout le quartier.

— C'est un début, disait-il, un jour je serai un grand ingénieur et je maîtriserai la puissance de la Tamise. Et toi qu'est-ce que tu feras ?

C'était la première fois qu'un enfant des « gens du monde » l'abordait sans faire allusion à sa communauté et à sa pratique religieuse. Howard avait lui aussi le goût des expériences, mais il n'en parlait jamais.

— Un jour je serai libre, déclara-t-il, sans savoir pourquoi c'était sorti de sa bouche. Il avait l'intuition de pouvoir tout dire à ce garçon dont il ne savait rien.

L'aveu surprit Forster, il lui plut, il répéta à son tour :

— Moi aussi je serai libre.

Ils s'étaient promis de rester les meilleurs amis du monde, de ne jamais se mentir, ni de se voler une invention.

Avec le temps, les promesses se rétrécissent, deviennent fines, sensibles au moindre accroc. Howard éprouvait la sensation d'un animal blessé qui cherche un trou où se terrer jusqu'à ce que la plaie cicatrise. Il pensa même à vivre reclus, parmi sa femme, ses enfants, ses instruments de mesure, ses dessins de nuages et son assistant dont il ne soupçonnait rien de sa déloyauté. L'article de Forster persistait en lui, à la manière d'un poison lent. Il n'arrivait plus à se situer sur l'échelle du bien et du mal, à distinguer la raison de la folie. Il doutait de tout, de son intelligence gangrenée par son ambition. Là-haut, il voyait les nuages qui formaient l'image de Dieu et le Créateur le toisait comme le faisait son père lorsqu'il lui assénait un ordre. Il subsistait toutefois, avec le monde extérieur, un lien auquel Howard ne pouvait se soustraire, son contrat avec Tilloch. L'écriture de l'épisode numéro 2 était terminée. Luke était assis près de la fenêtre de son laboratoire, un carnet à dessin entre les mains.

— Silvanus, s'il te plaît.

Il s'approcha et dit instantanément à son patron qui attendait son avis :

— Cumulus !

— Il est ressemblant alors ?

— Parfaitement, on dirait qu'il est vrai.

Howard ajouta la légende « Cumulus » au bas de la feuille et il referma le carnet.

— Tu peux porter tout ça à monsieur Tilloch.

Silvanus marqua un temps d'arrêt, une hésitation qui n'échappa pas à Howard. Il l'attribua à la crainte que devait lui inspirer le patron du *Philosophical Magazine*.

— Ce n'est pas de l'or, dit-il pour dédramatiser, c'est juste un article sur le cumulus. Il en passe des tas dans le ciel.

— Bien sûr, dit Silvanus. Mais je transporterais aussi de l'or si vous le vouliez.

En sortant de l'officine, Silvanus caressa tout en marchant chacun des poteaux de Fleet Street. Ils étaient supposés protéger ceux qui les touchaient des malheurs et des risques de maladies. Des flocons de neige décrivaient des cercles, refusant de rejoindre le sol et d'y mourir. Silvanus marchait vite, son cerveau aussi, les idées saugrenues se succédaient. Il avait peur que le mot « traître » n'apparaisse sur son front, que dans les rues grouillantes, on puisse le lire en grosses lettres. Il tenait fermement de sa main gauche la sacoche qui contenait l'article et les représentations du cumulus. Il imaginait maintenant que les nuages peints par son patron se détachaient un à un de leurs pages et qu'ils rebroussaient chemin jusqu'au laboratoire pour raconter la vérité, le sombre jeu que Tilloch lui faisait tenir. Quand le directeur du *Philosophical Magazine* ouvrit le carnet à dessins, les nuages étaient toujours là.

— Bien, dit Tilloch, et l'article qui va avec. Je vais le lire. Il y a un problème avec ton patron, il est malade?

— Non.

— Pourquoi il n'est pas venu lui-même alors?

— Il ne m'a pas dit.

— Quoi de neuf sinon depuis la dernière fois?

Silvanus resta muet, distant. Il était là pour livrer le deuxième épisode des nuages, il avait fait ce que son patron lui avait commandé, il voulait juste repartir.

— Est-il revenu sur les chantiers Gascogne?

— Non. Monsieur Howard ne sort pas en ce moment.

— Pourquoi?

— Je ne sais pas.

— Il va bien au moins? C'est sûr qu'il n'est pas malade?

— Je ne crois pas.

— Tu ne crois pas. Tu le vois tous les jours pourtant! C'est à cause de la trahison de son ami Forster? On n'est jamais si bien trahi que par les siens.

Silvanus avait envie de fuir mais ses jambes ne lui obéissaient pas. Il bredouilla:

— Je ne veux plus.

— Plus quoi?

— Tout ça. Que vous m'interrogiez, que vous me demandiez de suivre monsieur Howard.

Tilloch se leva de son fauteuil, toujours en s'aidant de ses mains épaisses.

— C'est trop tard, tu es à moi.

— Ce n'est pas vrai.

— Si, je te paie.

Tilloch se mit à rire bruyamment, sa poitrine se soulevait et retombait en émettant le bruit d'une grosse machine qui décharge un excès de pression. Sa masse riante était pour Silvanus encore plus impressionnante que lorsqu'elle se taisait. Tilloch s'en aperçut, il écarta les bras d'un air rassurant pour chasser la peur qui paralysait son informateur, pour ne pas trancher le fil avec lequel il le retenait. Un esclave cassé ne sert plus à rien.

— Mais non, ce n'est pas vrai. Je te taquine. Nous avons le même objectif. Nous travaillons tous les deux pour la science et pour ses avancées. Chacun dans notre domaine. Tu ne trahis personne, toi. Tu fais juste ton devoir. N'est-ce pas?

— Oui, monsieur.

— Alors fais-moi confiance, le destin de Luke Howard nous dépasse à tous les deux. C'est un génie.

8

Parmi le va-et-vient des passants et des fiacres qui circulaient dans Fleet Street, un homme se tenait sous un porche, immobile. Il revenait régulièrement depuis quelques jours. Il restait une bonne heure, surveillant la porte de l'apothicairerie Howard. Il notait qui entrait, qui sortait. Il avait les cheveux courts, légèrement frisés, une moustache fine, un long manteau noir et la patience d'un flic qui traque la vérité jusqu'à ce qu'elle sorte enfin de son trou. Quand il décollait de son recoin, c'était pour se mêler à la foule et disparaître. Puis un matin, il s'élança à l'instant même où Silvanus sortait de la boutique, avec une mallette pleine de médicaments qu'il allait livrer chez un client impotent. C'était sa proie, il avait choisi ce moment pour fondre sur elle. Silvanus ne se doutait pas qu'un jour, autant de rapaces tourneraient autour de lui. L'homme lui emboîta le pas et profita de la quiétude d'une rue adjacente pour l'interpeller.

— Bevan!

Silvanus se retourna.

— Silvanus Bevan?

Il opina de la tête, inquiet. Ce prédateur s'appelait Cliff Robson, il travaillait pour le compte de l'Intelligence Service, créé dès le début de la Révolution française afin de traquer les idées pernicieuses grossissant dans le pays et les ennemis intérieurs qui les relayaient.

— J'ai deux ou trois petites questions à te poser.

Silvanus afficha un air rebelle, sombre, il reprit son chemin.

— Allons bon ! Tu ne veux rien dire à la police ? Quelle étrange idée ! Tu préfères perdre ton travail ?

Silvanus s'arrêta, Robson vint lui murmurer à l'oreille :

— Ça fait longtemps que tu travailles pour les Howard ?

— Cinq ans.

— C'est bien, je suis sûr que ce sont de bons patrons ! Pourtant tu trahis monsieur Howard, et il faut que tu me dises pourquoi.

— C'est pas vrai, je ne le trahis pas.

— Tu mens ! s'emporta subitement Robson.

La méthode du flic était classique, il passait de l'empathie à la menace, sans avoir à forcer son inspiration, la résistance de Silvanus était friable, l'enjeu le dépassait.

— Je n'ai rien contre toi, Bevan, mais il faut me dire la vérité. Si tu ne me la dis pas, c'est que tu mens à la monarchie, au roi, ce n'est pas ce que tu veux, n'est-ce pas ? Tu es un bon Anglais ? Alors je te le demande une dernière fois…

— Monsieur Tilloch dit que c'est pour le bien de la science.

— Que veut-il savoir ?

— Tout ce qui concerne les nuages et les recherches de monsieur Howard.

— Quoi d'autre ?

— Les lettres qu'il reçoit, aussi.

— Tu les lis ?

— Oui.

— Que disent-elles ?

— Des insultes, à cause des noms que monsieur Howard a donnés aux nuages.

— Seulement des lettres d'insultes ?

— Oui.

Le flic entrecoupait son interrogatoire de silences destinés à déboussoler Silvanus et l'effet recherché était largement atteint. Le jeune homme ne supportait pas ces instants de vide, ils amplifiaient ce sentiment de culpabilité qui l'envahissait. Il se mit à répondre à des questions qu'on ne lui posait même pas.

— Monsieur Tilloch veut savoir aussi si je suis en rapport avec vous, avec la police.

— Que lui as-tu dit?

— La vérité.

— Il t'a cru?

— Je ne sais pas.

— Que lui diras-tu désormais?

— Rien. Cela ne le concerne pas.

— C'est bien, Bevan, c'est bien.

— Monsieur Tilloch dit aussi que monsieur Howard lui cache des choses encore, qu'il ne lui a pas tout dit à propos de ses découvertes.

— C'est-à-dire?

— Monsieur Howard s'intéresse beaucoup à la grêle.

— La grêle?

Robson réfléchit un court instant pour envisager un lien entre la grêle et les informations qu'il espérait tirer de cet interrogatoire, mais il n'en voyait pas.

— Quoi d'autre encore?

— À propos de la grêle?

— Non, à propos de Tilloch, c'est quoi son intérêt de répandre cette liste de nuages en latin?

— Il dit que c'est pour la science, que les inventions de monsieur Howard sont une chance pour l'humanité. Il dit que lorsque les lecteurs les apprennent dans le *Philosophical Magazine*, ça leur fait plus de bien qu'un médicament.

— Il dit ça? Tu as des liens avec l'Écosse?

— Non, monsieur.

— Aucun membre de ta famille?

— Aucun, monsieur, je ne connais pas ma famille.

— Tu peux donc être écossais?

— Alors, je ne le savais pas.

Robson marqua une pause, il était parfois le premier saisi par l'aberration de ses propres questions.

— Que sais-tu de Tilloch?

— C'est un homme riche, fort.

— Es-tu fidèle à la monarchie?
— Bien sûr, monsieur.
— Que penses-tu des Français?
— Les Français... mais ce sont nos ennemis, des sanguinaires qui ont coupé la tête de leur roi. Pour sûr, les Français sont nos ennemis.
— Quel est le lien entre monsieur Howard et monsieur Gascogne?
— Je ne sais pas. Il lui a déjà rendu visite sur les chantiers.
— Combien de fois?
— Une fois.
— Seulement une fois?
— Moi, je ne l'ai suivi qu'une fois.
— Est-ce qu'il parle français?
— Je ne sais pas. Je ne connais pas le français, mais il ne parle jamais dans une langue que je ne comprends pas.
— En ta présence!

Cliff Robson cherchait la vérité partout où il pouvait fourrer son nez, jusque dans les recoins les plus obscurs. Il ne négligeait rien, ne lâchait pas une piste avant de l'avoir inspectée sous toutes ses facettes. Il était persévérant, convaincu que le mensonge et la culpabilité puent et que la vérité finit inévitablement par suinter de la peau d'un coupable. Robson était devenu flic pour traquer le vice et les ennemis du royaume. Il détestait la France, son désordre, son insolence et tous ses sens se dressaient au moindre signal de l'ennemi voisin. Il voyait une relation étroite entre le calendrier de Fabre d'Églantine et la nomenclature latine d'Howard. Il supposait qu'ils avaient les mêmes objectifs de laïciser la nature et le ciel, d'éloigner les hommes de Dieu et de les maîtriser en brandissant une autre religion, incontrôlable. La similitude entre les noms des nuages qui se terminaient par « us » et ceux des jours de la décade révolutionnaire qui se terminaient par « di » résultait de la même intention d'établir une société nouvelle et universaliste. Pour Robson, un quaker qui raisonne comme un révolutionnaire français est un quaker douteux ou faux, un espion ou un traître.

— Monsieur Howard est-il déjà monté dans un ballon? poursuivit Robson.

— Jamais.

— Comment en es-tu sûr?

— Il en parle avec madame Howard, mais c'est tout. Monsieur Howard est un bon patron... Madame Howard aussi.

— Et pourtant tu ne leur es pas fidèle. Tu es toujours le gosse rebelle et chapardeur qu'ils ont ramassé dans la rue.

Silvanus ne savait plus quoi dire. Il attendait que l'humiliation cesse. Le flic venait de lui jeter sa duplicité en pleine figure, comme l'avait fait Tilloch, plus sournoisement. Mais avec Robson, la sensation était comparable à celle d'un coup de fouet bien mérité.

— Pourrais-tu me mentir à moi aussi? Mentir à ton pays et à sa police?

— Non, monsieur.

— Qu'est-ce qui me le prouve? On te tend une pièce et tu parles!

— J'aime mon pays, j'aime mon roi.

— Alors continue à faire ce que te demande monsieur Tilloch et ne parle à personne de notre rencontre, sinon je te bannis de Londres. C'est compris? Je te bannis jusqu'à la fin de tes jours.

— Oui, monsieur.

— File.

9

La trahison de Forster fut longue à digérer. Elle avait aussi éclaboussé Mariabella. On la suspectait désormais d'être à l'origine du mal, de pousser son mari en direction du Diable. Ses investigations auprès des malades sur l'origine de leurs maux jetaient un peu plus le trouble sur ses intentions et sa foi. Elle ne manifestait ni doute ni crainte. Chaque jour, devant un miroir, elle passait ses bras autour de Luke et le forçait à s'observer durant de longues minutes. Elle l'aidait à s'immerger au plus profond de son être. Elle se tenait à ses côtés et, à la fin, elle lui posait toujours les deux mêmes questions :

— Vois-tu un mauvais homme ?

— Non.

— Vois-tu un mauvais Anglais ?

— Non.

— Ainsi soit-il.

Et ils reprirent les rues de Londres pour se rendre à la Réunion. Leurs enfants les devançaient, c'était un 1er jour identique aux autres 1ers jours. Rien ne les différenciait des autres familles quakers qui se dirigeaient vers leur rendez-vous avec Dieu, mais cette fois-ci, Mariabella ne déclencha aucune discussion. Les convenances lui disaient d'avancer et sa conscience de faire demi-tour. Elle marqua un temps d'arrêt, venant d'apercevoir dans une vitrine la caricature du docteur Jenner qui vaccinait des patients contre la variole, grâce à des prélèvements de pus issu d'une vache malade. On cria au scandale, il n'était pas raisonnable de soigner des humains avec un animal. C'était même dangereux. Les opposants à la vaccine prédisaient les pires affres à ceux qui acceptaient son inoculation. Le dessin les représentait avec des cornes leur poussant sur le front, d'autres enfantaient des vaches par la bouche ou les bras. Le Parlement venait de récompenser Jenner d'une bourse de dix mille livres pour sa découverte. La variole faisait des ravages. Ils n'étaient pas seuls, ils n'avaient pas tort. Un autre 1er jour, elle aurait demandé à Luke son avis sur la violence de cette caricature, elle aurait enchaîné sur le scepticisme, sur ce qui sépare le progrès de l'immobilisme, ceux qui agissent de ceux qui promettent. Aujourd'hui, elle préférait se taire.

C'était la même dualité qui troublait le raisonnement de Luke. Ils allaient subir une fois de plus le poids de la suspicion, écrasant, brutal. Il avait envie de prendre Mariabella par la main, de la soustraire à la morale du groupe, à sa discipline et à sa surveillance.

Ils se gardaient bien d'échanger leurs pensées, ils les retenaient pour qu'elles n'engloutissent pas celles de l'autre, réduisant à néant tout ce qui les avait unis jusque-là. Ils n'avaient pas d'autre choix que de cheminer à découvert, en priant que leur nouvelle foi ne compromette pas leurs trois enfants, innocents, heureux, qui se retournaient vers eux tous les cinquante pas, vérifiant qu'ils ne prenaient pas trop d'avance au risque d'échapper à leur vigilance. Parfois ils doutaient, leurs détracteurs avaient peut-être raison, ces « gens du monde » qui, au gré des événements et à la recherche de coupables, s'élevaient pour les traiter de fanatiques, les accusant de dissimuler sous une façade austère et des habits sombres une lumière violente et diabolique, les faisant subitement passer du recueillement à la transe, de citoyens discrets à des êtres malins, criant et vociférant jusqu'à l'hystérie. Luke et Mariabella savaient que de telles scènes étaient réelles, mais ils n'y avaient jamais assisté. Leur Maison de Londres était résolument fidèle à la règle du silence. Elle avait même soutenu et encouragé des idées nouvelles et progressistes, mais pour Mariabella, l'Ami Georges Gatlin s'était mué en une énergie hostile, prompte à s'embraser au moindre soupçon de blasphème et à entraîner dans sa fureur les faibles qui remplissent leur vacuité par la haine débordante d'un doctrinaire. Elle redoutait le moment où viendrait la question, où leur moralité serait débattue, jetée à terre comme un morceau de viande qu'une horde de chiens allait se disputer. Luke acceptait d'être leur pâture.

Ils étaient assis l'un à côté de l'autre, à la même place, parmi leurs Amis, ces étrangers. La force était en eux, en leur couple, discrète. Ils appartenaient aux quakers parce qu'ils étaient nés quakers. Ils se seraient soumis à un autre rituel si leur naissance en avait décidé ainsi. Leur religion n'avait pas de frontière, elle était universelle, prêchant la lucidité dans un monde de superstitions. La science était leur autre foi, une théorie parallèle et compatible avec Dieu. On pouvait dialoguer avec l'une et s'incliner devant l'autre. Dieu n'a rien à dire aux hommes, ni de messages à recevoir d'eux. Les mots composant les prières ne pèsent rien, qu'ils soient psalmodiés ou récités à voix haute, ils sont vains. Luke et Mariabella Howard ne prenaient pas la parole durant ces réunions. Ils avaient l'apparence de leur époque et de leur communauté, mais ce n'était que le rôle qu'ils avaient appris à tenir. Ils appartenaient à cette petite fraction de l'humanité, consciente des œillères qui restreignent sa vision du monde. Luke et Mariabella les supportaient, sans ciller. Entre eux, ils ne parlaient pas de la place qu'ils y occupaient, pas plus qu'ils n'abordaient le thème de la foi. Peut-être le feraient-ils un jour, quand ils n'auraient plus de raison d'être réticents à l'exploration de cet ultime tabou. En attendant, ils respectaient la discipline, se pliaient à la règle, et celle des quakers leur paraissait encore supportable.

En face d'eux, il y avait une fenêtre qui servait de cadre à un arbre déplumé, les oiseaux s'y posaient. Un bruit les faisait fuir, d'autres venaient. Les sons de la ville s'immisçaient dans le recueillement, ils étaient lointains, étouffés, indistincts. Luke priait, Mariabella tourna subrepticement la tête vers son mari et se leva.

— Mes Amis, je voudrais revenir sur la question des nuages, celle posée par notre Ami Georges.

Des regards ne purent s'empêcher de se porter sur elle, Luke écarquilla les yeux, médusé par l'initiative de sa femme.

— Je voudrais à mon tour la soumettre à notre Assemblée. L'observation des nuages, sous un aspect scientifique, est-elle compatible avec notre conception divine du ciel ?

Mariabella se rassit et, après un inhabituel frissonnement, le silence recouvrit le groupe. Elle avait précédé Gatlin qui remettait l'affaire des nuages sur le tapis à chaque fois que la Réunion touchait à son terme. C'était contraire à la coutume. Celui qui initiait un sujet de réflexion en gardait toujours la primauté. C'était à lui de décider s'il était nécessaire de l'exposer au vote ou de l'oublier. Ce n'était pas écrit, c'était la tradition et personne n'y contrevenait. Gatlin n'afficha aucune contrariété et pourtant il se sentait dépossédé, bafoué, ses mâchoires serrées auraient écrasé du bois. L'ambiance était électrique, les minutes longues, une voix anonyme, neutre, s'éleva pour que l'on passe au vote. Le vent avait tourné, le fiel de Gatlin avait bien infusé dans les cerveaux, une majorité d'Amis se levèrent de leurs chaises. Ceux qui demeuraient assis n'étaient plus que des petites poches de résistance qui ne tarderaient pas à céder. Mariabella et Luke se sentaient minuscules. Une voix demanda si l'unanimité était atteinte.

— Non, répondit une autre.

Sans animosité, Gatlin récupéra la parole, tel un bien dont on l'avait injustement privé et qui lui était restitué. Sa voix était lente, sûre d'elle, l'insolence de Mariabella punie.

— Alors remettons la décision à une prochaine fois. Qu'il en soit ainsi.

— Qu'il en soit ainsi, répéta le groupe dans son entier.

L'Assemblée respecta un dernier silence. Il sonnait faux. Il mimait un rituel, mais chacun savait que les pensées de l'autre étaient tournées vers ce qui s'apparentait à un conflit, un schisme entre quakers d'une même Maison. Ému par l'initiative de Mariabella, Luke ne put s'empêcher de rapprocher une main de celle de sa femme, il l'effleura rapidement, à l'insu de tous.

10

Au premier étage du 29 Fleet Street, Mary et Elisabeth étaient assises par terre, sur un parquet sombre et luisant, dans une pièce nue. Les seules taches de couleur étaient un tapis turc, vert, et une broderie de Mariabella représentant le quaker Guillaume Penn posant avec un Indien, accrochée sur un des murs blancs. Entre les deux enfants, il y avait une multitude de petits flacons en verre posés sur le sol. Robert était debout, de dos, le visage collé contre le carreau d'une fenêtre. Tout en parlant à voix basse avec sa petite sœur, Mary sentait les bâtonnets des différents parfums contenus dans les fioles, puis elle les promenait sous le nez d'Elisabeth. Elles en choisirent un et invitèrent leur frère à les rejoindre. Il saisit la tige que lui tendait Elisabeth, il la passa à plusieurs reprises sous son nez, l'air sûr de lui, mimant le geste de ses parents dans leur laboratoire, puis il dit, d'un ton catégorique :

— Je sais !

— Vas-y, lui ordonna Elisabeth.

— C'est un fruit, la framboise.

— Non. Ce n'est pas la framboise.

Robert afficha un air ébahi, imitant un adulte étonné d'avoir commis une erreur, et il sentit une fois encore le parfum. Le spectacle de ses enfants amusait Howard qui les épiait depuis une porte entrouverte.

— Ah non, ce n'est pas un fruit, c'est le bois!

— Non plus, dit Mary, tu es sur la bonne voie, mais ce n'est pas le bois.

Howard poussa la porte.

— Je peux jouer?

Il prit place aux côtés de ses enfants pendant que Robert humait encore le bâtonnet.

— Oublie-nous, dit son père, laisse l'odeur entrer dans tes souvenirs.

— Tu l'as reconnue? demanda Elisabeth à son père.

— Je crois, dit-il sur un ton hésitant.

Il l'avait forcément identifiée, mais ne faisait rien qui puisse minimiser les capacités de ses enfants, quitte à frôler le mensonge. Il savait chacune de leurs forces et de leurs faiblesses, il les accompagnait, les soutenait, sans décider à leur place de façon autoritaire. Quand il n'était pas sûr, il repensait à son enfance et faisait le contraire de ce qu'il avait subi.

— Je sais, dit Robert.

— C'est quoi? demanda Elisabeth.

— C'est une fleur. C'est la violette.

Mary sourit pour approuver.

— Oui, dit Elisabeth avec satisfaction.

— À toi, père. Retourne-toi, dit Robert.

— Je ferme les yeux.

— Non, parce qu'on doit décider d'abord.

— Alors je ferme mes oreilles aussi.

Howard plaqua ses mains dessus, les enfants se penchèrent vers les flacons, tête contre tête, et Robert prétexta que c'était à lui de choisir parce qu'il venait de reconnaître le parfum précédent. Ils tendirent le bâtonnet à leur père qui ne prit même pas la peine de rapprocher son nez. La réponse fusa :

— L'eucalyptus.

— C'est ça, dit Mary.

— Encore. Ferme tes oreilles, ajouta Elisabeth, ferme tout.

Les enfants choisirent un autre échantillon et le verdict de leur père fut tout aussi expéditif.

— Ça, c'est la cardamome.
— Comment tu fais? s'impatienta Mary.
— Comment je fais? C'est ce que je viens de dire à votre frère, l'odeur m'envahit, je la laisse faire, elle occupe tout mon nez, mes souvenirs, mes promenades dans Londres, à la campagne, et elle devient une image.
— L'image de quoi?
— De son propriétaire. De ce qui la produit.
— Est-ce qu'il y a des odeurs que tu ne connais pas? demanda Robert.
— Sûrement.
— Lesquelles?
Howard réfléchit.
— S'il ne les connaît pas, dit Mary, je ne vois pas comment il peut dire lesquelles.
— Si, dit leur père pour venir à la rescousse de Robert, la lune, je ne sais pas si la lune a une odeur particulière.
— Elle est un peu loin, précisa le garçon.
— Et le *status*, qu'est-ce qu'il sent? lança Elisabeth.
— Le stratus, corrigea Mary.
Howard s'attarda sur Elisabeth. L'interrogation de la plus jeune de ses enfants avait mis le doigt, de façon innocente, sur l'obsession peuplant ses jours et ses nuits. Luke se dit que l'odeur du stratus était peut-être bien celle de la mort, mais un père ne peut pas expliquer à ses enfants que la science le possède et qu'il brûle du désir de s'élever vers le ciel, vers un aller dont rien ne garantissait le retour. Les pères à l'audace trempée ont rarement celle de dire à leurs enfants qu'ils ne le reverront peut-être jamais.
— Je ne sais pas, Elisabeth, dit Howard.
— Est-ce que tout a une odeur?
— Non, par exemple ces flacons avec lesquels on joue, ils sont en verre, ils contiennent des parfums mais eux-mêmes ne sentent rien. Sinon, il existe une quantité infinie d'odeurs, parmi la nature, les plantes, les humains, toi, Mary, Robert, moi…

— Et mère aussi? ajouta Elisabeth.
— Bien sûr, votre mère aussi.

Mariabella travaillait dans le laboratoire du rez-de-chaussée, aux côtés de Silvanus. Attenante à la boutique, la pièce était sombre, pleine d'objets nécessaires à la fabrication des médicaments : des chaudrons, un alambic et ses bombes de cuivre, des flacons de sirops, d'eaux distillées, des spatules suspendues au mur ainsi que des seringues, deux balances avec des poids en fonte et d'autres en laiton, des pilons, des mortiers de différentes tailles, le plus gros, sur pied, portait une inscription, « Allen Westbrook m'a fait. Edward Smith m'a fait faire à Stockport, l'an 1688 ». C'était un don de l'ancien patron d'Howard, pour la réussite de son examen et son entrée dans la corporation des apothicaires. C'est dans ce réceptacle en marbre noir que Silvanus pilait les ingrédients servant à la confection d'une potion antiémétique commandée par un groupe de quakers qui émigraient aux États-Unis. Mariabella nettoyait consciencieusement dans un évier une carafe servant à stocker le remède. Ses doigts étaient longs, noueux et puissants. Elle ramassa un torchon posé près d'elle, se sécha les mains et sortit de son tablier une lettre dont elle commença la lecture en regagnant la boutique. Une cliente était déjà là, elle ne la remarqua pas.

— Bonjour Mariabella Howard !
— Helen Colchester ! Je ne t'avais pas entendue, excuse-moi.

Mariabella rangea la lettre dans un tiroir du large comptoir en bois, machinalement, c'était une lettre de plus, sans importance. La cliente était une Amie, toute vêtue de noir, elle venait chercher le premier jour de chaque mois son flacon de lactucarium. Mariabella déployait la même sollicitude pour chaque personne qui franchissait la porte de sa boutique. Elle ne le faisait pas par calcul, pour faire tourner son officine, elle considérait que c'était son rôle. L'effet d'un médicament débutait, selon elle, dès que le soignant le confiait à son malade. Elle pressentait que la guérison avait des origines psychologiques jouxtant l'irrationnel, faisant que des figures blêmes reprenaient des couleurs dès l'instant où elles payaient leurs pilules et les enfonçaient dans une poche de leur manteau. Comme Luke, elle avait la certitude que tout a une explication. Même le mystère n'était qu'une apparence, une porte fermée par l'ignorance. Tout avait une clef, et elle aussi étudiait le ciel, parce que son intuition lui disait que le vent, la pluie, le froid, le chaud, tous les phénomènes atmosphériques avaient une influence sur la santé des corps et des esprits. La nouvelle de son intervention lors de la dernière Réunion s'était répandue telle une traînée de poudre dans la communauté quaker. Elle devenait elle aussi une curiosité, le ferment du désordre là où le désordre n'aurait pas dû s'installer.

— Moi aussi, je serais bouleversée, dit Helen Colchester.

Mariabella la regarda sans comprendre à quoi elle faisait allusion.

— Je n'aimerais pas que mon mari offense Dieu.

Mariabella savait contenir la curiosité de sa clientèle. Elle s'en sortait toujours par un silence poli ou par une phrase qui désamorçait la controverse, mais c'était la première fois qu'on l'impliquait aussi intimement dans une conversation. Elle ne savait quelle attitude prendre, elle avait en face d'elle la bouche d'Helen Colchester et ses remarques perfides qui allaient recommencer. Elle sentait aussi dans son dos l'attention que Silvanus portait à son désarroi, alors elle leva la tête vers le plafond, laissant croire que son trouble était lié au bruit que ses enfants faisaient en courant sur le parquet et aux paroles de leur père qu'elle tentait de comprendre. Le répit qu'elle venait d'imposer avait éloigné pour quelques secondes l'indiscrétion malsaine de sa cliente, comme un courant d'air le fait d'une mauvaise odeur.

— Comment va-t-il justement, ton mari? Il marche beaucoup mieux me semble-t-il?

— Oui, ça va mieux.

— Excuse-moi. Que se passe-t-il là-haut? Silvanus, s'il te plaît!

Elle s'éclipsa, prétextant qu'elle voulait savoir l'origine d'une telle animation. Ce n'était pas vraiment un mensonge, elle voulait fuir Helen Colchester parce qu'elle l'embarrassait et qu'elle ne la trouvait pas digne de la priver de son mari et de ses enfants. L'affront était piquant pour l'Amie, elle avait maintenant sa propre anecdote pour alimenter les rumeurs sur le chemin dissident que suivait Mariabella. Elle ne s'attarda pas avec Silvanus, il n'avait pas d'intérêt. Il se retrouva seul dans la boutique, écoutant les sons de la famille Howard, et malgré la promesse qu'il s'était faite, il ouvrit le tiroir du comptoir. Il se traita une fois encore de sale traître, mais le désir de savoir était le plus fort, conforté par les encouragements de M. Tilloch affirmant que le sort de M. Howard appartenait à l'humanité. Rien de ce qui touchait à ses recherches sur les nuages ne devait rester secret, c'était un bien public. Mariabella ne prenait aucune précaution pour dissimuler ces lettres, elle les glissait à peine sous quelques commandes. Silvanus tomba sur une caricature de Luke Howard, assis sur un nuage, accompagné d'insultes lui souhaitant bon vent et de ne pas revenir. Il y avait de courtes lettres qu'il avait déjà lues, jamais signées. La première sur le tas était celle que Mariabella venait de ranger.

Cher Monsieur Howard, je dis «cher» parce que telle est la formule, mais je devrais dire «Pitoyable Monsieur Howard». Qui es-tu? Un menteur? Un escroc? Un ambitieux camouflé sous les fripes d'une secte rebelle. À quoi sers-tu? À rien. Si, tu sèmes le doute et tu récoltes la tempête. Tu es un mauvais sujet de Sa Majesté. Notre pays a-t-il besoin d'ennemis qui cherchent à lui nuire de l'intérieur? Quel est ton objectif? Pour qui travailles-tu? Est-ce la bêtise ou l'ingratitude qui te pousse à affubler les nuages de noms latins? Ou les deux à la fois? Mon opinion est que ce sont bien les deux. Tu es tout à la fois un imposteur, un inutile, un découvreur de rien, un rien. Arrête d'écrire pour ne rien dire. Si l'usage de notre langue ne te plaît pas, pars et emporte ta foi avec toi!

Silvanus Bevan avait 14 ans quand il poussa pour la première fois la porte de l'apothicairerie. Il venait livrer des sacs de charbon. Mariabella lui avait indiqué l'endroit où les entreposer.

À chaque fois qu'il passait devant les pots de médicaments rangés par taille sur des étagères, il jetait un coup d'œil dans leur direction.

— Vous soignez toutes les maladies qui existent avec ça? finit par demander Silvanus.

— Pas toutes, non.

— C'est vous qui les faites?

— La plupart, oui.

— Moi, j'ai ça.

Il releva sa manche et déroula un bandeau qui entourait son bras, il était entaillé de plaies profondes qui saignaient encore.

— C'est un chien qui m'a mordu, il était dans une cave, je ne l'ai pas vu.

Mariabella l'observa, déroutée. Il espérait de l'aide mais avec un troublant détachement, semblant agir pour un autre dont la vie lui importait peu. Il n'espérait pas de pitié, considérant que c'était sa faute s'il n'avait pas vu ce chien et qu'il n'avait qu'à s'en prendre à lui-même. Elle lui aurait annoncé qu'il allait mourir de la rage quelques jours plus tard, il aurait pris la porte en s'excusant de l'avoir dérangée, pour poursuivre ses livraisons. Mariabella le pria de se rapprocher d'un évier et elle se mit à dilater consciencieusement chacune des plaies pour les faire saigner.

— Je te fais mal?

— Non, madame.

Il souffrait. La souffrance était inscrite dans sa vie depuis qu'il était né, mais c'était la première fois qu'il la subissait pour son bien.

— Comment vous avez appris pour faire les médicaments?

— Ça t'intéresse?

— Je vais mourir?

Il intriguait Mariabella. Elle le trouvait courageux et émouvant. La crainte de la mort était légitime, la rage tue en quelques jours, provoquant chez sa victime des spasmes respiratoires d'une douleur insupportable. Elle tenait le bras de Silvanus d'une main tout en trempant de l'autre une pierre dans de l'eau-de-vie, pour la ramollir.

— C'est quoi?

— C'est une pierre infernale, ça va faire du pus mais c'est ce qu'il faut pour des morsures.

Mariabella promena la pierre sur les plaies du garçon. Il était silencieux, il attendait de savoir s'il allait mourir ou pas.

— Et après, je te donnerai un peu de cette lotion à passer sur ton bras. C'est de l'alcali volatil.

Silvanus détailla l'étiquette collée sur le flacon que lui désignait Mariabella. Elle comprit qu'il ne savait pas lire, mais s'interdit de le confronter à son ignorance.

— Une fois le matin et une fois le soir, pas plus. Si tu as de la fièvre, des frissons ou que tu n'arrives plus à dormir, reviens me voir. Sans traîner. Tu as compris?

Il n'est pas revenu, jusqu'à la livraison suivante de charbon. Il est entré dans l'apothicairerie avec son sac sur l'épaule en demandant s'il fallait l'entreposer au même endroit que la fois précédente. Puis avant de ressortir, il a relevé sa manche pour montrer à Mariabella les cicatrices laissées par les morsures du chien.

— Il m'a fait cadeau de ça, mais c'est mieux que s'il m'avait donné la mort.

— Je suis contente, dit Mariabella.

— Maintenant je dis à tous les gens que je connais, si vous vous faites mordre par un chien, nettoyez bien la plaie à l'eau fraîche, passez une pierre infernale et mettez de l'alcali volatil.

Mariabella sourit et la question surgit, spontanément.

— Tu veux apprendre comment on fabrique des médicaments?

Silvanus marqua un temps d'arrêt, n'imaginant pas qu'un jour une telle proposition puisse lui être faite.

— Oui, madame.

Il était l'aîné d'une fratrie de huit enfants. Il avait pris la place de son père disparu un 1er mai, sans plus donner signe de vie. Mariabella et Luke l'engagèrent parce qu'ils avaient besoin d'un laborantin et parce que Silvanus montrait une réelle curiosité pour ce métier. Sa reconnaissance pour ses patrons était profonde, mais il ne l'exprimait jamais, ne prononçant aucune formule de remerciement, de peur que le moindre abandon ne brise à ses dépens les distances qu'il avait appris à ne pas franchir avec les gens d'en haut. Mariabella l'aida à reconnaître les lettres, à déchiffrer les mots puis à lire, en se servant de la pharmacopée universelle de John Quincy. Ces moments d'apprentissage étaient pour elle des instants de plénitude, des prières que Dieu exauçait les unes après les autres. Chaque palier qu'il franchissait était pour le professeur et son élève une victoire et une revanche sur un destin cruel.

Silvanus admirait les Howard, il les trouvait mystérieux et lointains. Grâce à eux, il avait découvert des lieux où l'expression était libre, les opinions ouvertes. Il avait appris le nom des substances qui guérissent, saisi que l'ignorance était un gouffre, un piège. Il la comparait au chien tapi dans l'ombre qui avait surgi pour lui injecter la mort. Elle imposait sa loi, ne supportant rien de ce qui changeait ses manies. Elle maintenait les faibles au ras du sol, ne leur laissant qu'un mince filet d'air pour respirer et survivre. Il comprit que c'était dans cette position qu'il avait vécu jusque-là, couché. La force de Mariabella le fascinait, elle épargnait à son mari la lecture des lettres anonymes glissées la nuit, sous la porte de l'officine. Silvanus remit dans son tiroir celle qu'il venait de lire.

Mariabella avait rejoint son mari et leurs enfants, ils jouaient toujours à reconnaître les odeurs, mais Luke se tenait maintenant à distance du bâtonnet. Sa réponse tardait, le parfum était moins distinct, il voyageait en d'imperceptibles ondes avant de disparaître dans l'air.

— Là, c'est plus difficile, dit Howard, mais quand même ! C'est un parfum qui me rappelle quelqu'un. Pas vous ?

Étonnés, les enfants sentirent de nouveau l'échantillon qu'ils avaient choisi.

— Ça ne vous rappelle personne ? Pourtant, c'est quelqu'un que vous connaissez bien.

— Non, dit Elisabeth.

— C'est le miel. Un miel de lavande.

— C'est ça, dit Mary.
— C'est un parfum qui sent très bon, il me fait penser à celui de votre mère.
Mariabella fronça les sourcils. C'était la première fois qu'il la complimentait en présence de leurs enfants.

Avant de se coucher, Luke et Mariabella faisaient le tour des thermomètres, baromètres et hygromètres accrochés un peu partout dans la maison. Ils suivaient le comportement d'une petite girouette toute rouillée que Luke avait fabriquée, elle représentait un cumulus. Ils notaient dans leurs carnets respectifs ce que les instruments indiquaient. Ces relevés n'avaient plus de réelle utilité pour Luke, c'était une habitude, une discipline. Après avoir décrit le sens de la girouette, Mariabella ouvrait la même fenêtre pour allonger son bras vers l'extérieur et caresser le vent avec la paume de sa main. Elle écoutait ce qu'il lui murmurait, tous ses mystères que les chiffres ne savaient pas démêler. Ensuite, elle écrivait ses observations sur la liste des médicaments qu'elle avait vendus dans la journée. Jusqu'à présent, elle n'avait rien établi de rigoureusement scientifique. Elle avait remarqué que les blessures d'artisans étaient plus fréquentes quand le vent soufflait de l'ouest, que les enfants avaient du mal à trouver le sommeil quand le vent venait du sud, que les suicides par défenestration se produisaient le plus souvent par temps de brume, ceux par pendaison les jours de vent fort. Elle avançait dans de multiples directions. Un jour, elle se concentrerait sur une seule recherche, mais ne sachant pas encore laquelle, elle notait tout ce que son intuition sur les effets du temps lui dictait et rangeait son carnet dans le secrétaire de leur chambre. Luke était assis sur leur lit, il demanda d'une voix calme :
— Pourquoi as-tu pris la parole à la place de George Gatlin?
Mariabella resta silencieuse, elle se doutait que la question viendrait, Luke se tourna vers elle.
— C'est contraire à notre règle, poursuivit-il.
— Pour ne pas subir la situation, pour nous sentir moins seuls.
— Mais nous ne sommes pas seuls. Ce groupe est notre famille!

Le ton de Luke manquait de conviction. Ils appartenaient aux quakers, ils étaient leur famille, mais le mot sonnait creux. Luke examinait sa femme, à la recherche d'une approbation, d'un soutien, elle se taisait, son visage exprimait une tranquille détermination, les repères du passé l'indifféraient

— C'est ce que tu entends dehors qui te perturbe? ajouta Luke.

— La rumeur m'importe peu.

La foi n'avait plus de prise sur elle, alors que Luke se sentait pris dans ses sangles. Il était visionnaire, opiniâtre, prêt à se défaire de chaque obstacle entravant sa contribution au progrès, la seule force capable de lui opposer une résistance était sa croyance. Elle lui rappelait sans cesse sa promesse originelle, le don qu'il avait fait de son âme et le serment de ne jamais trahir la règle. Dès qu'il faisait un pas de côté, elle lui barrait la route, faisant claquer un fouet qui l'incitait à reculer, comme on freine un cheval ivre de liberté. Quand la prudence disait à Luke de ralentir, Mariabella lui prenait la main et le remettait sur son chemin. Désormais, ils étaient seuls au milieu d'un océan bouillonnant, avec leurs enfants qui continuaient de jouer, insouciants. Elle vint s'asseoir près de lui.

— Quand tu montais sur un arbre, dit Mariabella, tu voulais toujours attraper la pomme la plus haute, soi-disant parce qu'elle était la plus belle. Quand tu marches, tu veux toujours aller voir ce qu'il y a derrière la colline et voir encore ce que cache la colline suivante. Et quand tu parles dans ton sommeil, tu rêves de voler parmi les nuages, mais les rêves ne te suffisent pas.

Mariabella prit la tête de son mari entre ses mains, puis elle appliqua un index sur son front.

— Tu as une idée qui est entrée là, elle n'en ressortira pas. C'est ainsi et ça le sera toujours, je le sais.

Luke se rapprocha de sa femme, il plongea son visage dans ses cheveux, frotta son front contre son front, ils étaient deux animaux qui jouent à se sentir.

— Et moi je vole avec toi, ajouta Mariabella.

— J'ai peur. J'ai peur qu'on s'éloigne de tout, des autres, du monde, que des misérables en profitent pour insulter et abîmer nos enfants.

Mariabella ne le contredit pas, tout était possible, la Bête hostile au progrès n'épargne rien ni personne. Elle engloutit tout.

— Prie avec moi ! dit Luke.

Ils reprirent leur discipline de quakers pour rejoindre Dieu, en s'enfonçant dans le silence, mais le chemin qu'ils prenaient les entraînait ailleurs. Ils avançaient seuls, côte à côte. La Lumière qui guidait leurs pas s'était retirée. Elle les avait abandonnés.

11

Le patron du *Philosophical Magazine* avait devant lui la dernière mise en pages de son journal, avec à sa une, le deuxième épisode sur les nuages. Tilloch en masquait une partie avec ses mains puis une autre, pour en vérifier l'équilibre. Il jetait par moments un regard furtif vers Howard qui se tenait face à lui, muet et patient, puis il déclara à voix haute :

— Passionnant, le cumulus... passionnant. Qu'en dites-vous?

— Du cumulus?

— Non, de la mise en pages.

— Je ne sais pas, je te fais confiance.

Tilloch se désintéressa de l'article, avant d'admettre d'un ton qui se voulait sincère :

— Je la trouve déplorable cette polémique qui court dans les rues de Londres!

— Ce que pensent les ignorants m'indiffère.

— Diable! – Tilloch affecta l'admiration avant d'ajouter. – C'est notre concurrent qui l'entretient. Qu'il nous attaque sur des faits, sur la science, à la rigueur, mais sur les mots, toujours sur les mots? Il est un peu à court d'idées, non?

— Cela te dérange tant que ça?

Tilloch sourit. La franchise d'Howard était tranchante, elle n'acceptait pas la fausse sollicitude, il se mit à rire de sa façon épaisse et bruyante.

— Bien sûr que non Howard, bien sûr que non. Le journal prospère sur la polémique, sur le scandale. C'est formidable le scandale. Il n'empêche que j'ai un cœur aussi et que je perçois parfaitement ce qui peut blesser une sensibilité telle que la vôtre. Le génie développe de grandes idées, mais pas la carapace pour en supporter le poids. Moi je peux prospérer sur les esprits étroits tout en les négligeant, en les méprisant même. Je m'en nourris, de cette médiocrité. Je la dévore. Nous sommes complémentaires, nous sommes faits pour avancer ensemble. – Tilloch se reconcentra sur l'article, tout en précisant perfidemment. – Venant d'un ami en plus ! C'est petit ! Alors, ce cumulus ! Le deuxième des trois nuages essentiels. Au fait, qu'est-ce que monsieur Forster a inventé pour le cumulus ? Rappelez-moi, et puis non, on s'en fiche, n'en parlons plus... Très bel article, limpide. Les nuages sont au nombre de trois, comme les couleurs primaires en fait, trois formes à partir desquelles toutes les autres prennent naissance. Vous y avez déjà pensé, à ma comparaison ? Je vous la donne. Trois, comme les grandes religions monothéistes. Il est puissant ce nombre 3. C'est une idée ça, nous ferons un article ou même un feuilleton encore sur les nombres, après en avoir fini avec les nuages. Non ? Qu'en dites-vous ?

Parfois Tilloch déroutait Howard. Il partait dans tellement de directions qu'il était difficile de suivre son raisonnement, d'anticiper son intention.

— À condition qu'on en ait réellement fait le tour ! Le ciel recèle encore peut-être des mystères ? Pas ceux de la foi, bien sûr, mais de vrais mystères, que même l'œil le plus avisé n'a pas encore entrevus.

Et souvent, toutes ces pistes lancées à la fois n'étaient que des leurres. Tilloch se dévoilait au bout de longues circonvolutions. Il mélangeait l'utile à l'inutile pour draguer les intelligences et en soutirer le maximum d'informations. Il le faisait auprès de ses journalistes pour savoir s'il ne restait rien à extorquer de ce qu'ils avaient glané dans leur journée de travail. Il les payait pour investiguer et il considérait que cette part de leurs cerveaux lui appartenait. Il le faisait auprès d'Howard parce qu'il flairait une piste excitante après la scène que lui avait décrite Silvanus. Ce n'était pas le hasard d'une promenade qui avait conduit Howard jusqu'à Whitechapel, dans les chantiers de Paul Gascogne. Tilloch contemplait le ciel par la fenêtre de son bureau, radieux.

— C'est vrai qu'on ne les considère plus de la même façon quand on sait. Le savoir change tout. Je fais commerce des mots, mais la science est mon moteur. Je suis votre allié, Howard, ne l'oubliez pas. Je suis votre allié.

Luke n'était pas coutumier des individus qui louvoient et conduisent leur entourage dans une intrigue connue d'eux seuls. Il se méfiait de Tilloch, mais sans le détester. Il le trouvait tordu et fascinant. Il pensait même que certaines de ses paroles étaient sincères, elles étaient noyées dans le flot, il fallait juste savoir les repérer, faire le tri. Quand Tilloch parlait de sa passion pour la science, il ne mentait pas. Il savait qu'Howard n'en avait pas fini avec son étude du ciel, que sa théorie sur les modifications des nuages n'était peut-être pas close, qu'il y avait d'autres chapitres à écrire. L'idée que Silvanus parle trop s'insinua chez Howard, mais au lieu de le perturber, cette hypothèse l'arrangeait. Son travail était devenu public, c'était son écot au progrès et d'autres se transformaient en passeurs pour le relayer.

— Je n'en doute pas, répliqua Howard.

Tilloch scrutait toujours le ciel.

— Est-ce que tous les nuages se transforment en pluie? J'ai relu votre théorie, vous ne faites pas de relation entre l'altitude et les nuages.

— Je pense qu'ils sont tous à l'origine de précipitations, mais qu'elles ne parviennent pas toutes jusqu'au sol, certaines nourrissent seulement les nuages des étages inférieurs.

Tilloch dévisagea Howard, silencieusement, avant de suggérer d'un ton anodin:

— Et la glace, vous décrivez la pluie, la neige, mais la glace? Avant qu'elle ne tombe au sol, la grêle pèse un poids bien supérieur à celui des autres précipitations, alors qu'est-ce qui retarde sa chute?

C'était ça qu'il avait en tête depuis le début de leur entretien.

— Je ne sais pas.

— Je suis sûr que la question vous obsède, non?

Howard ne pouvait le nier, le mystère de la grêle restait entier, son rêve était de le percer, d'en dévoiler les secrets à l'humanité entière.

— Peut-être une question de hauteur?

— Je ne sais pas, répéta Howard.

12

Le nom de Thomas Forster avait prospéré d'un seul coup, se nourrissant de son opposition à la théorie d'Howard. Sa nomenclature anglaise des nuages recueillait un écho de plus en plus favorable. Il recevait même des lettres de félicitations et de remerciements de la part de lecteurs qui en faisaient un sauveur de la nation et de sa langue. Il ne les gardait pas, les jetait avec les déchets comme si elles le salissaient. Il avait l'impression d'être un imposteur, d'avoir volé au détriment de son ami une notoriété qu'il ne méritait pas. Ce qui le blessait par-dessus tout, c'était qu'aucune lettre ne lui reprochait sa critique de la nomenclature latine. Il aurait voulu qu'on lui renvoie la fange qu'il avait lancée, que d'autres journalistes le laminent et que sa trahison le saisisse à la gorge jusqu'à l'étouffement. Un jour, le journal reçut une lettre dont Forster reconnut tout de suite l'écriture, celle d'Howard. Le ton était neutre, il remerciait le *Gentleman's Magazine* d'avoir écrit que son traité sur les modifications des nuages était une avancée significative dans la connaissance des phénomènes météorologiques. En revanche, il n'approuvait pas les noms donnés aux nuages par le journaliste qui avait rédigé l'article. La seule qualité qu'il voulait bien leur accorder était leur résonance poétique, mais il niait leur intérêt scientifique, les qualifiant d'erreurs maladroites. La lettre, signée

Luke Howard, était courte, sèche, elle ne disait rien de notable, elle sentait l'amertume.

Forster suivait par une fenêtre les passants qui filaient, il faisait froid, une neige lourde s'appropriait la rue. Près de lui, un bébé emmitouflé dans d'épaisses couvertures balbutia quelques voyelles, le journaliste s'intéressa à lui.

— Il est calme.

— C'est une fille, elle s'appelle Sophie, rectifia une jeune femme, la mère de l'enfant.

Les parents de Sophie étaient Sophia Kingdom et Marc Isambart Brunel, l'inventeur français du tunnelier. Ils habitaient une maison située sur Godliman Street, près du fleuve. Ce qui leur servait de salon était une pièce froide, presque vide, ce dépouillement n'était pas un choix, mais le résultat de leur misère. La robe de Sophia Kingdom était propre et usée. La jeune femme ne se souciait guère de son apparence, elle était distante, avec un visage autoritaire. Pendant la Révolution, elle était partie en France pour apprendre la langue, c'est là qu'elle avait rencontré Marc Brunel. Il était monarchiste, persistait à proclamer imprudemment sa fidélité à la royauté. Il avait émigré aux États-Unis à temps, la liberté d'expression et l'espérance de vie ne faisaient pas bon ménage. Quelques années plus tard, Sophia et Marc se sont retrouvés à Londres, pauvres mais vivants. Ils accomplirent enfin leur promesse de se marier.

Marc Brunel apparut avec les plans qu'il voulait montrer à Forster. C'était un homme jeune au visage doux et poupin, d'allure aristocratique, portant de beaux habits, aussi élimés que ceux de sa femme. Il avait la réputation d'être un brillant ingénieur et un piètre homme d'affaires. Il était volubile, enthousiaste. Il étala sur la table du salon des dessins qu'il avait réalisés, ceux de son tunnelier. L'avant de la machine avait la forme d'une carapace.

— Je me suis inspiré de la nature, dit Brunel, toutes les réponses à nos lacunes sont dans la nature.

— La nature?

— Vous savez ce qu'est le *teredo navalis*?

— Non.

— C'est le pire ennemi des navigateurs, c'est un ver. J'ai découvert ça en traversant l'Atlantique. Un matelot avait conservé une planche percée d'une multitude de galeries. C'est ce ver qui les creuse dans la partie immergée des coques. Et, par chance, il en restait à l'intérieur. Ils étaient morts, mais j'ai pu analyser la forme de leur tête, elle est arrondie, assurément pour parfaire leur force de pénétration. Votre Marine a résolu le problème en doublant de cuivre la coque de ses bateaux, vous le saviez, ça?

— Non.

— Quand je vous le dis que la nature a tout inventé et qu'il faut s'en inspirer. Mon tunnelier est un énorme *teredo navalis*, il peut ronger le sol sous la Tamise à une vitesse qu'aucune armée de mineurs équipés de leurs outils traditionnels ne saurait atteindre.

Marc Brunel était intarissable sur le rendement de sa machine. Il l'avait déjà fait breveter pour un projet de tunnel sous la Neva, en Russie, mais ce chantier avait dû être abandonné pour des raisons financières. Et s'agissant de celui qui devait passer sous la Tamise, il subsistait un détail non négligeable à régler ; convaincre la société qui avait été créée pour mener à bien la construction de cette voie dans le sous-sol de Londres, la Thames Archway Company. Or, cette entreprise avait déjà étudié le projet de l'ingénieur français et ne l'avait pas retenu, officiellement pour des raisons de sécurité. Elle le considérait comme inadapté à des travaux sous un fleuve. La vraie raison était que son inventeur n'était pas anglais. La solution de Marc Brunel était ingénieuse, mais il n'était pas question que ce soit une invention nourrie par un cerveau français qui permette de relier les deux berges de la Tamise en passant sous son lit. Forster se dit que Markham était forcément au courant de l'impasse dans laquelle se trouvait le projet de Brunel. Il l'avait mis sur une fausse piste, mais le journaliste ne regrettait pas sa visite. Il trouvait que l'ingénieur français et Howard avaient beaucoup de points communs, la même perception du monde, l'intuition et la constance des visionnaires, tout ce que Forster admirait et qui avait fait l'objet d'un pacte entre lui et son ami quand ils étaient enfants et qu'ils ébauchaient des plans de barrages le long de la Fleet.

— Il y a ceux qui disent et ceux qui font, disait alors Forster, nous serons ceux qui font.

Forster s'était finalement rangé dans la catégorie de ceux qui disent, par confort, mais en brandissant un alibi, il fallait bien des porte-voix aux inventeurs, des plumes utiles pour accompagner leurs projets, il était devenu l'une d'elles. Mais les plumes sont légères, versatiles, capables de se complaire dans des calculs indignes et d'écrire même ce qu'elles ne pensent pas. Il revoyait la signature sèche que son ami avait laissée en bas de sa lettre, il n'avait pas cité son nom, le désignant seulement par « le journaliste ». Forster se sentait insignifiant. Marc Brunel parlait dans le vide, il ne l'écoutait plus, Sophia Kingdom trouva cette attitude humiliante pour son mari.

— Vous travaillez pour le *Gentleman's magazine*?

— Oui, madame.

— Mon mari a aussi permis à la Marine anglaise de renouveler tout son stock de poulies et même au-delà.

Brunel lui coupa la parole.

— Monsieur Forster n'est pas venu pour ça.

Sophia Kingdom se mit à parler en français à son mari, supposant que Forster ne comprendrait rien de leur conversation. Elle lui suggérait d'expliquer au journaliste le différend qui l'opposait à la Royal Navy. Il avait investi leurs dernières économies pour améliorer le fonctionnement d'une machine produisant des poulies en grande quantité. La Marine anglaise avait très vite manifesté son intérêt pour le procédé. En revanche, elle était beaucoup moins pressée de lui payer ce qui avait été convenu. La famille Brunel en était réduite à vivre dans la misère et le froid. Sophia trouvait que c'était une information qui méritait un bon article dans un journal. La petite Sophie se mit à pleurer, sentant probablement la tension de sa mère qui montait. Forster en profita pour s'éclipser.

De retour au journal, quand il informa son patron que le tunnelier de Brunel n'était pas près de voir le jour, Markham a joué l'étonnement. Forster s'y attendait, se promettant de ne plus élever la voix, ni d'émettre le moindre reproche à l'égard de cet homme qui venait de le fourvoyer une fois de plus. Il guettait le moment opportun pour lui jeter à la figure la rancune qui macérait en lui.

— Affaire à suivre comme on dit, ajouta Forster.

Le patron du *Gentleman's magazine* quitta l'article qu'il relisait pour observer son journaliste, surpris par son calme inhabituel.

— Son invention est-elle intéressante au moins?

— Oui, sûrement.

— Je m'en doutais.

— En revanche, il a été question entre Brunel et sa femme d'un problème assez surprenant et vital pour eux, mon français est imparfait mais j'ai cru comprendre qu'il s'agissait d'un litige avec la Royal Navy. Vous êtes au courant?

— Je crois.

— Et donc?

— C'est une histoire un peu brumeuse mais d'après ce que je sais, notre Marine vient de moderniser la voilure du *Vénérable*, un vaisseau de soixante-quatorze canons, avec notamment des poulies de monsieur Brunel, plus de neuf cents, et j'ai entendu qu'au niveau du contrat, monsieur Brunel avait laissé quelques imprécisions contre lesquelles il rame désormais. Mais il sera payé, je le suppose, je ne suis pas dans le secret de nos finances, j'aimerais bien. Les inventeurs sont tenaces, mais ils font rarement de bons négociants. À ce propos, j'ai appris que monsieur Howard était en relation avec monsieur Gascogne, le fabricant de ballons. Je ne vous apprends rien, j'imagine?

— Si.

— Eh bien, c'est fait. C'est votre ami. Qui sait ce qu'il mijote?

— Qui vous l'a dit?

— Peu importe. Mais je n'en sais pas plus. La suite, c'est à vous de me la raconter.

13

David Caspar Friedrich habitait à Dresde, dans l'électorat de Saxe. Il disait que son sujet favori était la peinture des paysages parce qu'ils sont éternels, ils meurent et renaissent avec les saisons, alors que les portraits sentent souvent la mort. Friedrich peignait rarement ses contemporains, l'exercice lui était douloureux, leurs traits finissaient souvent par se confondre avec ceux qui n'existaient plus que dans sa mémoire. Beaucoup de ses proches étaient partis trop tôt, en quelques années, sa mère, deux sœurs, un frère. Ceux qui restent, ceux que les maladies, les balles ou le hasard n'ont pas voulu faucher, font rarement des gens bavards. Leur survie est une énigme qui les perturbe toute leur vie. Friedrich était obsédé par la mort, alors il contemplait la nature et le ciel. Il peignait près d'une grande fenêtre qui donnait sur un quai en construction le long des berges de l'Elbe. Son atelier était vaste, froid, aucune toile n'était accrochée au mur, elles étaient posées par terre, leurs faces cachées aux curieux et à la lumière. Une jeune femme élégante, allongée lascivement sur une méridienne, retourna l'une d'elles en se penchant par-dessus le dossier. Elle représentait un homme de dos, en haut d'une montagne, face à une mer de nuages.

— Est-ce vous, cet homme? Je ne vous reconnais pas.

— Ça pourrait être moi ou un autre.

La jeune femme sentit qu'il n'était pas nécessaire d'insister, elle se leva pour faire le tour de l'atelier.

— Je peux?

Le peintre acquiesça. Chaque toile qu'elle découvrait la surprenait.

— Est-ce là votre nouvelle source d'inspiration?

Friedrich ne répondit pas.

— Sont-elles achevées?

— D'après vous?

— Je ne sais pas.

— Que voyez-vous?

— Ce que je vois? Le ciel, des nuages.

— Mais encore?

— Du blanc, du bleu!

— Montrez.

La jeune femme montra au peintre la toile qu'elle tenait entre les mains.

— C'est un cumulus.

Elle sourit, comme si Friedrich s'était amusé à lui donner un nom à connotation érotique.

— Un cumulus?

— Je n'ai rien inventé. C'est ainsi qu'il s'appelle.

— Je ne savais pas que vous trouviez les formes du ciel préférables à celles de la terre.

Friedrich sourit à son tour à l'allusion malicieuse de son invitée.

— J'en garde certaines secrètes, juste pour moi.

La jeune femme soupira, se défiant des compliments.

— En tout cas, c'est original de peindre les nuages.

— Je peins les commandes que l'on me passe.

— Les nuages vous plaisent?

— L'insaisissable me plaît.

— Je ne l'aurais pas cru.

— Mais, Brigitte, vous êtes irremplaçable! Ce n'est que du travail. Rien que du travail.

— Vous n'êtes qu'un ingrat. Je m'allongerai sur un nuage la prochaine fois. Et je peux savoir qui vous a passé une commande pareille?

— Goethe.

Il vivait à Dresde, lui aussi. Il avait 53 ans. Il était riche, célèbre et curieux des disciplines se targuant de résoudre les mystères de la nature. Goethe entretenait depuis longtemps un rapport étroit avec les nuages. Il les conviait dans ses poèmes, les préférant parfois aux animaux mythiques qui faisaient office d'intermédiaires entre les hommes et Dieu. Mais il ne les magnifiait pas seulement pour leur dimension métaphorique, il avait aussi le souci de leur compréhension et de ce qui provoque leur perpétuelle et incessante métamorphose. La découverte des travaux de Luke Howard le captiva. C'était la formulation brillante de ce qu'il rêvait de théoriser. Goethe écrivit à ses connaissances anglaises, il voulait savoir qui était cet homme, doué d'un tel don pour décrire le ciel et d'une telle audace pour leur donner des noms latins. Il n'avait qu'une envie, le rencontrer. Il contemplait le ciel par-dessus les toits de Dresde, depuis une fenêtre de sa maison, en lisant à voix haute ce qu'il venait d'écrire.

Ici un lion menace, là un éléphant roule sa masse,
Le cou d'un chameau, c'est un dragon,
Une armée s'avance, mais ne triomphe pas.
Sa force bute sur un rocher abrupt,
Le très fidèle messager des nuages en personne disparaît,
Voilà qu'il gagne le lointain, où l'on peut aimer.
Mais lui, Howard, nous donne avec un sens sûr,
Une leçon nouvelle, d'un merveilleux profit,
Ce qu'on ne peut tenir, ce qu'on ne peut atteindre,
Assurément il définit l'indéfinissable, le limite,
Le nomme avec pertinence !
Loué soit ton nom !

Un domestique frappa à la porte pour l'informer que Friedrich venait d'arriver.

— Je viens.

Les meubles du grand salon avaient tous été déplacés, les murs très hauts venaient d'être repeints en blanc pour rafraîchir la pièce et couvrir les marques des anciens tableaux. Goethe était avec Friedrich et les ouvriers qui attendaient les ordres. Le peintre faisait le tour de la pièce et de ses fenêtres, il étudiait les entrées de lumière, il jeta un coup d'œil vers l'extérieur pour deviner la course du soleil qui s'était retiré derrière un manteau de stratus.

— L'ouest est en face, lui indiqua Goethe.

Le peintre ne répondit pas, poursuivant son exploration sans se prononcer.

— Que suggérez-vous, monsieur Friedrich?

— Casser les lignes, la symétrie, tout en respectant la science.

— C'est-à-dire?

— Je suggère que chaque toile soit disposée en fonction du nuage qu'elle représente et de la hauteur qu'il occupe dans le ciel.

— Mais de quoi parlez-vous? Les avis divergent sur la hauteur des nuages. En tout cas Howard et Lamarck sont en désaccord sur ce point.

Le peintre s'inclina, peu informé des théories respectives de ces deux spécialistes.

— Ah bon! Ce n'est pas grave, le propre de l'art n'est-il pas de s'affranchir des contraintes trop embarrassantes?

— Certes, admit le poète.

— Cela dit, les cirrus volent bien au-dessus des autres, non?

— *A priori* oui.

— Alors accrochons-les au plafond. Ce n'est pas courant, les toiles accrochées au plafond. À moins que l'on procède autrement.

Goethe leva un sourcil, comprenant où le peintre voulait en venir.

— Je vois! Les peindre, en grand! Un vrai ciel dans le salon! D'une manière comme d'une autre, leur contemplation serait douloureuse pour mon cou, à moins de me coucher pour admirer les cirrus peints par David Caspar Friedrich. Se transformeraient-ils tant qu'on y est?

Le peintre rit.

— Hélas, je n'ai pas ce pouvoir.

— Dommage! Mais l'idée est séduisante, laissez-moi un peu de temps pour y réfléchir. Et puis non, je vous fais confiance.

Goethe s'adressa aux ouvriers :

— Vous accrocherez les toiles selon les indications de monsieur Friedrich.

Il s'accouda à une fenêtre pour inspecter le ciel, il avait disparu, la neige tombait, épaisse, bouchant l'horizon, les derniers passants accéléraient le pas, mais Goethe ne les voyait pas, un inconnu avait fait intrusion dans sa vie et dans ses vers. Il cherchait à imaginer son visage, sa silhouette ; rien ne venait, l'énigme était trop forte, lumineuse.

— Que diriez-vous si l'on donnait des noms allemands aux nuages ? demanda Goethe.

— Cela flatterait les nationalistes, ce n'est pas ma cuisine favorite.

— Le nationalisme ! Je suis bien d'accord avec vous. Il s'incruste partout. Monsieur Howard a affaire à des ingrats. Ces attaques qu'il subit en Angleterre sont minables. C'est une bonne idée ces cirrus peints au plafond, elle me plaît bien. En grand, de grands cirrus qui balaient le plafond.

14

Le jour tombait, le vent venait du nord, le froid se glissait partout, Howard se rendait à Whitechapel en profitant des moindres recoins qui cassaient les lames d'air glacial. Au mois de janvier, le numéro du *Philosophical Magazine* consacré au cumulus avait soulevé le même enthousiasme et les mêmes critiques que le précédent. Ce fut une tempête de plus avant les suivantes. Howard préparait le troisième épisode sur le cirrus. Il aimait désormais ce rendez-vous avec la page blanche. Il commençait en écrivant en grosses lettres le nom du nuage, puis il racontait sa vie, depuis sa naissance jusqu'à sa mort, en alignant les phrases, les épurant jusqu'à les rendre accessibles aux moins érudits des lecteurs. Chaque ligne qu'il écrivait sur les nuages renforçait sa proximité avec eux. Il brûlait d'envie de les rejoindre, de les toucher, de faire corps avec le ciel. Sa foi et son père tentaient toujours de le retenir, de resserrer leurs sangles, mais il s'en détachait en se disant, *je ne cesserai jamais de vous respecter, mais je dois avancer.* Il pensait que si son effronterie était intolérable au Créateur, Il n'avait qu'à le châtier, briser les ailes de son insolence et épingler son destin comme on le fait d'un papillon de collection.

Il n'avait pas revu Gascogne depuis l'épisode de la grêle, un mois plus tôt. À Whitechapel, les usines poussaient partout, leurs cheminées crachaient une fumée épaisse et au pied de leurs murs en brique, toute une population attendait l'aumône, l'occasion de voler ou d'attirer dans ses bras les ouvriers qui passaient de la chaleur des fours à celle de filles jeunes qui vendaient leurs corps. Un homme hirsute, sans âge, tirait pieds nus un cerf-volant figurant le diable. L'atmosphère était lugubre, sa noirceur rythmée par le son d'une cloche frappée à intervalles réguliers. Elle répondait sans conviction aux coups assénés sur sa robe. Son chant terne s'éteignait presque immédiatement, elle n'avait pas la force de crier sa note. Il y avait à Lowick, le village où toute la famille Howard se rendait pendant l'été, une église qui appelait ses fidèles avec un son similaire. Robert Howard avait expliqué à son fils qu'il s'agissait d'une cloche sortie du moule avec une robe défaillante, mal fondue. Son curé ne voulait pas s'en séparer, disant que tout ce que Dieu crée a voix au chapitre, même ses créatures les plus imparfaites, nées en chantant de travers.

Howard poussa la porte des chantiers Gascogne, ils étaient plongés dans l'obscurité. Des chiens retenus dans un enclos se mirent à aboyer. Howard traversa l'espace noir et se dirigea vers la maison où vivait le fabricant de ballons. Une fenêtre laissait apparaître une lumière faible. Il frappa à un carreau, personne ne se montra, il insista et une silhouette apparut. Elle lui fit signe d'entrer.

Gascogne était allongé sur une épaisseur de coussins étalés dans l'angle d'un mur, il tenait une longue pipe en bambou. La femme qui avait ouvert la porte s'était recouchée contre lui. La pièce était froide, ils se tenaient chaud en voyageant, immobiles. Le couple considérait Howard d'un air absent, braqué sur une focale lointaine. Il ne les dérangeait pas, ils n'étaient plus vraiment là, anesthésiés par l'opium. Gascogne reposa sa pipe, un simple tuyau au bout duquel était scellé un pot de porcelaine.

— Howard ! Tu es là !

La femme, Diane Karagianni, restait muette. Elle était fine, presque transparente, ne cessant de fixer le quaker. Il se dit qu'il était venu pour rien, que l'instant était mal choisi, que Gascogne était inaccessible. Il s'apprêtait à repartir.

— Je te copie, j'aspire les nuages et je recrache le brouillard.

— C'est vous, monsieur Howard?

— Oui.

— Monsieur Howard est venu nous rendre visite, poursuivit la jeune femme. – Elle désigna d'une main une chaise. – Asseyez-vous, nous vous en prions.

— Ou allonge-toi plutôt, proposa Gascogne.

Les transports artificiels n'étaient pas de ceux que les quakers empruntaient. Parfois, des membres de la communauté sortaient de leur réserve pour se lancer dans des prêches enflammés contre les mangeurs d'opium. Il était partout à portée de main, arrivant en grande quantité dans le port de Londres, et sa consommation ne cessait de croître. La morale des quakers n'était pas celle de tout le monde et Howard n'avait pas d'avis sur la légitimité d'interdire ou pas le choix de se droguer. Il faisait face au couple, ils étaient son frère, sa sœur, ses semblables, prisonniers d'une drogue comparable à celle qui l'avait poussé jusqu'ici. Il était prêt à tout pour atteindre le ciel, à tous les risques, à toutes les folies, à essuyer tous les prêches religieux et laïcs qui le condamneraient comme le dernier des croyants et des citoyens. Il enviait les nuages qui passent librement d'une identité à l'autre, sans dépendre de quelque clan que ce soit. Il transgressait toutes les règles qui avaient cherché à le façonner depuis son plus jeune âge, à lui donner une forme rigide, immuable, une façade sombre et discrète. Gascogne et sa maîtresse étaient deux nuages qui flottaient, lointains, indifférents au jugement des hommes, deux cumulus qui se prélassaient en jouissant de leur dissolution dans le ciel. Ils ne pesaient plus rien. Il n'y avait plus dans la pièce que trois ombres qui se regardaient, sans rien se dire, jusqu'à ce que Diane articule du bout des lèvres :

— Que voulez-vous, monsieur Howard?

Il resta silencieux, ne sachant plus vraiment ce qu'il faisait ici.

— Il a une idée qui ne m'était jamais venue, même en rêve, murmura Gascogne.

— Ah bon ! Et quelle est-elle ?

— Il veut toucher le nuage qui produit de la grêle.

— La grêle ! À quoi bon ? Ce doit être dangereux.

Gascogne se souleva pour lui glisser à l'oreille :

— Cet homme est très dangereux.

Diane inspecta plus attentivement Howard.

— Il n'en a pas l'air, pourtant !

Howard prit une chaise et vint s'asseoir près du couple.

— As-tu déjà approché un tel nuage ?

— Ah ! Nous y revoilà.

— Tu ne m'as pas répondu.

— Pourquoi ne réponds-tu pas à monsieur Howard ? dit Diane.

Gascogne hésita, puis il colla encore sa bouche contre la tempe de sa compagne pour l'embrasser et lui chuchoter :

— Parce qu'il est redoutable.

— Réponds à monsieur Howard, je l'exige.

— Tu veux ma mort ?

— Monsieur Howard n'a l'intention de tuer personne, n'est-ce pas ?

— Monsieur Howard n'en a pas l'air, mais il est le plus redoutable des hommes, pire que les Autrichiens.

— Tu dis des bêtises. N'est-ce pas qu'il dit n'importe quoi ?

Ce couple déroutait Howard, surtout Diane, il la trouvait légère et ne savait dire si son attitude relevait de la stupidité ou d'une libre insouciance. Elle posait des questions sans se soucier des réponses. Gascogne n'avait pas perdu la raison, son esprit embrumé parvenait encore à lire l'avenir. Avec son air juvénile, Howard semait la mort, il était coupable de son innocence. Diane attrapa près d'elle une petite fiole en étain, au goulot très étroit. Elle contenait du laudanum qu'elle versa dans deux minuscules verres en forme de dés à coudre, peints de serpents emmêlés, elle en tendit un à Gascogne et but l'autre. Puis elle saisit la pipe pour en tirer une bouffée et la proposa à son amant qui fit de même. Howard avait envie de lui dire de se retenir encore un peu, de peur de le perdre, de ne pas recueillir sa dernière confession comme on le redoute d'un mourant.

— Oui Howard, je l'ai déjà fait, mais à bonne distance.

— Ah ! soupira Diane.

— Décris-le moi ! ordonna Howard.

Gascogne prenait son temps, il passait d'une image à une autre, en soupesant chaque phrase.

— Il a une robe blanche ou verte, pas grise, quand c'est gris, c'est de la pluie. Et le sommet est d'un noir profond, intense, et les éclairs qu'il produit sont bleus. Le vent passe du chaud au froid. Le ballon devient pareil à une bête qui a peur du danger, il se tord sur lui-même, il sent le piège et il me dit, ouvre la soupape, dépêche-toi, ouvre, il me parle, c'est la seule fois où il me parle.

— Et si tu ne lui obéis pas ?

Gascogne sourit pour ne pas nommer le sort que le ciel réserve aux fous.

— Tu sais à quelle altitude il monte ?

Gascogne se redressa sur ses coudes pour vérifier que l'homme assis en face de lui était bien celui dont tout Londres parlait, qu'il ne s'agissait pas d'un sosie, mais du quaker qui avait nommé les nuages. Il joua l'offusqué.

— Mais c'est toi le spécialiste, j'achète ton journal tous les mois. Je suis impatient de savoir lequel tu vas nous montrer, ce que tu vas nous apprendre sur lui, quel nom tu vas lui donner. C'est toi qui sais, pas moi.

Le regrad de Diane était de plus en plus vitreux, perdu.

— Je ne l'imaginais pas ainsi, souffla-t-elle.

— Oui, il est beaucoup plus haut que les autres, précisa Gascogne.

— Ah bon, vous pouvez vous lever, monsieur Howard ?

— Non, mon amour, je parle du nuage qui contient la grêle.

— Moins austère, précisa la femme, moins jeune aussi, vous êtes jeune ?

— Combien de pieds ? Tu as une idée ? relança Howard.

— De pieds ? Je n'en ai aucune idée.

— Je ne crois pas en Dieu, dit Diane avant de s'allonger contre son amant qui but son verre de laudanum d'un trait.

La présence d'Howard était de plus en plus incongrue, il était seul, les deux autres avaient disparu, il en profita pour détailler l'intérieur de la pièce, il remarqua l'image d'une montgolfière qui s'envolait au-dessus des Tuileries et il vit, posé sur une table, l'exemplaire du *Philosophical Magazine* dans lequel figurait son article consacré au cumulus. Howard remit son chapeau, releva le col de son manteau pour affronter la nuit froide, il entendit la voix de Gascogne l'interpeller :

— Howard !

Il lui fit signe de se rapprocher pour lui signifier avec les dernières forces qui l'animaient :

— Tu peux revenir si tu veux, mais ma réponse sera toujours la même. Non.

15

Le *Philosophical Magazine* avait poursuivi son feuilleton mensuel par le cirrus, puis par le nimbus. Aux noms howardiens propagés par le journal de Tilloch, ripostaient aussitôt les noms forsteriens dans le *Gentleman's Magazine*. Howard et Forster ne se parlaient plus que par articles interposés, glissant entre leurs lignes des allusions qu'eux seuls comprenaient.

Le 8 mai 1803 était un dimanche. Le ciel bleu était criblé de cumulus ronds qui avançaient vers l'est. Mariabella était assise dans l'herbe. La ville engloutissait chaque jour un peu plus la campagne, mais en marchant vers le nord, on touchait vite ses limites. Assise au milieu d'une prairie bordée de chênes, Mariabella avait les yeux fermés, tournés vers le soleil. Elle entendait ses enfants à quelques mètres d'elle, ils cherchaient à attraper un grillon en introduisant un brin d'herbe dans un trou. Près d'elle, ils avaient laissé un cerf-volant.

Howard était parti, seul, dans le Nord de l'Angleterre. L'épisode du mois d'avril s'était vendu moins bien. Tilloch avait mis ça sur le compte du nom du nuage, cirrocumulus. Selon lui, il était trop compliqué, mélangeant deux appellations déjà connues qui entretenaient la confusion. Tilloch n'aimait pas les échecs. La liberté dont avait bénéficié jusque-là Howard n'était plus acceptable. L'équilibre précaire entre les deux hommes avait subitement volé en éclats. Pour le patron du *Philosophical Magazine*, le quaker était un collaborateur à recadrer, comme le reste de sa rédaction, pour plaire au public. De son côté, Howard admettait que des défenseurs de la Nation s'en prennent à sa nomenclature, leur posture était rigide mais cohérente. En revanche, il était surpris qu'un serviteur de la science puisse jongler avec elle en fonction d'enjeux commerciaux, mais il ne pouvait pas davantage céder à Alexander Tilloch qu'aux ennemis de sa théorie. Londres se révélait trop petite pour Howard, il tournait en rond, de la même façon que les prisonniers de Newgate qu'il observait autrefois avec Thomas depuis le toit d'un immeuble voisin.

Mariabella lui avait conseillé de s'éloigner pendant quelques jours. Il avait rejoint les Southern Fells, un massif montagneux du Nord de l'Angleterre. La livèche et les lichens qui servaient à confectionner certains médicaments ayant fait la réputation de la maison Howard venaient de cette région, mais c'était la première fois qu'il s'y rendait lui-même. Il avait rendez-vous sur la face ouest du Scafell Pike, la plus haute montagne d'Angleterre. Il s'était levé juste avant le soleil, le ciel était bas, l'air doux. Il avait emporté un petit sac de marin en cuir dans lequel il avait mis une gourde, des biscuits et une série de petites boîtes en bois de différentes tailles. Il avait pris une boussole, même s'il craignait peu de se perdre, Forster disait de lui qu'il en avait une dans la tête. Le début de la marche contournait un lac ceinturé de forêts et de prairies. La surface de l'eau était parfaitement lisse, grise, elle se brisait par endroits avec l'apparition furtive d'un poisson qui sautait pour chasser un insecte, puis elle se figeait. Howard n'était pas le seul à prendre la direction de la montagne, l'inspecteur Robson le suivait à distance, depuis Londres. Un homme de la Police envisage toujours dans chaque action une couverture servant à camoufler une intention secrète, même si au fond de lui-même, il ne voyait pas bien ce qu'il y avait de douteux à gravir une montagne. Mais cette filature reposait sur des faits concrets. Howard écrivait pour Tilloch. Or, le patron du *Philosophical Magazine*, écossais, était soupçonné de travailler pour l'indépendance de son pays, dont l'Intelligence Service surveillait étroitement les relations avec la France. Et pour couronner les indices douteux, Howard fréquentait Gascogne, dont le passé révolutionnaire était connu dans les moindres détails. Certes, la paix d'Amiens signée le 25 mars 1802 avait ouvert une période de répit entre les deux rives de la Manche, mais la valeur de la parole française était, selon Robson, nulle. À son avis, la seule paix faisable avec un Français, c'était lorsqu'il était mort. Partant de ce principe, il était prêt à tout, à patrouiller jusqu'au dernier mètre carré du royaume et vérifier s'il n'existait pas un trou par lequel l'ennemi pouvait surgir ou faire fuiter des informations.

On disait les orages sévères dans ce massif. Howard était heureux, il abordait les premières pentes du Scafell Pike la poitrine gonflée par des bouffées d'optimisme et de bonheur lui rappelant celles qu'il éprouvait quand il courait, enfant, dans le jardin de la propriété familiale de Stamford Hill. De temps en temps, il se retournait pour s'amuser de la pente gravie sans effort. Quelques nappes de brume rafraîchissaient son visage, il les embrassait comme si c'était la main de Mariabella qui le caressait et il poursuivait sa route, cherchant à deviner le sommet qui se dérobait. Le brouillard s'épaississait, les rochers paraissaient tels des mannequins drapés de soie gris pâle, la terre et le ciel se mélangeaient, on n'y voyait pas à dix mètres, mais Howard marchait toujours à la même vitesse, sûr de sa direction. Il entendit derrière lui une pierre rouler le long de la pente, il se retourna mais ne devina rien. Robson s'était figé, son pied avait pris appui sur une roche instable qui dévalait maintenant la montagne en résonnant, jusqu'à ce qu'elle s'écrase contre un obstacle. Ils étaient à quelques pas l'un de l'autre. Howard se demandait quel animal avait pu détaler si près de lui. Robson maudissait ce brouillard. À Londres, c'était un allié, ici il l'accusait de complicité, d'entrave à son enquête. Il avait peur de se perdre, de se retrouver nez à nez avec Howard l'accueillant les bras croisés, le salut ironique. La montagne n'était pas son terrain de prédilection, il se sentait maladroit. Le territoire sur lequel il avait l'habitude de régner ignorait l'altitude, les espaces vierges, dégagés. Robson entendit Howard reprendre son ascension. Il avait lu tous ses articles sur les nuages, par devoir professionnel, puis avec curiosité. Coincé dans la brume, le flic oublia pendant quelques instants les raisons de son voyage, il la regardait filer en couches plus ou moins épaisses, la touchait, il était reconnaissant à Howard de lui avoir appris qu'elle n'était rien d'autre qu'un nuage qui s'abaisse au niveau des hommes et il trouvait que le terme « stratus » lui allait bien. Ce n'était pas la nomenclature latine qui le dérangeait, mais ce qu'elle dissimulait dans le raisonnement de son auteur. Howard marchait sur une pente herbeuse, le soleil perçait, la nature se dévoilait, une chaleur douce tamponnait son visage, la brume s'évapora. Le sommet du Scafell Pike était maintenant une île, cernée par une mer de nuages moutonneuse, laissant dépasser çà et là d'autres îlots, minuscules. Il s'agenouilla, face au soleil. Robson croyait qu'il priait, mais Howard parlait à la nature, au ciel bleu, à la vie qui coulait dans ses veines, à ses sens qui jouissaient de chacune de ces secondes qui se succédaient, parfaites, il remerciait Dieu d'avoir créé la Terre et d'en avoir fait don aux hommes. Howard sentit un regard posé sur lui et il vit une silhouette, assise sur un rocher, elle l'attendait, sous le sommet de la montagne. L'inspecteur l'avait repérée aussi, il renfila son rôle de chien fouineur, rassuré de n'avoir pas fait tous ces efforts pour rien. La vérité allait enfin se montrer.

Strachan se leva difficilement de son rocher. Il était petit, vieux, il semblait ne rien peser et avoir des bâtons à la place des bras et des jambes. Il avait des yeux d'un bleu délavé, la pluie et le vent avaient trop souvent cinglé son visage, entaillé de rides profondes. Il ne s'embarrassait pas de préliminaires ou de formules superflues, il commençait une discussion comme s'il l'avait quittée quelques minutes plus tôt.

— Suis moi, dit-il à Howard.

Howard connaissait Strachan depuis son enfance, il venait visiter son père dans son atelier de ferronnerie où Robert Howard faisait aussi le commerce des plantes médicinales pour combler le regret de n'avoir pu devenir apothicaire, par devoir envers l'entreprise familiale. Strachan était toujours équipé de la même mallette en cuir noir, il en extrayait des boîtes dont Robert Howard sentait et examinait chaque contenu à la loupe. Le rituel se passait à l'écart, les deux hommes se parlaient pendant une bonne heure puis ils se quittaient sans que personne ne sache rien de leurs échanges. Le visiteur de son père lui paraissait déjà vieux et frêle. Quand Howard ouvrit son officine, son père malade mit fin à ses activités, Strachan demeura le fournisseur de la famille Howard et c'est Luke qui le recevait. Ils répétaient le même protocole, s'isolaient pour détailler ce que contenait la mallette noire et Robert Howard y assistait désormais à distance. Le fils occupait la place du père, c'était la première fois qu'il prenait l'ascendant sur lui. Ce n'était pas une revanche sur des années de soumission, c'était la vie qui rétablissait une forme d'égalité, celle que les quakers prônaient et que Robert Howard refusait à son fils, pour une raison toujours restée secrète. Puis Strachan dit qu'il était vieux, qu'il ne pourrait plus faire le trajet pour Londres, alors Howard se rendait dans le Nord de l'Angleterre une fois par an.

Jusqu'à présent, ils avaient rendez-vous au pied du Scafell Pike, dans une vieille bâtisse. Cette année, ils tournaient ensemble autour de la montagne. Strachan était dans son jardin, il savait tout de chaque plante, de chaque pierre et de ce qu'elle recelait. Parfois il en désignait une du doigt et se baissait pour la soulever. Il savait les racines qu'elle recouvrait, les coupait avec son couteau et les faisait goûter à Howard. On aurait dit deux cuisiniers réunis pour concocter un repas inédit, le maître montrait et l'élève notait. Les heures paraissaient longues à Robson qui épiait tout cela de loin, et sublimes à Howard. Strachan jetait invariablement :

— Tu vois?

Et Howard lui répondait :
— Oui.
Parfois, ils s'asseyaient sur un rocher arrondi par le temps, face au soleil. Strachan profitait de la chaleur montante du matin, il s'assoupissait, il était au bout de ses forces physiques, il laissait la nature le pénétrer pour en puiser l'énergie qui le mènerait jusqu'à la fin de la journée. Son regard passait d'un brin d'herbe à un oiseau, à un insecte. Howard l'épiait, discrètement, il suivait la course de ses rides, profondes. Strachan ignorait tout de la nomenclature d'Howard, il ne savait ni lire ni écrire, il lui était plus important de connaître les choses que de les nommer. Le silence coulait entre les deux hommes, pareil à une source d'eau fraîche, aucune règle ne dictait son cours. Howard se surprit à penser qu'il pourrait se retirer là, loin de Londres, de ses rumeurs et de ses miasmes. Il se sentit coupable d'avoir oublié sa famille. Strachan enfouit une main dans une poche de son manteau et en sortit un vieux mortier en bronze qu'il tendit en souriant. C'était la première fois qu'Howard voyait le vieil homme traversé par une émotion. Il saisit le mortier, il avait envie de prendre les mains de Strachan dans les siennes, conscient que ce cadeau était une forme d'adieu. Il aurait voulu le retenir encore quelques minutes près de lui, mais Strachan se releva en faisant un petit geste de la main en direction de la nature, comme s'il la transmettait à Howard en héritage. Le vieil homme avait apprivoisé la lumière, la vie, les plantes, il mit de longues minutes avant de disparaître derrière un pan de la montagne, dans l'ombre. Howard reprit son chemin pour accéder au sommet du Scafell Pike. Il était seul, libre, la nature était accueillante, le ciel serein, personne ne le jugeait, ne l'interrogeait ; son père, Dieu, les nuages, toutes les questions qui l'obsédaient s'étaient retirées dans une marée très basse, le ciel le remerciait d'être venu. Arrivé au sommet, s'il avait pu boire tout ce que sa vue embrassait, il l'aurait bu d'un trait. Il inspira profondément et bloqua sa respiration, en priant ses poumons de répartir l'air dans tout son être, sa tête tournait, il s'agenouilla une fois encore pour remercier le ciel. Il demandait parfois à ses enfants de chercher des ressemblances entre les nuages et les animaux ou d'autres créatures, là il voyait

dans les cirrus striant le ciel les rides de Strachan qui continuait de lui sourire. Le paradis était là.

Adossé à un rocher, Robson se sentait léger, apaisé. Il s'était fourvoyé, cette filature ne servait à rien, mais au moins elle était douce. Pour une fois, il ne surveillait plus les hommes pour percer leurs secrets, il inspectait la nature pour ce qu'elle est et dont il savait si peu de choses. Il était fasciné par un insecte muni d'un long pic qu'il introduisait au cœur d'une fleur jaune. Il lui rappelait un tueur en série qui signait ses crimes en laissant une dague de chasse à courre plantée dans la poitrine de ses victimes. Tout ramenait Robson à la noirceur des hommes. Il tenta pendant ces quelques heures de la chasser de son esprit en inondant lui aussi ses poumons d'air frais et sa mémoire de tout ce qui vivait et bougeait paisiblement autour de lui. Par moments, il se servait de sa longue-vue pour surveiller le maître et son élève, mais ils étaient muets. Comment deux suspects peuvent-ils comploter sans se parler? L'objet qui passa de l'un à l'autre ranima sa flamme de flic. Il donnait au moins un sens à ce voyage et ouvrait une piste à creuser. Un rapace décrivait des cercles dans le ciel, autour du soleil. Howard était toujours à genoux, il observait l'oiseau qui planait en se laissant porter au gré des courants d'air. Robson suivait aussi son vol, il enviait le rapace qui voyait tout, en flottant, *il ferait un bon espion*, pensa-t-il, *ou un redoutable traître*. L'oiseau dominait les deux hommes, il les toisait, son ombre projetée au sol passait de l'un à l'autre, il plongea derrière la montagne, du côté où Strachan avait disparu.

À quelques centaines de kilomètres au sud, un grillon chatouillé par l'herbe que Robert faisait tourner entre ses doigts sortit de son trou. L'attitude des enfants intrigua Mariabella.

— Que faites-vous?

Ils étaient trop occupés pour lui répondre, elle se leva et vit l'insceste tourner autour de la main de Robert. Il le glissa dans une petite boîte que lui présentait Elisabeth.

— Qu'est-ce que vous faites? répéta-t-elle.

— On va l'accrocher au cerf-volant et il va visiter le ciel, pour nous dire.

— Vous dire quoi?

— Si on peut vivre en montant dans le ciel.

— Tu crois qu'il va vivre? demanda Mary à sa mère.

Mariabella se sentit démunie, coupable de n'avoir rien vu, rien senti. Elle ne savait pas que ses enfants invitaient la mort dans leurs conversations. C'était pourtant une évidence, mais parfois, certaines vérités, bruyantes, parviennent à des oreilles qui ne les entendent pas.

— Je le pense. J'en suis sûre même.

— Père ne peut pas mourir alors? demanda Robert.

— Non, ce n'est pas possible.

Les enfants se levèrent pour attacher la boîte au cerf-volant, en souhaitant un bon vol au grillon.

16

On allait dîner, Howard avait repris sa place, mais ses enfants le sentaient lointain, il n'était pas encore rentré de son voyage. Toutes les attentions convergeaient vers lui mais elles ne l'atteignaient pas. Une soupière et sa louche étaient posées au centre de la table. Il se leva et commença à servir la soupe.

— Tu oublies la prière, lui dit Robert.

Le ton était sec, comme si, en tant qu'homme, il lui incombait de veiller à la bonne exécution des règles et de se substituer à son père défaillant. Luke jeta un rapide coup d'œil vers Mariabella, elle savait tout du trouble qui le possédait, et il se rassit, pour que toutes les têtes se baissent vers les assiettes et retrouvent leurs prières. C'est elle qui mettait un terme au rituel. Elle se redressait avec une longue inspiration, on ne remerciait personne, les enfants étaient les premiers à se saisir de leurs cuillères et on mangeait. Ce soir-là, Mary souhaita prendre la parole, sa mère la lui accorda.

— Qu'est-ce qui se passe si on ne fait pas la prière?

La question était posée simplement, innocemment, mais elle était malvenue dans une famille de quakers. Elle avait l'audace d'une intruse qui s'était invitée à table, sans en avoir obtenu la permission. Les enfants Howard avaient pourtant le droit d'interroger leurs parents sur de nombreux thèmes. Les jeunes quakers étaient libres dans bien des domaines. Les distractions interdites étaient la danse, le chant, la musique, le théâtre, les romans, tout ce qui soulevait des passions incontrôlables et éloignait de Dieu. Leur liberté était bornée par des lois précises et d'autres implicites. Les limites apparaissaient d'elles-mêmes, quand les mots se transformaient en braises empêchant les lèvres de les formuler. La question de Mary était dérangeante mais prévisible. Elle était conforme à l'atmosphère qui régnait chez les Howard. Les normes se révélaient fragiles, les fondations bougeaient, se fissuraient, la science et la soif de savoir avaient pris le dessus. Des pensées interdites s'échappaient de leur cage, sans que rien ne les retienne. Luke et Mariabella cherchaient l'explication pouvant refermer la porte que leur fille avait ouverte, ils ne la trouvaient pas, Robert les précéda.

— On ne digère pas bien, dit-il.

Ses parents n'auraient pas dit les choses de cette façon, mais l'argument de leur fils était juste. Respecter Dieu relevait de l'hygiène. Les rituels accomplis en son hommage étaient comparables aux aliments qu'on avale dans un ordre soi-disant bénéfique pour la santé.

Mariabella était assise sur le lit de leur chambre, elle détaillait le mortier en bronze que Strachan avait donné à Luke. Elle promenait le bout de ses doigts dans le creux du récipient, le long des traces laissées par des milliers de coups de pilon, elle caressait leur histoire, se demandant combien de mains s'y étaient usées à porter tous ces coups, combien de temps son mari attendrait encore pour sortir de son mutisme. Il se tenait en retrait et dit :

— Ça ne sert à rien de s'éloigner.

C'était la même obsession qui revenait. Son séjour dans le Nord de l'Angleterre n'y avait rien changé. En s'approchant du ciel, il avait été bien accueilli, les nuages lui avaient offert une belle journée, comme s'ils avaient souhaité voir d'un peu plus près celui qui prétendait les comprendre et les nommer, mais c'était tout. L'ascension du Scafell Pike ne lui avait rien révélé sur celui qui crache la grêle. La forme était restée cachée, elle attendait qu'Howard revienne chez lui pour se manifester. Elle s'invitait à son réveil, à sa table, à son coucher, elle était partout, une présence floue lui répétant «décolle et tu me verras», et quand il se rétournait pour lui échapper, Howard voyait son père, le doigt tendu, qui lui intimait l'ordre de ne pas quitter sa place et d'être fidèle à Dieu.

— Tu espérais que tout disparaîtrait en gravissant le Scafell Pike?

— Peut-être.

Luke vint s'asseoir près de Mariabella. Leurs regards balayaient les reliefs du mortier.

— Je suis passé au-dessus d'une mer de nuages.

— C'est comment?

— C'est beau. On a envie de marcher dessus.

— Tu as essayé?

— J'ai toujours envie de monter vers le ciel.

Mariabella reposa le mortier.

— C'est un bel objet. Il est ancien.

Luke approuva, mollement.

— Nous sommes pareils que les nuages, dit-elle. Nous changeons, passons constamment d'un état à un autre. Nous sommes père, mère, nous sommes mari, femme, nous sommes ce que nous disons et ce que nous taisons. Nous sommes croyants et scientifiques. Nous offrons toujours les mêmes apparences pour nous conformer au portrait que nous voulons présenter aux autres, mais à l'intérieur, nous sommes multiples. Ce que nous sommes aujourd'hui est différent de ce que nous serons demain, nous sommes un ciel changeant, en continuelle transformation.

— Pas toi.

— Si.

— Non, tu es un ciel bleu, pur.

— Les ciels bleus ne durent pas chez nous.

À Wychwood, après leur premier baiser, Luke et Mariabella s'étaient juré de ne rien se taire, de rester l'un pour l'autre des livres ouverts. Il subsistait pourtant des territoires qu'ils n'abordaient pas, de crainte de se cogner à leur identité. Ils s'accommodaient de ces secrets grâce au silence et à leur amour. Leur soif de découverte leur susurrait de pousser toutes les portes masquant les vérités cachées. En tant que quaker, en tant que père, Luke décidait d'en ouvrir certaines, de ne jamais toucher aux autres. Mariabella le regardait avec bienveillance respecter des frontières qui ne les concernaient pas. Elle savait qu'il les repousserait, toutes, elle lui laissait le temps. Elle aimait son mari, leurs trois enfants, ils projetaient d'en avoir un quatrième. Leur union était amoureuse et scientifique. Ils portaient les tenues d'une époque, mais leurs convictions ne dépendaient de personne.

— Nous sommes deux îles au milieu de nulle part.

— Une île, rectifia Luke, rien ne nous sépare, nous sommes la même île. Nous sommes déraisonnables.

Nous sommes immortels, se dit Mariabella.

Ils n'éprouvaient aucune affinité avec les idées nationalistes. Elle rangeait avec détachement les lettres d'insultes que son mari recevait, comme si les expéditeurs s'étaient trompés d'adresse ou de destinataire. La colère lui était étrangère, elle la maintenait à distance. Son mari était prêt à tutoyer la mort, à affronter un monstre qui pouvait l'avaler sans le restituer, elle ne faisait rien pour l'en dissuader. Dehors, elle faisait tout pour rester une bonne quaker, se reprochant parfois de ne par mieux contenir ses pensées. Sa vie n'était qu'une longue succession de compromis. Dedans, son appétit pour les sciences bouillonnait, insatiable, elle menait ses propres recherches, en retrait, partageait les tourments et les attaques que subissait son mari et qui seraient peut-être un jour les siens. L'image qu'elle entretenait avait la peau fine, lisse devant et lacérée derrière. Depuis longtemps, elle rêvait en secret de fouler aux pieds le manteau de l'ignorance, de le retirer des épaules faibles et de le piétiner comme on piétine un drapeau ennemi et honni.

Bien sûr, elle avait peur de perdre l'homme qu'elle aimait plus que tout, elle craignait d'annoncer un jour à ses enfants que leur père avait disparu dans le ciel, que son amour pour les nuages était tellement grand qu'ils l'avaient retenu avec eux. Elle les ferait grandir seule, avec le souci d'accompagner chacun d'eux, même s'ils voulaient pousser l'exploration au-delà des nuages ou au plus profond des mers.

— Je pense que Silvanus nous espionne, dit Mariabella.

— Silvanus !

— Il lit notre courrier.

— Je suppose qu'il s'agit des lettres qui me sont adressées et qui me félicitent pour mes travaux ?

— Elles sont de peu d'intérêt.

— Elles l'intéressent pourtant.

— Je les garde pour qu'un jour, peut-être, on mesure sur quel océan d'adversité monsieur Luke Howard a dû naviguer pour aller au terme de son invention. Ce jour-là, elles auront peut-être un peu de valeur, mais ce n'est toujours pas le cas. Je les enferme dans un tiroir parce qu'elles sentent mauvais, et je t'interdis de l'ouvrir.

Le lendemain soir, Luke reprit son rôle de père. Il avait perdu le visage de l'absence et retrouvé celui de la rigueur. À table, il n'oublia pas le temps de la prière, Robert était rassuré, satisfait de voir que les choses étaient ce qu'elles avaient toujours été, que leur père était redevenu leur père et qu'il pouvait redevenir le frère de ses deux sœurs. Quand Mariabella mit fin au rituel, Luke se racla légèrement la gorge, signifiant qu'il voulait dire quelque chose, il s'adressa à Mary :

— Il ne se passe rien si on ne fait pas la prière.

Il sourit d'un air qui se voulait rassurant. Les enfants se tournèrent vers leur mère, stupéfaits par cette réponse à retardement. Mariabella fixa un court instant son mari. Elle ne trouvait pas nécessaire de dérouter leurs enfants. En leur présence, elle était la mère, rien d'autre que leur mère, la protectrice, celle qui tient à distance le danger, sous toutes ses formes. Dehors, les enfants entendaient dire que leur père était un mauvais Anglais. Ici, il devait rester le même, une force aimante, vigilante. Il l'avait si bien fait jusqu'à présent.

— Mais c'est mieux de ne pas l'oublier, précisa Mariabella.

— On digère mieux, ajouta Robert.

17

Lorsque Tilloch se pencha sur le nouvel article qu'Howard venait de lui remettre, il n'alla pas plus loin que le titre, l'air consterné.

— Cirrostratus ! Vous vous moquez de moi, monsieur Howard ? Je croyais qu'on l'avait déjà réglé ce problème. Cirrostratus ! Déjà qu'un nom latin c'est compliqué, mais deux à la suite ! Comment le lecteur peut-il s'y retrouver ?

Le patron du *Philosophical Magazine* passa d'une colère glaciale à une colère noire, il se mit à hurler, vociférer, accusant Howard de n'être qu'un petit météorologiste amateur, ambitieux, et de remettre en cause leur accord. L'attaque était violente, presque trop, elle avait quelque chose de théâtral, mais elle fragilisa Howard. La violence de son père était toujours froide, muette, c'était une faux bien aiguisée qui faisait son œuvre, sans bruit. Le patron du *Philosophical Magazine* provoquait des vagues énormes, jusqu'à ce que son adversaire se replie et réclame la paix. Les relations humaines n'étaient pour lui que des guerres larvées qui devaient éclater tôt ou tard.

— Je n'ai rien changé aux noms, dit Howard. Ce sont ceux que vous avez applaudis à l'Askesian Society.

— Applaudis ?

La colère de Tilloch disparut aussi vite qu'elle était apparue.

— C'est vrai que j'ai applaudi votre intervention. Mais rien n'est définitif. Ce qui était vrai hier peut ne plus l'être aujourd'hui. Qu'est-ce qui ne change pas? La course du Soleil certes, quant aux jugements que les hommes portent sur les choses? Mais vous êtes obstiné, trop, un jour cela vous portera tort.

Alexander Tilloch céda sur le cirrostratus, mais en échange, il avait obtenu d'Howard qu'il complète son article d'une forme de plaisante discussion. Elle consistait à répondre à la question d'un lecteur ou d'un supposé lecteur, puisque Tilloch l'avait fomulée à sa façon. Les cumulus et autres espèces qui courent dans le ciel appartiennent-ils à ceux qui vivent en dessous et peuvent-ils en faire l'usage qu'ils souhaitent? Howard s'engagea à donner son point de vue. Il en vint à penser que toute cette colère que Tilloch avait déployée n'était qu'un calcul pour en arriver là. Le feuilleton ne soulevait plus le même enthousiasme chez les lecteurs, il ravivait à chacune de ses parutions la colère et les insultes de ceux qui ne digéraient pas encore le latin, mais la curiosité s'émoussait. La nouvelle rubrique devait servir à relancer les ventes. Howard supportait de moins en moins leur collaboration, mais elle restait utile à son ambition et à la science. Tilloch alla jusqu'à faire courir la rumeur que la nomenclature d'Howard n'était pas close, qu'il fallait s'attendre à un rebondissement, mais Londres n'y prêta pas attention.

Londres se passionnait et se déchirait désormais pour un autre sujet très sensible, le percement du tunnel sous la Tamise. Il était indispensable pour faciliter la circulation des personnes et des marchandises entre le sud et le nord de la capitale, mais il s'agissait aussi d'un défi technique inédit. Aucune entreprise ne s'était encore aventurée à percer une route sous un fleuve sujet aux marées. Forster suivait l'affaire de près et les ventes du *Gentleman's Magazine* grimpaient pendant que celles du *Philosophical* stagnaient. Les avis divergeaient sur l'endroit où devait être percé ce que William Markham qualifiait de « monument national » dans les titres de son journal. Après avoir écarté Marc Isambart Brunel et son projet de tunnelier, la Thames Archway Company fit appel à deux ingénieurs, James Vasey, originaire des Cornouailles, à la réputation sans faille dans le percement des tunnels, en mesure d'attirer à Londres les mineurs les plus qualifiés et expérimentés de sa région, et le célèbre Richard Trevithick qui venait de faire rouler sur des rails anglais la première locomotive à vapeur. Après plusieurs sondages du sous-sol, la Thames Archway Company décréta qu'il serait creusé entre Rotherhithe, un faubourg de la rive droite, et Limehouse, situé juste en face. Trevithick approuva mollement le choix de la compagnie, alors que Vasey avait préconisé qu'il soit construit quelques centaines de mètres en aval, pour atteindre plus aisément la couche granitique. La logique financière a tranché. La Thames choisit le tracé le moins cher. Le différend entre les décideurs du projet ne devait pas être dévoilé, mais il fuita. Forster voulut consacrer un article à cette polémique, mais Markham pria son journaliste de ne pas voler avec les oiseaux de mauvais augure ni de constituer un frein au progrès, prétextant que ces critiques étaient infondées et répandues par des sociétés furieuses de ne pas avoir été retenues pour construire cet ouvrage. Forster n'en était pas à sa première concession. Quant à Tilloch, il assistait impuissant depuis son bureau à la revanche de son concurrent. Le vent avait tourné. Markham avait secrètement obtenu de la Thames Archway Company l'exclusivité pendant quarante-huit heures de toute nouvelle information sur la construction du tunnel.

Howard reprit la direction de Whitechapel. Les mains invisibles de Mariabella le poussaient dans le dos. Sur Fleet Street, un passant le sollicita en lui montrant le ciel et en désignant un nuage par un nom latin. Ce n'était pas le bon. La plupart du temps, les personnes qui l'interpellaient à ce sujet se trompaient. L'air était jaune, opaque, puant, on croisait souvent des gens qui toussaient. Les rues rétrécissaient et s'assombrissaient sous la pression démographique. On s'y battait pour obtenir quelques mètres carrés et exercer son métier. On subsistait aussi sans travailler, en louant son lit pour une nuit ou en volant. Howard prit une rue où des gamins adossés aux maisons vendaient des mouchoirs d'occasion, dérobés quelques heures plus tôt par des pickpockets. Ils le faisaient sans crainte, la rue leur appartenait, la police n'intervenait pas. Le passage d'Howard attirait des remarques qu'il faisait mine de ne pas entendre. Un bossu vendait des pâtés qu'il transportait dans un panier en équilibre sur le sommet de son crâne. Il criait fort, sa voix puissante montait jusqu'aux étages des immeubles les plus hauts. Il attirait les clients tout en brandissant un gros bâton, dissuadant ceux qui tenteraient de manger sa marchandise sans la payer. Il croisa Howard et lui lança :

— Quaker, quaker, as-tu goûté mon pâté ?

Howard l'ignora, calant son pas sur le rythme d'une grosse cloche frappée derrière les hauts murs de la fonderie qui surplombaient Plumbers Row. Mais à peine avait-il poussé la porte des chantiers Gascogne qu'il entendit crier :

— Non, Howard ! Je t'ai dit que je n'avais plus rien à te dire.

Gascogne descendit de son échafaudage pour le reconduire vers la sortie.

— Il faut que je voie ce nuage, de près.

— C'est impossible.

— As-tu réfléchi à la façon d'y arriver ?

— Mais c'est tout réfléchi. J'ai approché bien des choses dans ma vie, j'ai vu la mort comme je te vois, je l'ai défiée quand j'y étais obligé, mais avec l'espoir de lui échapper. Je ne lui ai jamais offert mon corps. Te jetterais-tu dans la Tamise pieds et poings liés ? Le ferais-tu ?

— Non.

— Tu me rassures l'ami ! Eh bien, moi non plus.

— Il n'y a pas de raison qu'un ballon ne puisse pas monter à cette altitude.

— Fais-le toi-même.

— Nous sommes pareils. Tu penses que les limites sont faites pour être dépassées. Je suis sûr que tu es allé beaucoup plus haut que tu ne le prétends.

— Non, nous n'avons rien en commun. Absolument rien !

— Je ne pense pas que l'argent soit ta seule motivation.

Gascogne approuva, d'un pincement des lèvres.

— Tu as raison, Luke Howard, l'argent n'est pas la seule boussole qui gouverne ma vie, il y a les femmes aussi, la drogue, les paradis qui remplacent ceux du ciel, les trafics qui précèdent ma réputation et que tu refuses de voir parce que tu te dis que seul un homme qui a si peu de foi et de morale peut être ton complice. Mais cette vie est mon seul véritable bien, elle n'a pas été de tout temps brillante et elle ne l'est toujours pas, mais j'y tiens, je l'aime. Ce nuage est noir, il navigue à des hauteurs que nos poumons ne supporteraient pas. Renonce, imagine-le ! Les pages des journaux sont bourrées de récits imaginaires.

— Je ne suis pas un écrivain, répliqua sèchement Howard, vexé par l'idée qu'on puisse lui suggérer de travestir la réalité.

Gascogne ramenait Howard vers la rue, sans le brusquer, comme on le fait avec une personne à la santé mentale fragile.

— Non, tu es un honnête homme, audacieux, courageux, mais avec une bonne dose d'inconscience. Il y a des rêves qui conduisent tout droit vers la folie, tu le sais, ça ? Tu ne veux pas en arriver là ? Regagne ta boutique, c'est là qu'on a besoin de toi. Tu as déjà fait beaucoup pour l'humanité et pour la science avec ta théorie, je lirai tes prochains articles avec grand plaisir. Je te souhaite une belle journée.

— Combien coûterait un tel ballon ? s'écria Howard avant d'être renvoyé.

— Combien ? Mais je t'ai déjà répondu. Ta vie et la mienne.

18

Au mois de mai 1803, les températures diurnes et nocturnes étaient restées sensiblement les mêmes pendant plusieurs jours. Le phénomène captivait Mariabella. La nuit, elle sortait plusieurs fois de son sommeil pour lire les thermomètres, les taux d'humidité et la vitesse du vent qui soufflait de façon continue. Elle noircissait ses cahiers de chiffres seulement compréhensibles par elle-même. Le jour, elle faisait le tour des hôpitaux pour connaître les symptômes de leurs derniers patients ou la cause de leur mort. Les accidents cardiaques et les blessures infligées par couteau étaient en nette augmentation. Luke s'ennuyait. L'avenir s'apparentait à une impasse.

Depuis que Mariabella lui avait fait part de ses doutes sur la loyauté de leur assistant, Howard n'avait rien changé à ses habitudes. Il se comportait avec Silvanus de la même façon. On était le 4e jour, il était presque 10 heures, Eugene Blackwood ne tarderait pas à venir chercher ses flacons de digitaline, comme il le faisait chaque semaine depuis bientôt cinq ans pour sa femme malade du cœur. Howard sortait d'un chaudron d'eau bouillante des seringues qui avaient servi aux clystères, Silvanus replaçait sur leurs étagères les pots qu'il avait utilisés pour la confection d'un emplâtre.

— Tu peux me sortir le cahier des clients? Il est dans le tiroir du comptoir.

Perché en haut de son échelle, Silvanus marqua un temps d'arrêt. C'était la première fois que son patron lui demandait d'ouvrir ce meuble, là où Mariabella glissait les lettres d'insultes. C'était un piège. La fin. Il ne savait pas quoi faire, il hésitait à redescendre, gagnait du temps en alignant parfaitement les pots le long de la tranche de l'étagère. Howard l'observait. Il l'avait débusqué, sans préméditation, poussé par une inspiration soudaine qu'il regrettait déjà. Il voulait juste lui signifier qu'il savait, mais la manœuvre était maladroite, inutile. Silvanus s'apprêtait à reconnaître sa trahison, formulant dans sa tête les mots de son aveu, quand la porte de l'officine s'ouvrit, mettant fin à une situation inconfortable pour les deux hommes. Howard s'apprêtait à saluer Blackwood, mais c'était un inconnu, le front haut, ceinturé de cheveux gris, les yeux noirs, vêtu d'une élégante veste bleue et d'une chemise blanche. Il semblait sûr de lui, peu pressé d'expliquer les raisons de sa visite. Il examinait Howard avec satisfaction comme on le fait d'un ami longtemps perdu de vue.

— Que puis-je faire pour toi?

— Êtes-vous monsieur Howard? Luke Howard?

— Oui.

— J'ai quelque chose pour vous, de la part de monsieur Goethe.

Howard ne comprenait pas où ce client voulait en venir.

— L'écrivain, le poète... Ce sont des poèmes sur vos nuages.

— Sur mes nuages?

Howard n'avait rien lu de Goethe, il connaissait juste son nom pour l'avoir vu sur la couverture d'ouvrages exposés dans une librairie de Fetter Lane. Il accepta le recueil que lui tendait son visiteur et il le parcourut.

— Il s'agit d'une traduction anglaise, dit l'inconnu, je l'ai supervisée moi-même, même si l'anglais n'est pas ma langue maternelle.

— Je ne sais pas quoi te dire... Je suis surpris... à vrai dire, j'ignorais que ma classification des nuages était connue en dehors de mon pays et même de Londres... Vraiment... ce que j'ai fait ne le mérite pas... Quand tu reverras Goethe, dis-lui...

— Je suis Goethe. Je viens de Dresde.

La phrase résonnait dans la tête d'Howard: «Je viens de Dresde.» L'impasse dans laquelle il languissait disparut, comme le rideau d'un théâtre que l'on remonte pour ouvrir la scène. Alors qu'il regagnait le laboratoire, Silvanus ne put s'empêcher de se retourner pour voir à quoi ressemblait ce visiteur inattendue. Il n'avait jamais entendu parler de lui ni de la ville qu'il avait citée, mais un homme qui vient de loin suscitait la curiosité et exigeait qu'il imprime dans sa mémoire les traits de son visage. Quelques minutes plus tard, Howard invitait Goethe à visiter le deuxième étage. Le poète était impatient de découvrir l'endroit où l'invention avait pris forme.

— C'est ici?

Howard acquiesça. Goethe alla vers une fenêtre pour regarder le ciel, intrigué, imaginant que le point de vue depuis le deuxième étage de cette maison recelait peut-être un secret, une ouverture qui conduisait à la connaissance des nuages.

— J'ai pourtant une vue semblable de chez moi, mais je n'y aurais pas pensé.

Le poète prolongeait régulièrement ses phrases de longs silences pendant lesquels son environnement n'existait plus, il disparaissait dans ses pensées. Il sentit une nouvelle présence dans la pièce, Mariabella était là. Goethe attendit qu'Howard fasse les présentations, mais le quaker resta figé, muet. Il prit les devants:

— Vous êtes madame Howard, je suppose?

— Oui.

— Je suis venu du duché de Saxe pour faire votre connaissance.

— De Saxe!

— C'est la première fois que je viens en Angleterre et j'ai bien cru que je n'y arriverais pas, la Manche est étroite mais elle ne se laisse pas faire. Il faut être fou ou français pour vouloir envahir votre pays. Ou avoir une raison des plus sérieuses pour la braver, et j'en avais une. Mon nom est Johann Wolfgang von Goethe.

La réunion du poète exubérant et du couple de quakers était une invraisemblance, une situation qui ne pouvait pas se prolonger. La glace et le feu cohabitent rarement longtemps, l'un des deux a vite fait d'absorber l'autre. Et pourtant, ces extrêmes sentaient une force qui les rapprochait, des liens se nouer.

— Si je peux me permettre, dit Howard, tu es un artiste, tu as fait un très long voyage depuis ton pays pour venir jusqu'ici, or je m'intéresse aux nuages d'un point de vue météorologique et je ne suis pas sûr de comprendre ce qu'un poète peut trouver d'attrayant dans ma théorie.

— Mais parce que j'aime la science, ceux qui la racontent et la font progresser. Je réfléchis moi-même à une théorie sur les couleurs, un jour elle sera publiée, peut-être. Je l'espère! Je ferai en sorte qu'elle le soit. J'aime tout ce qui explique les mystères de la vie, les fulgurances, d'où qu'elles viennent, de l'intelligence humaine, du ciel, de partout. Les nuages sont des créations éphémères, de l'art en perpétuel mouvement, sans cesse réinventé, ils bougent, se transforment, à peine les a-t-on nommés que leurs noms sont déjà désuets. Les nuages sont des créatures insaisissables, sauf pour vous. J'aurais pu vous l'écrire, monsieur Howard, c'est mon métier en plus, mais je trouve que cette polémique dont vous êtes la victime et vous aussi Mariabella, votre famille, est profondément stupide et injuste. Je tenais à vous l'exprimer de vive voix. Avec un seul mot, vous faites passer ce que je m'efforce de faire sur des pages entières, vous touchez le cœur des hommes, de tous les hommes. Alors que l'Europe est à feu et à sang, votre découverte est un cadeau à l'humanité, un message de paix. Je voulais vous le dire et vous remercier, personnellement, et en vous voyant, je n'ai plus de doute sur la pertinence du voyage que j'ai entrepris.

Howard se taisait, immobile, ne sachant quelle contenance adopter avec ce visiteur qui n'avait rien de commun avec ce qu'il avait connu jusque-là, et Mariabella considérait le poète avec le même ébahissement. Ce Johann Wolfgang von Goethe venait d'une autre planète.

— De Saxe, répéta Mariabella. Tu as fait tout ce voyage pour nous rencontrer?

— Oui.
— Tu vas séjourner à Londres quelque temps, je suppose.
— En effet, je vais patienter un peu avant de remonter à bord d'un de ces maudits *packet boatsen,* j'en ai encore les jambes qui vacillent.
— Accepterais-tu de partager notre repas?
La proposition troubla Howard, ils n'avaient jamais invité qui que ce soit à leur table.
— Dîner. Mais oui avec plaisir, si j'avais su, je ne serais pas venu les mains vides.
— Elles ne sont pas vides, dit Mariabella en désignant le recueil de poèmes.

Chacun était à sa place, un sixième couvert avait été dressé pour Goethe qui occupait un bout de table. Le silence régnait, fragile, il n'aspirait qu'à craquer. Le poète détaillait chaque membre de la famille, leurs têtes qui se penchaient vers leurs assiettes de soupe, toujours en cadence. C'était la première fois qu'il participait à un dîner pareil, il le trouvait délicieux, non pas d'un point de vue gustatif, mais théâtral. Ce repas était une pièce. Puis il se décida à perturber le rituel.
— Au risque d'être inconvenant, prévint Goethe, puis-je vous réciter quelques vers?
Les enfants se redressèrent tous en même temps pour connaître la réponse de leur père, hésitant.
— Vas-y.
Goethe se leva puis il revint avec son recueil de poèmes.
— Vraiment? demanda-t-il cette fois-ci à Mariabella.
Elle acquiesça. Goethe s'adressa aux enfants.
— Je voudrais vous lire quelque chose. Ce sont de courts poèmes.
Goethe se tourna brièvement vers Howard avant de préciser:
— Et celui qui m'a inspiré ces vers ne vous est pas étranger. Le premier s'appelle *Cirrus.*
Les enfants fixaient l'étranger, incrédules, il était fait d'une matière jusque-là inconnue. Ils étaient surpris de voir leurs parents

qui le laissaient faire, au mépris des règles qui sautaient les unes après les autres. C'était inédit, excitant. Goethe s'efforçait de lire en eux. Malgré sa notoriété et son expérience, la lecture d'un poème fraîchement écrit à un public, quel qu'il soit, restait une épreuve dont il guettait encore avec appréhension le résultat.

— *Cirrus*, répéta Goethe en prenant une voix plus basse.

Mais la noble ascension vers le haut se poursuit!
Et la dissolution est contrainte céleste.
Cet amoncellement se résout en flocons,
Trottant comme des moutons, troupeau de fines crêtes.
Ce qui se forme en bas ainsi retourne en haut,
Dans le sein de son père, dans sa paisible main.

Et Goethe se tut. Les enfants s'observèrent, ne sachant si c'était fini ou si une suite allait venir. Perplexe, le poète attendait de connaître l'effet que ses vers avaient produit. Il faisait face à des figures qui n'affichaient pas la moindre émotion. Luke et Mariabella s'en tenaient à une stricte neutralité. Leurs enfants semblaient ne rien avoir compris aux vers du poète. On ne lisait pas de poésie chez les quakers, elle s'apparentait à des fables ou à des contes, à une distraction impure, possiblement perverse. Seules les disciplines scientifiques pouvaient être prétexte à des jeux. Les enfants Howard confectionnaient des herbiers, parcouraient les jardins et se lançaient des défis sur le nom de telle plante ou de tel arbre, mais ils ne jouaient jamais avec les mots. L'attente du poète était touchante, il était coutumier des compliments qui pour une fois ne venaient pas, ces secondes d'incertitude le décontenancèrent, Mariabella y mit un terme.

— Qu'en pensez-vous?

— C'est le nuage de père, répondit Mary.

— Exact, confirma Goethe avec empressement, c'est le nuage de votre père. Le cirrus. Est-ce que je l'ai bien décrit? Allez-y, dites ce que vous pensez, je suis habitué à recevoir les critiques au même titre que les louanges, même si je préfère ces dernières.

— Moi aussi je vois des moutons dans le ciel, dit Elisabeth.

— On reconnaît toutes sortes d'animaux dans le ciel, ajouta Robert.

— C'est vrai, on use souvent des comparaisons avec les nuages, mais votre père leur a donné un nom, ils n'appartiennent qu'à eux-mêmes désormais. Savez-vous parler le latin?

— Non, répondit Mary, et toi?

— Mary! s'exclama sa mère, gênée par l'audace de sa fille.

— Six! Je parle six langues dont le latin, l'allemand est ma langue natale, et mon père a exigé que j'apprenne l'anglais à l'âge de 13 ans.

— Six! répéta Mary.

— Pour m'aider, j'ai écrit un roman sur six frères et sœurs qui habitent dans six régions du monde et chacun parle une langue différente.

— Comment des frères et des sœurs peuvent-ils ne pas parler la même langue? s'étonna Mary.

— Parce que je l'avais décidé. L'écrivain étudie ses contemporains, il les scrute, s'intéresse à leurs modes de vie, à leurs qualités, leurs défauts, il les ausculte comme un médecin le fait avec son patient, et il invente de nouvelles vies, de nouveaux destins. Il fait de telle personne un homme riche et heureux, de telle autre une existence brisée par le malheur, il a le loisir de décider de tout, du physique, du caractère, des habits, de la couleur des cheveux, de la façon dont ses personnages s'expriment, de leur amour pour les nuages, pour les arbres ou pour toute autre chose. Pareil qu'un dieu. L'écrivain est un dieu qui donne vie à des êtres qui n'existent pas, si ce n'est dans son imagination.

Les paroles du poète laissaient un vide derrière elles, le temps que les enfants les assimilent.

— C'est facile d'écrire un roman? demanda Mary.

— Non, il faut de la patience, de l'obstination. Parfois on pense aller dans la bonne direction et on fait fausse route, on croit qu'on va être compris et on rencontre le doute. Celui qui invente est sans arrêt confronté à des obstacles, et c'est la même chose pour tous les inventeurs. Vous croyez que les nuages se laissent faire? Ils ne disent pas: « Moi je suis le cirrus, voilà qui je suis, voilà comment je me comporte dans le ciel. » Ils ne disent rien d'eux, il faut percer leur vérité, les dompter. C'est ça, l'art et la science sont des chevaux sauvages qu'il faut dompter.

Ce soir-là, chez les Howard, le silence s'était retiré, il avait cédé sa place aux mots qu'un étranger répandait dans leur maison. Ils étaient frais, mystérieux, mais nourrissants. On en oubliait la soupe qui refroidissait, les nouvelles du jour qui annonçaient que la paix d'Amiens avait vécu et que les Français redevenaient ce qu'ils avaient toujours été, des ennemis.

Silvanus était dans les locaux de l'Intelligence Service, défait, l'âme sale, il faisait son rapport quotidien à l'inspecteur Robson.

— Ils savent que je les espionne.

Cette révélation indifféra le flic. En revanche, il se demandait qui était vraiment ce poète venu d'au-déla du Rhin, puis il lança, telle une évidence :

— Ils t'ont mis à la porte, je suppose.

— Non.

— Ils t'ont pas viré ?

— Ils m'ont rien dit.

— Tiens donc ! Ils sont bien bons ces quakers.

19

Silvanus n'était pas le seul à espionner Luke et Mariabella, les Amis s'en chargeaient comme l'exigeait la discipline de la communauté. Chaque quaker était invité à surveiller son voisin, à se mêler de sa conduite si elle était suspecte d'avoir enfreint la loi et bafoué le bien. Le pauvre devait punir le riche, le riche devait punir le pauvre. Gatlin avait insisté pour que le couple Howard s'accuse de sa passion pour les nuages, il cherchait à obtenir son reniement et son exclusion de la communauté, mais les Amis restaient partagés. Certains s'étaient même excusés auprès de Luke d'avoir pensé du mal de sa nomenclature. Les Howard se sentaient de nouveau en paix en compagnie de leurs frères et sœurs. La discussion relative aux nuages n'avait plus été abordée. Elle était tombée dans l'oubli depuis que le feuilleton du *Philosophical Magazine* avait cessé d'alimenter les conversations et Gatlin se tenait en retrait depuis plusieurs Réunions. Mariabella et Luke avaient envisagé un temps de prier seuls, chez eux, mais le recueillement à deux n'avait pas de sens. Ils étaient différents, mais ne cherchaient pas la solitude. Ils aimaient cette forme de compagnonnage religieux où chacun tissait au fond de lui-même ses messages adressés au Christ. Tous ces fidèles réunis étaient des temples intérieurs, libres, sans posture ostentatoire, sans enthousiasme dangereux.

Les quakers étaient parfois critiqués pour leur liturgie muette, mais ils suscitaient aussi des avis bienveillants, sensibles à ce mutisme capable de révéler la présence de Dieu avec une intensité que les sermons les plus enflammés étaient impuissants à atteindre. Le silence des quakers supplantait celui que les dominants imposaient aux plus fragiles. Il mettait au même niveau les jeunes et les anciens, les forts et les faibles, les femmes et les hommes. C'était ce doux abandon qui rattachait encore Luke et Mariabella à leurs Amis.

L'été était chaud. La prière avait commencé trois heures plus tôt et personne n'avait souhaité s'exprimer. Certains membres, souvent les plus corpulents et gras, étaient passés du repos divin à un sommeil réel et profond. Des ronflements importunaient la méditation. La désignation d'un membre surveillant, chargé de réveiller les ronfleurs, avait fait l'objet d'un vote. Le groupe s'était prononcé contre. La sieste était une voie possible menant à Dieu, le Créateur ne faisant pas de distinction entre ceux qui le rejoignaient éveillés ou par les rêves. Mais Gatlin se leva. Il avait récemment fait parler de lui en intervenant à plusieurs reprises dans des églises pour s'insurger contre le chant, arguant que les chrétiens qui chantent le font par hypocrisie, pour plaire à Dieu. Quand il prit la parole, son visage était blanc, sans haine, sa voix n'était plus la même, elle était aiguë, nasillarde, ses mots semblaient ne plus être les siens, mais ceux d'un interprète qui prétendait traduire la volonté du Seigneur.

— L'arrogance est un blasphème, et l'orgueil, une plaie. L'orgueil est le précurseur de toute la cohorte des péchés. Des hommes insinuent que l'audace est saine, elle est le drap qui dissimule leur orgueil. Ces hommes affirment qu'elle les élève au-dessus des autres, vers le champ du savoir. Quel est ce savoir? Ce savoir est celui de Dieu. Quelle est la créature la plus orgueilleuse qui a eu l'audace de s'élever jusqu'au domaine de Dieu? Satan. Dieu l'a jeté hors du ciel, lui et son orgueil, et ils finiront en enfer. Peut-on échapper aux flammes éternelles en préférant aux Saintes Écritures une théorie païenne qui méprise notre foi? Non. Le ciel est le domaine de Dieu et de lui seul. La tentation de l'atteindre sous prétexte de connaître la course des nuages est le blasphème suprême. Mes amis, serons-nous les complices d'un tel péché? Dieu nous interroge. La science qui se flatte d'expliquer les nuages est-elle compatible avec notre conception divine du ciel? Non! Nous devons Lui répondre. Votons.

Gatlin se rassit, le silence reprit le pouvoir, lourd. Pour Luke et Mariabella, la paix recouvrée venait d'être massacrée. L'attaque était frontale, violente. Howard sentait le sang cogner contre ses tempes, il revoyait son père brûler les feuilles déchirées de ses carnets d'oservation météorogiques. Mariabella imaginait ses chevilles cernées de rats affamés et vindicatifs. Le présent était long, incertain, puis Gatlin se leva, méprisant la coutume selon laquelle celui qui sollicitait un vote ne se prononçait jamais le premier, il fut suivi par un Ami puis par d'autres. Luke et Mariabella gardaient les yeux clos, pour encaisser le coup, pour ne pas savoir qui était contre et qui était pour. Ils attendirent la formule rituelle.

— L'unanimité est-elle parmi nous?

— Non, déclara un autre.

— Qu'il en soit ainsi, conclurent les Amis en chœur.

Le groupe se dispersa. Luke effleura la main de sa femme, il avait besoin de sentir sa présence et sa chaleur. L'opposition à sa théorie n'était pas nouvelle, mais elle n'avait jamais suscité un tel niveau d'hostilité dans leur Maison.

Ils mirent de longues minutes avant de se parler. Ils étaient assommés. Leurs enfants marchaient juste devant eux, ils ne s'éloignaient pas, se retournant par instants, intrigués par les visages absents de leurs parents. L'air était encore chaud, mais le vent qui balayait les rues apaisait un peu leurs fronts bouillants. L'un et l'autre s'avouaient intérieurement que l'Ami Gatlin avait peut-être raison. Quand ils voyaient la Lumière, qui la prodiguait? Dieu ou la science? Ne se mentaient-ils pas? Ne trompaient-ils pas les autres? Leurs figures dissimulaient-elles une énergie diabolique, une flamme qui scintillait au fond d'eux, blanche devant et noire derrière?

— Nous n'irons plus, dit Mariabella, ce n'est plus notre place.

— On ne peut pas se cacher.

— On vit déjà cachés. Depuis toujours.

20

Goethe ne connaissait pas Londres, mais Londres le connaissait. Il logeait chez un ami banquier qu'il avait rencontré à Rome, à l'occasion du Grand Tour, un long voyage effectué par les fils des bonnes familles du Nord de l'Europe. Cette jeunesse circulait à travers la France, l'Autriche, la Suisse, le point de chute étant le plus souvent l'Italie où elle séjournait pendant plusieurs années. À Londres, l'expérience italienne constituait pour ces jeunes gens une sorte de passeport leur permettant de fréquenter certaines *gentlemen's societies* comme The Old Slaughter's ou The Dilettanti, des salons culturels où l'on discutait de toutes sortes de sujets scientifiques ou artistiques. On y admettait également les personnes de fortune modeste, à condition qu'elles soient des hommes de lettres reconnus ou des artistes professionnels. La notoriété de Goethe lui ouvrait toutes les portes, il les franchissait avec curiosité et intérêt car certains de ces clubs étaient réputés pour leur expertise dans des domaines qui lui étaient chers. Goethe adorait aussi l'atmosphère chaleureuse et accueillante de ces sociétés où l'on dissertait sur tout, en savourant un bon steak et son porto préféré. Mais surtout, elles lui permettaient de sonder la popularité de la théorie d'Howard et de la défendre quand il entendait des avis hostiles. Même dans ce qu'il était convenu d'appeler l'élite la plus éclairée de la société londonienne, Howard comptait de solides détracteurs. Goethe s'insurgeait contre ces interlocuteurs qui avaient voyagé à travers l'Europe et qui accusaient la nomenclature latine d'un universalisme douteux, dicté par une foi douteuse. Il leur reprochait d'avoir fait le Grand Tour et de ne plus être animés de ce souffle qui devait à jamais irriguer ces voyageurs pour lesquels les frontières n'avaient plus d'importance, ou de l'avoir sciemment refoulé pour se fondre, revenus chez eux, dans les coulisses et les bassesses de la société où ils devaient entretenir leur rang.

Goethe fut un soir l'invité unique de l'Askesian Society, le club où Howard avait exposé sa théorie. L'assistance était particulièrement nombreuse et encore plus dissipée et bruyante que de coutume, impatiente de découvrir ce poète étranger dont beaucoup estimaient la visite déplacée mais exotique. On avait même refusé du monde qui était resté sur le trottoir, espérant que les murs du 2 Plough Court allaient miraculeusement s'écarter pour accueillir davantage de public. Forster et Tilloch étaient présents dans la salle, le privilège des journalistes incontournables. L'inspecteur Robson était tapi dans un recoin, il préférait l'ombre, s'y fondait avec délectation, elle était sa complice, convaincu qu'aucun flic londonien n'avait un art de se dissimuler comparable au sien. Howard avait décliné l'invitation, ne pouvant assister à une conférence où l'on débattrait de lui. Lorsque Goethe apparut, le brouhaha déclina subitement, la présence du poète était forte, elle suscita d'emblée le respect. Il posa sur le public un regard altier, sûr de lui. Il repéra la présence de quelques femmes. Sa voix était claire.

— Mesdames, messieurs, je suis d'abord un homme de lettres, mais je m'intéresse à tout. Les lettres et les chiffres sont des figures qui décrivent le monde chacune à leur façon. Les mots et la science ont ceci de commun que celui qui les manie ne parvient pas toujours à son but, il cherche mais souvent ne trouve pas. Le poète associe des images en espérant qu'elles formeront un ensemble élégant, qui va ravir, toucher la sensibilité des lecteurs, parfois il y arrive, rarement… certains avancent même que je n'y suis jamais arrivé… les ingrats !

L'autodérision du poète déclencha les rires dans l'auditoire qu'il cherchait à séduire pour mieux le convaincre.

— Mais toutes les opinions sont respectables, et le poète comme le chercheur doit braver les tempêtes les plus violentes sans sourciller, sans varier son cap d'un degré. Ils sont des soldats nus, parfois ils triomphent, parfois ils perdent, mais au moins ils osent.

Le public se mit à applaudir en émettant ses traditionnels « yeah » en signe d'approbation.

— Cela dit, ce soir, je ne vais rien vous révéler sur le fonctionnement du monde que vous ne sachiez déjà. Ce soir, je suis le serviteur, l'apôtre d'un génie dont la découverte m'a incité à prendre la route depuis Dresde, pour dire toute l'émotion qu'elle m'a procurée et, je dois le dire aussi, tout l'effroi que m'inspire l'hostilité à laquelle elle est soumise. Je vous remercie pour votre accueil et vous laisse libres de celui que vous ferez aux vers qui suivent :

Stratus !
Lorsque du plan d'eau, lisse miroir,
Une brume soulève la nappe étale,
La lune mêlée à l'ondoyante apparition
Brille, fantôme créant des fantômes,
Alors nous sommes tous, soyons-en sûrs,
Revigorés, tes joyeux enfants, ô nature !
Alors tout entier, en larges bandes, il gagne la montagne,
Plongeant loin dans l'ombre les contreforts :
Donnera-t-il de l'eau, montera-t-il en l'air ?

Honneur à vous, monsieur Howard !

En quelques vers, Goethe était parvenu à chauffer l'assistance, elle applaudissait, électrisée. L'Askesian Society avait vu passer beaucoup d'orateurs qui avaient enflammé la salle grâce à leur talent d'acteurs, mais jusqu'à présent, aucun d'eux n'avait osé lancer sa conférence par des vers, et dans ce cercle culturel, la moindre nouveauté ou incartade qui sonnait juste pouvait soulever une tempête. Ceux qui n'étaient pas séduits, les adversaires à la nomenclature latine, n'osèrent pas se manifester. Le rapport de force n'était pas en leur faveur. Le progrès et l'universalisme avaient étouffé le chauvinisme. Goethe avait muselé les sceptiques et déroulé sans opposition tous ses arguments en faveur de la théorie d'Howard. Personne non plus n'osa tempérer son euphorie quand il aborda sa propre théorie sur les couleurs, censée bousculer celle de Newton. Certains quittèrent la salle, peu intéressés par le sujet, mais la majorité du public le laissa planer en planant avec lui, comme dans ces soirées désinhibées sous l'effet du protoxyde d'azote. À la fin de la conférence, quand les derniers auditeurs eurent fini de féliciter Goethe pour sa prestation, Tilloch le rejoignit.

— Cher monsieur Goethe, si je peux me permettre cette comparaison, vos vers ont la hauteur des nuages qu'ils décrivent. Alexander Tilloch, du *Philosophical Magazine*!

— Merci pour votre compliment, monsieur Tilloch. Je sais qui vous êtes.

— Alors vous me facilitez l'affaire et je vous en suis reconnaissant. Vous savez donc que je représente un bien modeste journal, à la notoriété incomparablement basse comparée à la vôtre…

— … C'est possible.

— C'est même certain, mais si j'ai l'audace de vous aborder, c'est parce que nous livrons l'un et l'autre le même combat pour la nomenclature de monsieur Howard. Or, en voyant l'effet que vos vers produisent sur le public, je me disais qu'après l'avoir déclinée sous forme de feuilleton, mon journal pourrait désormais l'enrichir en publiant vos poèmes. Ce serait un grand honneur que vous feriez à mes lecteurs et à l'homme de presse que je suis bien sûr, je ne vais pas le nier. L'alliance de l'art et de la science.

— À quoi bon? La nomenclature de monsieur Howard se suffit à elle-même. Elle n'a pas besoin des visions d'un vieux poète.

— Vous êtes trop modeste.

— Ce n'est pas la première qualité que l'on m'accorde généralement. Mais il faut savoir s'incliner parfois et même s'émerveiller. Je serais honteux que mon nom fasse de l'ombre à un tel inventeur, que quelques-uns de mes mots empiètent sur le génie de ce poète de la science.

Goethe tenait Tilloch à distance. Ils ressemblaient à deux fauves qui se croisent pour la première fois et se jaugent, au cas où le futur les dresserait un jour l'un contre l'autre.

— Je suis venu à Londres pour soutenir la théorie de monsieur Howard, pas pour la concurrencer.

— Je crois que vous vous méprenez sur ma proposition.

— Je ne crois pas. J'ai l'habitude des flatteries, de ce qu'elles masquent, parfois sous des dehors très respectables.

— Cher monsieur Goethe, vous semblez me prêter de bien mauvaises intentions. Mon journal n'est pas une imposture, il encourage les audacieux, ceux qui portent le flambeau de la science, qui remontent le courant des incrédules. Après, chacun de nous entretient ses ambitions, plus ou moins petites, plus ou moins secrètes, ce sont elles qui nous incitent chaque matin de chaque jour à nous lever pour pousser notre pierre un peu plus loin que la veille. Les ambitieux ont bon appétit, c'est vrai, mais ce n'est pas un défaut, et il est vrai que j'ai souvent faim, pas vous?

Goethe s'apprêtait à mettre un terme à leur entretien quand Tilloch ajouta:

— Je note toutefois que dans votre intervention, vous n'avez rien dit ni écrit à propos de la grêle.

L'effet espéré fut instantané, Tilloch avait gardé l'information comme un amuse-gueule alléchant, destiné à un connaisseur. Le visage de Goethe s'éclaira.

— Monsieur Howard s'intéresse beaucoup à la grêle ces derniers temps. Je pensais que vous étiez au courant. Savez-vous d'où vient la grêle, monsieur Goethe?

— Je n'en ai pas la moindre idée.

— Moi non plus, mais le sujet vaut d'être creusé. Quoi qu'il en soit, je me permets de vous renouveler mon offre, le *Philosophical Magazine* vous ouvre les bras, ses pages vous appartiennent, ce serait un immense honneur, vraiment.

21

Le ciel grondait depuis plusieurs jours mais il retenait sa colère, la suspendait telle une menace qu'il reportait à une autre fois, les nuages un temps agressifs disparaissaient, nonchalamment. Luke était allongé sur une large couverture écossaise étalée sur l'herbe, il suivait la course du vent qui faisait frissonner la pointe des arbres. Mariabella était assise près de lui, elle surveillait leurs enfants, au loin, qui jouaient au cerf-volant en contournant d'autres familles venues pour échapper à l'atmosphère lourde de la ville. Ils se trouvaient au milieu d'une vaste prairie bien verte de St James's Park. Goethe avait fait la promenade avec eux, il s'était assoupi, assis, le dos contre un arbre, sa main droite tenait encore le cyanomètre qu'il avait emporté. Il traînait sur une nappe les restes du repas qu'ils venaient de partager. Un jeune enfant passa à proximité du poète en courant et en criant à sa sœur qu'elle ne le rattraperait pas. Goethe ouvrit un œil.

— Je rêvais, dit-il à Mariabella.

Elle n'osa pas lui demander de quoi, de peur de paraître indiscrète. Il poursuivit :

— Je voyais une main qui faisait tomber de la grêle du ciel, une grêle de plus en plus grosse.

Luke se redressa.

— C'est étrange, l'origine des rêves, il faudra bien un jour se pencher sur ce mystère de façon rationnelle, vous ne croyez pas? Cela dit, monsieur Tilloch m'a parlé de la grêle récemment, j'en déduis que l'origine de cette image est à chercher de ce côté-là, non?

Howard ne donna pas son avis, Goethe n'insista pas et se leva en disant qu'il allait faire quelques pas pour se dégourdir les jambes. Puis il se mit à pointer son cyanomètre sur le ciel uniformément bleu. Sa façon de faire amusait Mariabella.

— Pourquoi tu ne lui as pas répondu?

— Je ne sais pas.

— Tu deviens méfiant, avec tout le monde.

Mariabella passa une main sur le visage de son mari.

— Tu ne me vois plus, tu ne m'entends plus.

Howard prit la main de sa femme entre les siennes.

— Parce que tu lis dans chacune de mes pensées. Goethe a de la chance aujourd'hui. Le ciel est pur.

Un vendeur de journaux traversait le parc en criant le titre qui faisait la une:

— «La science et la guerre, que faut-il craindre des progrès de la science?» «C'est dans le *Gentleman's Magazine*! La science et la guerre, que faut-il craindre des progrès de la science?»

Goethe délaissa son cyanomètre pour acheter le journal. Il parcourut sa une et se mit à feuilleter les pages suivantes. Rien ne retenait son attention, il les lirait plus tard, après en avoir fini avec les nuances de bleu, mais son regard se figea subitement, sur un titre qui ne pouvait pas le laisser indifférent: «Goethe, un allié bien encombrant.» Il faisait allusion à sa récente prestation à l'Askesian Society. Il s'avança vers Mariabella et Luke pour leur en faire part et lire l'article à voix haute, d'un ton à la fois amusé et contrarié. On dressait de lui le portrait d'un homme qui savait séduire les foules, mais en usant d'un vernis qu'il suffisait de gratter un peu pour comprendre qu'il ne recouvrait que du vide.

– «Le poète déclare être un allié de la science et du progrès, mais il semblerait qu'il ait un peu trop de cordes à son arc pour viser juste… » Trop de cordes à son arc, répéta Goethe en passant de Luke et Mariabella, l'article n'est même pas signé en plus.

La suite était impitoyable. Elle lui reprochait sa théorie sur les couleurs, qualifiée de « fumeuse » et d'« imposture », elle avait le culot de contredire celle du célèbre Newton, une référence indiscutable qui, à l'inverse du poète Saxon, n'avait pas passé sa vie à se disperser dans une kyrielle de directions où l'on n'en explore vraiment aucune. Et pour clore les critiques, l'article clouait au pilori son soutien à la nomenclature d'Howard. Il prétendait que contrairement à d'autres langues qui n'avaient peut-être pas les qualités requises pour décrire le ciel, celle de l'incomparable William Shakespeare possédait toutes les nuances pour nommer les nuages.

— « L'incomparable William Shakespeare ! », répéta Goethe en revenant à la première page du journal pour se remémorer son nom. C'est facile, quand on n'a rien à dire, on convoque les gloires du passé. Et même si elle sonne bien, si elle est élégante, la langue anglaise ne décrit pas mieux que les autres ce qui ne cesse de se transformer et que vous avez si bien nommé. La preuve par Shakespeare lui-même. *Hamlet* ! Acte III, scène 2 !

Voyez-vous ce nuage là-bas qui ressemble à un chameau ?

Et Polonius de répondre :

Par Dieu oui, on dirait un chameau, vraiment.

Et puis Hamlet change d'avis.

Bien qu'on pourrait le prendre pour une belette.

Polonius l'approuve.

Oui, il est tourné comme une belette,

Ou comme une baleine, ajoute Hamlet.

Oui, très semblable à une baleine, reconnaît Polonius…

Voilà ce qu'il en disait le grand Shakespeare des nuages. C'est plaisant, mais moyennement précis.

Goethe jeta un nouveau coup d'œil dépité sur le nom du journal, paraissant l'avoir déjà oublié. Luke et Mariabella l'écoutaient d'un air bienveillant, les enfants avaient délaissé leur cerf-volant qui piquait dangereusement vers le sol, stupéfaits d'entendre le poète déclamer des vers au milieu du parc et des familles qui se demandaient qui était cet excentrique bruyant.

— Quel torchon! Que l'on dise du mal de moi, de mon style littéraire, de mon œuvre, de mes théories scientifiques ou de mes origines étrangères, je m'en moque, je l'accepte même, mais que l'on se serve de moi pour insulter indirectement votre invention, c'est bas, c'est minable. Je suis désolé d'avoir ranimé la danse des ingrats, si j'avais su, j'aurais refusé cette conférence à l'Askesian Society.

— Tu n'y es pour rien, je ne te remercierai jamais assez pour ton soutien.

— Mon soutien! Je vous admire, et vous aussi Mariabella. Je vous admire, sincèrement, tous les deux.

Howard avait suivi la lecture de l'article d'une oreille distraite, la curiosité éveillée par d'autres lignes qui fuguraient en première page. Elles étaient surmontées du titre: «Les faussaires au rebut.»

— Je peux? dit Howard en tendant la main.

Goethe lui passa le journal et Howard se plongea dans cette histoire de contrefaçon. Il s'agissait d'une innovation qui allait permettre de rendre les billets de la banque anglaise infalsifiables. Howard savait qu'Alexander Tilloch n'était pas seulement le patron du *Philosophical Magazine*, il était aussi un inventeur, passionné par l'imprimerie, et un joueur invétéré. Il avait un jour avoué à Howard qu'il avait beaucoup investi pour créer une monnaie que les plus habiles faussaires ne sauraient reproduire. L'enjeu était crucial, il lui permettrait de rembourser les dettes colossales qu'il avait contractées dans des jeux de hasard. Tilloch était sûr de son succès, les pourparlers étaient selon lui en excellente voie avec le gouverneur de la Banque d'Angleterre, mais Howard se doutait bien que le *Gentleman's Magazine* ne s'abaisserait jamais à écrire la moindre ligne favorable à son principal concurrent. D'ailleurs, l'article ne citait pas le nom de Tilloch et il laissait entendre que le concepteur de ce billet était la Banque d'Angleterre elle-même. Howard s'imaginait l'effet que cet article allait produire chez le patron du *Philosophical Magazine*, la rage qui serait la sienne. Il la sous-estimait.

22

Ce numéro du *Gentleman's* était une habile construction, un piège comparable à ceux que Tilloch avait le don d'élaborer, mais cette fois-ci, c'est lui qui allait y sauter à pieds joints. La haine que se vouaient Tilloch et Markham résultait de l'intraitable guerre entre deux rivaux de la presse anglaise, mais ils avaient chacun d'autres préoccupations que la vie de leur journal. Ils les tenaient aussi secrètes que possible et, à ce jeu, Markham était sans nul doute le plus habile des deux. Il avançait caché. Il avait minutieusement bâti le numéro du 17 juillet 1803 pour qu'il produise l'effet d'une bombe.

Elle a éclaté pendant que Tilloch lisait les journaux, allongé dans sa baignoire en fonte, posée au milieu d'une vaste salle d'eau. Le dimanche matin était un moment d'accalmie où Tilloch aimait mélanger la fumée de son cigare à la vapeur qui s'échappait de la surface de l'eau avec, en toile de fond, les bruits sourds et familiers des appartements voisins. Il aimait cet instant où il ne savait rien des nouvelles et les découvrait comme n'importe quel lecteur. Il oubliait pendant ces quelques minutes qu'il était patron de presse et qu'il avait encore perdu durant la nuit une somme colossale sur les tables du White's. La méthode était toujours la même, il commençait par la lecture incontournable de son principal rival pour l'évacuer et passer aux autres journaux dont il n'avait rien à redouter. Le titre à propos de Goethe ouvrit son appétit, mais en revenant à la première page, son œil tomba sur le petit article consacré à l'histoire des faussaires. Son visage jusque-là serein se fit grave. Tilloch laissa tomber le journal par terre, tira plusieurs fois sur son cigare, avant de le noyer dans l'eau du bain, puis il laissa glisser son corps. Sa ruine était inéluctable. On voulait le couler, il préférait s'assassiner lui-même. Il était le héros d'une de ces histoires qui l'avaient nourri jusque-là. On lirait sa mort, l'histoire du lion devenu mouche, le géant noyé dans sa baignoire. Il glissait. Il n'avait pas d'empathie pour les suicidés, il disait « ce ne sont que des faibles » et il était l'un d'eux, il avait basculé dans le camp des perdants. Son dos se décollait par à-coups de la paroi de la baignoire dans des spasmes de plus en plus violents et douloureux. La mort cherchait une ouverture, la vie ne se laissait pas faire, elle résistait, repoussait l'eau qui exigeait la possession de cette tombe encore vide. Tilloch rouvrit les yeux et vit le soleil qui entrait. Combien de temps resterait-il là ? Il imaginait la vision pitoyable qu'il donnerait à celui qui le trouverait noyé, blanc, gonflé, les mines contrites qu'afficheraient ceux qui se plaindraient d'avoir perdu un ennemi rare, pétri de talent et de panache, toute cette hypocrisie et ces faux compliments qui serviraient de clous à la boîte se refermant sur lui. Tilloch se redressa subitement, suffoquant et détraqué. Son cœur s'était transformé en un marteau qui cherchait une issue à travers sa poitrine. Il ouvrit la bouche, ses poumons sifflaient, tous ses organes mirent de longues minutes à se remettre en ordre, à comprendre que la fin était remise à plus tard. Il ne bougeait plus, le regard posé sur une serviette suspendue à un crochet, puis il inspira profondément, son corps ne se plaignait plus de rien, il avait recouvré son équilibre.

— J'ai froid, dit-il.

Il se leva et sortit de la baignoire comme il le faisait à chaque fois, en se servant du *Gentleman's Magazine* pour se sécher les pieds.

Tilloch passa la semaine suivante à faire le siège de la « vieille dame de Threadneedle Street », le surnom donné à la Banque d'Angleterre depuis qu'en 1797 un caricaturiste l'avait dessinée sous les traits d'une vieille femme assise sur son coffre bourré d'or, repoussant les avances de William Pitt le Jeune, le Premier ministre de l'époque. C'était une institution indépendante et puissante, un État dans l'État dont Tilloch avait retenu l'attention avec l'invention de son billet infalsifiable. Jusqu'à présent, le patron du *Philosophical Magazine* était reçu dès qu'il en faisait la demande. Le gouverneur suivait chaque étape de cette affaire de monnaie, personnellement. Anthony Bradley était un homme très grand, les yeux gris, les cheveux rares et teints, plaqués sur son crâne, son visage étroit et sec ne laissait filtrer aucun sentiment. Il répondait aux sollicitations avec l'exactitude d'un comptable, ne gaspillait rien, pas même ses mots. Il était l'opposé du bouillonnant Tilloch, mais les deux hommes ne se rencontraient pas pour se disperser dans des propos futiles. Tilloch n'aimait pas son caractère glacial, il avait cet aplomb anglais, méthodique et distant qu'il détestait, mais quand il le fallait, Tilloch savait contenir sa nature volcanique, ne pas commettre de faux pas pouvant contrarier son interlocuteur. Le lion avait affaire à un aigle. Chacun son territoire. Depuis la parution de l'article dans le *Gentleman's Magazine*, les lignes s'étaient effondrées. Tilloch était devenu dérisoire, un rien, un fauve sans griffes, indésirable à Threadneedle Street. Les portes lui étaient fermées, on lui disait que le gouverneur n'était pas là, on le négligeait, tel un vulgaire valet. Au bout d'une semaine, on lui annonça enfin qu'il était revenu. L'entrevue fut courte, dénuée de toute formalité, Anthony Bradley s'avança à quelques centimètres de Tilloch pour lui signifier, implacablement :

— Je n'ai pas retenu votre proposition. Elle n'était pas suffisamment fiable. Nous avons opté pour celle d'une entreprise dont je tairai le nom pour des raisons de confidentialité et de sécurité que vous comprendrez facilement. Je vous remercie, monsieur.

Tilloch laissa tomber la retenue qu'il savait nécessaire face au gouverneur, il le suivit dans les couloirs de la banque, le harcela, exigeant des explications, mais Bradley l'ignora. Il avait tout dit.

— On m'a volé, monsieur Bradley, se mit à crier Tilloch, ça ne se passera pas comme ça, on m'a volé.

Le gouverneur se tourna une dernière fois vers le patron du *Philosophical Magazine*, l'air dédaigneux, il ouvrit une porte et disparut.

Tilloch connaissait tous les imprimeurs, tous les professionnels honnêtes et malhonnêtes capables de produire de la monnaie. Il avait suffisamment payé d'informateurs et soudoyé de collaborateurs de la Banque d'Angleterre pour savoir que son invention était incontournable. Il était trahi. L'Angleterre le trahissait. L'entrevue avec le gouverneur n'avait servi à rien, si ce n'est à accroître la confusion et la haine dans son esprit. Il cherchait les origines de cette trahison, elle occupait chaque seconde de chaque journée. Si elle était due à ses affinités écossaises et à ses sympathies pour l'indépendance revendiquée par cette province, pourquoi la Banque d'Angleterre l'avait-elle encouragé dans ses recherches? La duplicité de «la vieille dame» datait-elle de leur première rencontre ou la décision de se débarrasser de lui avait-elle été prise ultérieurement? Et par qui? Les questions s'empilaient. Il n'avait jamais tenu le rôle de la marionnette. Jusque-là, c'était lui qui manipulait le destin des autres. Il était acculé, sur la défensive, au bord du précipice, il utiliserait ses dernières forces pour sauver sa peau et se venger. Il devait effacer l'affront par une audace, attirer la lumière et reparaître en public le torse bombé, la voix rugissante. Vainqueur.

L'adresse de sa victoire se trouvait à Whitechapel, c'était la première fois qu'il s'y rendait. Robson le suivait, à distance. En poussant la porte des chantiers Gascogne, Tilloch découvrit un groupe d'hommes réunis autour d'une nacelle et d'un entrelacs de cordes suspendues à des poutres. Sa présence les détourna un bref instant de leur travail, puis tous reprirent leur tâche, sauf un.

— Monsieur Gascogne? lança Tilloch.

Le fabricant de ballons sentit que cette visite ne présageait rien de bon. Le patron du *Philosophical Magazine* ressemblait à un gros nuage noir et menaçant, suspendu au-dessus du chantier. Tilloch était très calme, sa colère dissimulée, il désigna de la tête les hommes au travail, d'un air sincèrement intéressé.

— Une nouvelle montgolfière ?

— Un ballon plus exactement.

— Pardon, un ballon. À ma décharge, il est encore difficile de dire s'il s'agit d'un mâle ou d'une femelle.

La tentative d'humour n'eut aucun effet sur Gascogne.

— Dire que l'avenir du monde se joue en partie ici ! Peut-être ?

Les flatteries étaient un avant-goût pour glisser vers la suite, c'est elle que Gascogne attendait et Tilloch comprit qu'il n'était pas nécessaire de la retarder par d'inutiles circonvolutions.

— Vous avez beaucoup d'adversaires, vous et monsieur Howard bien sûr. Mais je peux vous aider. Mon nom est Alexander Tilloch, je suis le propriétaire du *Philosophical Magazine*.

— Mais je n'ai pas d'adversaire, monsieur Tilloch.

— Si. Ceux qui freinent les recherches de monsieur Howard.

— Mais en quoi les recherches de monsieur Howard me concernent-elles ?

— Parce qu'il vous a demandé de vous y associer.

— Il est exact que j'ai reçu la visite de monsieur Howard, il m'a fait part d'un projet de vol, mais son idée est un peu… irrationnelle, pour employer un euphémisme.

— L'irrationnel est une notion subjective, il peut devenir raisonnable si on y met les moyens.

— Il ne s'agit pas seulement de moyens.

— Je crois que vous ne m'avez pas bien compris, dit Tilloch en passant à un ton plus menaçant. C'est le sens de l'Histoire, c'est un souffle que rien ne peut entraver.

— Cette histoire n'est pas la mienne.

— Elle va l'être, que vous le vouliez ou non.

— Monsieur Tilloch, vous voyez la porte que vous avez prise pour entrer sur ce chantier sans mon autorisation, je vous invite à la prendre en sens inverse et à ne plus la franchir.

Alexander Tilloch sourit, le bras de fer était engagé, un jeu dont il était coutumier, fait d'intimidation, de ruse, de mensonges et de vérités qu'il distribuait comme une pluie de flèches jusqu'à ce que l'une d'elles touche sa cible.

— Monsieur Gascogne, souvenez-vous, le 26 juin 1794, ce n'est pas si vieux que ça? Moi je ne saurais dire où j'étais ce jour-là, mais vous, l'endroit n'était pas banal, non?

Gascogne fixait Tilloch, n'ayant pas d'autre choix que de subir la situation.

— Fleurus! Vous étiez au milieu de la mitraille ou plutôt au-dessus, dans un ballon. On prétend que les informations que vous avez transmises ont été décisives pour l'état-major.

Gascogne restait impassible.

— L'état-major de l'Armée française!

— Si c'est la seule révélation que vous avez à faire, elle n'est pas de la dernière fraîcheur. J'ai payé pour ça, pour mon passé, pour ma nationalité, pour ma passion des aérostats.

— Je sais, vous avez passé cinq ans enchaîné dans les pontons de Portsmouth, vous avez été libéré et, chose curieuse, l'Angleterre vous a même accordé son hospitalité pour une raison qui m'échappe.

— Vous êtes mal renseigné alors.

— Vous vous êtes fait oublier d'une manière habile, en sautant en parachute depuis vos aérostats, comme vous dites, au vu et au su de tout le monde, depuis le ciel de Londres, mais la paix d'Amiens est rompue, il paraît même que Bonaparte concentre une grande flotte à Boulogne pour débarquer en Angleterre. L'Histoire se répète, ce pays est à cran, lui êtes-vous réellement fidèle? Certains soutiennent que vos ballons pourraient servir à envoyer des informations à l'état-major français! Je n'ai pas de preuve, mais tout est possible.

— Vous avez beaucoup d'imagination.

— Peut-être, mais parfois l'imagination est en dessous de la réalité. Il me semble que le risque mérite d'être connu de nos lecteurs et même de ceux qui ne me lisent pas.

— Vous êtes un bienfaiteur, en somme.

Tilloch fit un pas vers Gascogne pour parler plus bas, jouer le ton de la confidence.

— Mais dans votre biographie, la date la plus intéressante, c'est le 27 juillet 1800, deux hommes ont péri dans le vol d'une montgolfière fabriquée par vos chantiers.

— C'était un accident.

— J'ai un témoin qui affirme le contraire.

— C'est faux.

— Vous deviez prendre part à ce vol, mais vous vous êtes désisté juste avant de décoller. Pourquoi?

— C'étaient deux hommes expérimentés, ils n'avaient pas besoin de moi, ils voulaient faire l'économie de mes services.

— Ce témoin a pourtant une autre version, il prétend que vous avez simulé un malaise, ce jour-là, juste avant de prendre place dans la nacelle, pourquoi?

— Il y a eu une enquête. Il ment.

— C'est possible, mais une fois que la rumeur est lancée! Qui croire? Un Français ou un journal anglais? Mes lecteurs sont avides d'informations et ma détermination à ne pas les décevoir est tenace à un point que vous ne pouvez pas concevoir. Et les familles? Pensez aux familles de ces deux hommes! À leur douleur! Elles voudront en savoir davantage. Elles ont fait preuve de tolérance, elles ont fait confiance à l'enquête, mais si elles changeaient d'avis, avec la conviction que l'enquête a été bâclée?

Gascogne observait ses ouvriers, il tournait le dos à Tilloch, à sa perversité qui l'enserrait et l'aspirait vers les geôles noires de Portsmouth. Il n'en réchapperait pas une seconde fois. Il se sentait nu, vulnérable.

— J'ai des amis, avança Gascogne.

— Je sais, mais ce sont des amitiés fragiles et de circonstance. Voulez-vous tester leur fidélité? Je ne suis pas sûr qu'ils lèveraient ne serait-ce que le petit doigt si votre passé ressurgissait en plein jour et si une campagne de presse dévoilait le danger qui se camoufle derrière vos aimables sauts en parachute. D'ailleurs, pourriez-vous faire encore vos acrobaties? La foule est versatile.

Un jour, elle applaudit un artiste et le lendemain elle le lynche. Je suis bien placé pour le savoir, c'est mon métier de la chauffer à blanc. Quant aux amis auxquels vous faites allusion, je sais qui ils sont, ils se font discrets quand la lumière devient trop violente.

— Vous êtes un charognard.

— J'informe.

— Qu'est-ce que vous attendez de moi?

— Fabriquez ce ballon!

— 26 000 pieds! C'est la mort assurée!

— Comment le savoir? Personne n'a encore essayé.

— C'est de la folie.

— Vous êtes français, je suis francophile, pour l'indépendance de l'Écosse, pour tout ce qui peut affaiblir ce royaume, je suis prêt à tout, y compris à votre sacrifice.

— On est loin de la science.

— Détrompez-vous, je suis de l'avis de monsieur Howard, la science n'a pas de frontière, pas de nationalité, elle est le bien commun de l'humanité.

— Qui va payer?

— Moi.

23

Il était toujours là. À chaque réveil. Dès qu'Howard ouvrait les paupières, il se dressait en face de lui, il n'avait pas l'apparence d'un nuage, c'était un mur de grêlons. Quand Howard se levait, il disparaissait et la journée commençait, pareille à la précédente. L'apothicaire était d'une humeur toujours égale, ni gaie ni triste, il travaillait, priait, il était un mari attentif, un patron indulgent, dont Silvanus ne redoutait plus la sanction qu'il pensait pourtant mériter. Il notait encore dans son carnet, aux mêmes heures, les relevés météorologiques, mais il le faisait mécaniquement, comme une tâche accomplie pour quelqu'un d'autre. Howard avait rencontré les limites de son existence. Il se mit à écrire secrètement des vers, en prenant exemple sur le style de Goethe; ils décrivaient son trouble, son impuissance, le nuage qui le toisait et qui lui lançait: «Tu aimerais bien savoir qui je suis!» Il les jetait presque immédiatement, les trouvant médiocres. Il passa à une longue série de dessins de grêlons, entiers, coupés en deux, reproduisant les détails mis en évidence avec son microscope. Ils ne lui servaient à rien. Un jour, il remplit une page de points d'interrogation. Son avenir était celui de Mariabella et de ses enfants avec lesquels il jouait de plus en plus souvent.

Howard était au centre du salon, un bandeau sur les yeux, chaque enfant se situait dans un angle de la pièce, tenant entre les mains une fine et large planchette. Elisabeth se mit à remuer la sienne de haut en bas, en direction de son père, en prenant garde de ne pas faire de bruit. Mary fit signe à sa sœur d'arrêter et Robert demanda :

— D'où vient le vent, père?

Howard désigna la direction d'Elisabeth.

— De là.

— C'est ça, dit Elisabeth.

Mary invita Robert à faire du vent à son tour, mais plus mollement que sa sœur, puis elle leva la main pour stopper le geste de son frère.

— Et là?

Howard fit mine de se protéger avec ses deux bras.

— C'est une vraie tornade ce coup-ci! De là!

— Oui, dit Elisabeth.

— Comment fais-tu pour toujours savoir? s'exclama Mary.

— Je ne sais pas. Je m'entraînais avec mes frères et mes sœurs.

Les enfants interrompirent le jeu en voyant leur mère immobile, sur le seuil de la porte. Son air était grave, Howard sentit sa présence et se tourna vers elle en retirant son bandeau.

— Tu as une visite.

Il n'osa pas s'informer de l'identité du visiteur devant ses enfants. Il sentit à l'intonation de sa femme que son destin sortait enfin de son sommeil. Il l'espérait et le redoutait. Il caressa sa pomme d'Adam entre le pouce et l'index de sa main droite, son geste le surprit, il imitait son père. Mariabella ne bougeait pas, elle était une statue, fine, noire.

— Je descends, dit Luke.

En passant près d'elle, il sentit la main qu'elle avait écartée vers lui. Il ne sut cette fois si c'était pour l'encourager ou pour le retenir.

Gascogne était assis sur une chaise, au pied d'étagères sur lesquelles étaient disposés des pots de simples. Il attendait, le crâne ceint d'un bandage blanc. À la vue d'Howard, il se leva et répondit au regard posé sur son front.

— C'est rien. J'ai une bonne nouvelle pour toi.

— Tu t'es blessé?

— À peine. Un accident de chantier. J'ai décidé de construire ton ballon.

Howard ne réagit pas. Le ciel lui ouvrait les bras, subitement. Il lui demandait: «Tu ne te réjouis pas?» Les émotions se bousculaient dans sa tête, il n'arrivait pas à les dominer, elle était pleine de désordre. Le rêve qui prenait forme n'était pas encore une bonne nouvelle, il pesait lourd, il était encombrant.

— Tu ne dis rien? C'est pourtant bien ce que tu espérais? s'étonna Gascogne.

— Pourquoi? lâcha Howard.

— Mais parce que la science et le progrès sont les plus forts, ce sont des souffles puissants, difficiles à contenir. Parce que je le veux moi aussi, parce que je suis probablement fou, comme toi.

— Pourquoi maintenant?

Gascogne avait endossé un rôle sous la contrainte. Il faisait semblant de l'avoir choisi. Il n'avait pourtant aucune raison de cacher la vérité à Howard. Il lui suffisait d'expliquer tout simplement qu'il était cerné, de toutes parts, que la seule alternative s'offrant à lui était la corde du pendu ou les cordes qui libéreraient son ballon pour les expédier à une altitude où leurs chances de survivre seraient nulles. Il avait passé sa vie à contourner les lignes ennemies et la mort. Elle avait été une compagne conciliante, respectueuse de sa témérité, elle attendait pour le cueillir un épisode de gloire, pas de disgrâce. Les gens l'applaudissaient pour ses sauts en parachute depuis le ciel de Londres, pas pour entendre le bruit de ses vertèbres brisées sur la potence de Newgate, en compagnie de vulgaires voleurs de bois.

— Qui paie?

— Un bienfaiteur.

— Alexander Tilloch, je suppose.

Gascogne ne répondit pas.

— Tilloch n'est pas un bienfaiteur, poursuivit Howard. Personne ne nous veut du bien. Nous sommes seuls face à l'inconnu.

Gascogne approuvait, mais se taisait.

— Quand?

— Je te le dirai.

Gascogne estimait que de toute façon, ce jour viendrait toujours trop tôt. Il pensa à sceller leur accord en lançant à Howard: «À l'inconnu et à notre fin!» Les deux se confondaient, mêlant leurs ombres qui n'en formaient plus qu'une. Il sortit de la boutique en répétant:

— Prépare-toi, je te le dirai.

24

Le tunnel sous la Tamise avançait sans encombre. On avait débuté par le creusement d'un égout à travers une couche de sable ferme et sec. Grâce aux machines actionnées par quatorze chevaux, on avait percé presque cent vingt mètres avec une avance de huit jours par rapport aux prévisions. Forster suivait quotidiennement l'affaire et les lecteurs du *Gentleman's Magazine* étaient toujours aussi avides de connaître chaque étape de la progression du chantier. Il lui était facile de recueillir des informations concrètes et fiables. Il suffisait de passer dans les ateliers que Vasey avait fait construire sur la rive nord, il était là, nuit et jour. C'était l'œuvre de sa vie. Il la surveillait comme on surveille un accouchement, avec une crainte continuelle pour la sécurité de ses mineurs. Il avait presque 60 ans et il ne s'était jamais fait à la facture que les profondeurs de la terre présentent à ceux qui commettent la plus petite erreur. Jusque-là, tout se déroulait parfaitement bien, et même trop bien. Un matin, Forster trouva Vasey assis sur une chaise, immobile, devant son atelier. C'était la première fois que le journaliste le découvrait ainsi, inactif.

— Monsieur Vasey ! C'est rare de vous voir au repos. Votre affaire avance-t-elle trop facilement ?

— C'est un peu ça. C'est tellement facile que je repars dès demain dans mes chères Cornouailles.

— Et vous reviendrez quand?

— Je ne reviendrai pas, monsieur Forster, on n'a plus besoin de moi ici.

La Thames Archway Company considéra qu'on avait exagéré les difficultés du chantier. Pour percer le tunnel principal, elle décida de pousser le rendement des machines en doublant le nombre de leurs chevaux et elle estima qu'un seul ingénieur était nécessaire pour suivre l'avancée des travaux. Elle confia cette responsabilité à Richard Trevithick.

— Je ne suis qu'un vulgaire mineur d'une lointaine province, monsieur Forster. Trevithick est un grand ingénieur et un grand inventeur. Ses voitures à vapeur sont célèbres, elles circulent dans les rues de Londres. Entre les deux ingénieurs, s'il faut en renvoyer un, lequel va-t-on désigner à votre avis?

— Êtes-vous sûr que c'est la Company qui exige votre renvoi?

Vasey examina Forster, le doute lui avait évidemment traversé l'esprit.

— Vous insinuez que monsieur Trevithick convoite la plus grosse part du gâteau, voire le gâteau en entier? C'est possible. En revanche, et malgré toute l'admiration que j'ai pour ce qu'il a créé, je sais que monsieur Trevithick n'est pas un mineur et que c'est une erreur de passer de quatorze à trente chevaux.

Quand Markham eut fini de lire l'article que Forster avait consacré au départ de l'ingénieur Vasey, il joignit ses mains contre ses lèvres. C'était la même attitude qu'il adoptait à chaque fois que son journaliste essayait de faire passer une idée qu'il devait détruire.

— On lit trop bien entre vos lignes, monsieur Forster. Est-il indispensable de dénigrer le choix de la Thames Archway Company ou d'insinuer je ne sais quelle manœuvre de la part de monsieur Trevithick? Je ne vous comprends décidément pas. Quelle est l'importance de cette nouvelle? Toute entreprise a le droit de décider avec qui elle veut travailler ou pas. Je ne remets pas en cause les compétences de monsieur Vasey, mais vous l'écrivez vous-même, tout avance plus vite et plus facilement que prévu, un seul ingénieur est largement suffisant et s'il s'agit de monsieur Trevithick, où est le problème? Vous vous êtes pris d'amitié pour ce monsieur Vasey, c'est ce sentiment qui vous aveugle, ce n'est pas la première fois, mais un rédacteur de votre talent ne doit pas fonctionner à l'émotion. Les faits, rien que les faits. À ce propos, vous devriez vous intéresser à ce qui se passe sur le chantier Gascogne.

Forster ne manifesta aucune curiosité.

— Vous n'êtes pas au courant? Je vous l'avais bien dit, monsieur Howard n'en a visiblement pas fini avec sa collection de nuages.

— Je croyais qu'elle ne vous intéressait pas?

— Mais vous vous trompez, tout m'intéresse. La terre, l'air, les dernières inventions, les prochaines expéditions y compris celles en ballon et *a fortiori* quand sa construction est soutenue par notre principal concurrent.

Markham savait toujours tout, avant tout le monde, comme s'il était lui-même la source des informations, les distribuant à sa main-d'œuvre pour leur propagation.

— Qui êtes-vous, monsieur Markham? Réellement!

Le patron du *Gentleman's* simula la surprise, elle était mal jouée.

— Mais, je suis votre patron.

— Pour qui travaillez-vous?

— Pour la vérité, mon seul objectif est la vérité et il doit être le même pour vous.

— Mais quelle vérité?

— La vérité est unique, je n'en connais qu'une.

Markham n'aimait pas être interrogé. On ne lui connaissait pas de vie de famille, pas d'autre responsabilité que la direction de son journal. On ne savait pas où il allait quand il quittait son fauteuil. Il décida de briser ce moment de flottement; on ne laisse pas un chien bien dressé prendre goût à la liberté.

— Me serez-vous fidèle, monsieur Forster? Serez-vous fidèle à ce journal qui a toujours été loyal à l'égard de la monarchie? Je l'espère parce que si ce n'est pas le cas, je me verrai dans l'obligation de briser votre carrière, je la précipiterai dans le vide, il n'en restera rien, si ce n'est des miettes.

Markham brandit sa menace sans plus élever la voix que d'habitude, mais elle n'était plus la même. Elle n'avait plus cette rondeur sournoise qui rendait chacun de ses mots visqueux. Elle était sèche, sans détour. Forster était ravi de l'entendre. Pour la première fois, il avait l'impression de ne pas être soumis à son patron, d'être traité avec la considération due à un interlocuteur respectable.

— Je n'en doute pas, dit Forster.

Il allait se retirer quand Markham poussa de la main un livre posé sur son bureau.

— C'est pour vous, j'ai pensé que cela vous intéresserait. Vous lisez le français?

— Un peu.

Forster se saisit de l'ouvrage pour en lire le titre *Annuaire météorologique pour l'an X de l'ère de la République française. À l'usage des Agriculteurs, des Médecins, des Marins, & c.* Il portait également le nom de son auteur, J.B. Lamarck.

— Ce monsieur Lamarck est à l'origine d'une science qu'il a baptisée lui-même « biologie ».

— Je sais qui est monsieur Lamarck.

— Il s'intéresse aussi à la météorologie. Je l'ai parcouru, vous me direz ce que vous en pensez. La nomenclature latine de monsieur Howard n'est peut-être pas si mauvaise que ça. Elle est même excellente. Finalement.

— Finalement?

— Ne faites pas l'ignorant, vous savez très bien ce que j'en pense, de la théorie d'Howard.

Markham ne changeait pas d'avis, il jonglait avec les stratégies, avec le chaud et le froid. Il avait tout fait pour détruire l'invention d'Howard, maintenant il l'approuvait. Markham n'était pas une girouette, il était le vent qui pousse les idées vers le large ou qui les fracasse contre la roche. Il était aussi le patron de l'Intelligence Service.

— Bien sûr, répondit Forster en se retirant.

25

Howard et Forster ne s'étaient plus parlé depuis bientôt un an. Leur dernière correspondance remontait à cette lettre dans laquelle l'inventeur des nuages avait désapprouvé la nomenclature anglaise de son ami. Ils s'étaient croisés une fois à l'Askesian Society pour la conférence d'une connaissance commune, ils n'avaient pas échangé un mot. La situation était lourde, elle les figeait, ils étaient deux statues qui se tendaient la main sans pouvoir s'atteindre.

Forster avançait en direction de Whitechapel, vite. Le ciel était bleu, tacheté de cirrocumulus, mais le nom des nuages n'avait plus d'importance, il se demandait s'il se présenterait en tant que journaliste ou en tant qu'ami d'Howard. Son seul objectif était de convaincre Gascogne de renoncer à la construction de ce ballon. La porte des chantiers était fermée, il entendait, sans les comprendre, les voix de deux personnes. Forster tenta par les interstices de la palissade de distinguer de qui il s'agissait, mais l'angle était trop étroit, les voix restaient sans visage. Un gamin de 12 ou 13 ans l'avait remarqué, éberlué de voir un inconnu vêtu en bourgeois se comporter tel un voleur. Forster lui fit signe d'une main de venir à lui pendant que l'autre fouillait une poche de son manteau pour en extraire une pièce.

— Aide-moi, il faut que je voie.

Le gamin prit la récompense et lui fit la courte échelle. Forster découvrit les deux hommes, il supposa que celui qui portait un pantalon de charpentier était Gascogne, son interlocuteur ne lui était pas inconnu, il l'avait déjà rencontré mais il ne se souvenait plus où. Il sentait que les bras du gamin commençaient à trembler et il sauta à terre.

— Vous voulez remonter?

— Non, ça suffit.

Le gamin s'apprêtait à repartir quand Forster changea d'avis.

— Non, attends, c'est moi qui vais te faire la courte échelle et si tu me renseignes, je te paierai encore. Vas-y, monte. Tu vois les deux hommes qui discutent?

Le gamin cligna des yeux.

— Tu les connais?

— Il y a monsieur Gascogne, murmura-t-il.

— Et l'autre?

Le gamin étudia encore celui qui faisait face à Gascogne.

— Non, connais pas.

— C'est bon, descends.

Le gamin sauta et Forster sortit de son manteau la pièce promise.

— Tu es sûr? Tu ne l'as jamais vu?

— Sûr, mais à mon avis, c'est un flic.

Le gamin déguerpit et Forster creusa dans ses souvenirs. C'était dans les locaux du *Gentleman's Magazine*, dans le couloir qui conduit au bureau de William Markham, c'est là qu'il l'avait croisé, ils avaient échangé un bref regard. Pour Forster, la priorité n'était plus la même, il ne s'agissait plus de faire changer d'avis Gascogne mais de savoir qui était son visiteur et quel était son lien avec Markham. Un quart d'heure plus tard, l'homme sortit des chantiers, il hésita sur la direction à prendre, puis il fila vers le sud. Forster le suivit pour capter le moindre détail pouvant révéler son identité. L'homme avançait, indifférent à tout, à la méfiance qu'il inspirait aux mendiants, à la pègre une prostituée adossée à un mur en briques rouges l'apostropha. Forster se demanda si c'était pour l'attirer dans ses filets ou parce qu'elle le connaissait, l'homme l'ignora. Quand Forster arriva à hauteur de la femme, elle le détailla, silencieuse, il pensa s'arrêter pour savoir si elle connaissait ce passant, mais il se ravisa, il supposait la tentative vaine et l'homme était sorti de son champ de vision, il avait pris à droite sur Tower Street. Forster pressa le pas de peur de le perdre de vue, l'inconnu se dirigeait encore vers le sud et Forster comprit subitement quelle était sa destination. C'était une grande bâtisse de pierre sombre, haute de plusieurs étages, au bord de la Tamise. Rien n'indiquait ce que l'on faisait dans ce bâtiment dont la porte principale s'ouvrait et se fermait sur des hommes. Certains étaient bien vêtus, portant des longs manteaux et des hauts-de-forme, d'autres avaient des allures plus populaires. Leur seul point commun était leur jeunesse et leur démarche rapide. C'était le bureau de l'Intelligence Service, l'organe vital de l'espionnage anglais. Sa principale mission consistait à savoir tout ce que la France tramait contre le Royaume. Forster s'avança, dans l'espoir d'intercepter une dernière information avant que l'homme n'échappe à sa filature.

— Robson!

L'inconnu s'arrêta à l'appel de son nom, il échangea quelques mots avec celui qui venait de l'interpeller et les deux hommes s'engouffrèrent dans le bâtiment.

— Robson, répéta Forster à voix basse.

La nuit suivante, Forster ne trouva pas le sommeil, il ouvrit l'annuaire météorologique de Lamarck, relisant dix fois la même ligne sans comprendre le lien avec la précédente. Son cerveau bouillonnait, tournait autour de la même idée, obsédante, de cette réalité qu'il s'en voulait de ne pas avoir entrevue. Les recherches d'Howard et la construction de son ballon constituaient pour le Royaume un enjeu qui n'avait rien à voir avec la connaissance du ciel. Son ami était devenu à son insu un pion, déplacé à distance par une force secrète. Il dormit une heure et se réveilla, la tête douloureuse, à cause des doutes qui rebondissaient avec fracas contre les parois de son crâne. Il se leva.

La nuit était fraîche, les rues désertes, des ombres se soulevaient à son passage, certaines lui lançaient un cri qu'il ne comprenait pas, puis elles se recouchaient. Les bureaux du *Gentleman's Magazine* étaient vides, ils attendaient leurs journalistes et Forster attendait Markham. Il arriva avec la discrétion d'un gros chat, un cartable dans chaque main. Le patron du *Gentleman's* disait qu'il dormait peu, que le travail était son seul repos. Son allure était insignifiante, banale, celle d'une créature parfaitement inoffensive. Il remarqua tout de suite la présence de Forster, pourtant assis dans l'ombre.

— Monsieur Forster ! Vous êtes bien matinal.

— Je me suis rendu sur les chantiers Gascogne hier.

— Et alors, vous avez appris des choses sur ce projet de ballon ?

— Rien que vous ne sachiez déjà, je suppose.

Markham jeta un coup d'œil furtif vers son journaliste tout en se dirigeant vers son bureau. Forster le suivit.

— Je n'ai pas dérangé monsieur Gascogne.

— Pourquoi ?

— Il était avec monsieur Robson.

Forster pensait qu'il allait surprendre son patron en prononçant ce nom, mais Markham poursuivit la conversation, comme si le cas « Robson » était un sujet qui n'avait rien de secret.

— Robson est trop impatient, trop fougueux, je lui avais dit pourtant de ne pas bouger.

— Monsieur Markham, je vous le demande encore, qui êtes-vous réellement ? Quels sont vos liens avec l'Intelligence Service ?

— Entrez, monsieur Forster.

Markham l'invita à prolonger la discussion dans son bureau, il lui proposa même une tasse de thé, ce qu'il ne faisait jamais avec ses employés afin de ne pas engager une amorce de complicité, mais Forster n'était plus un employé du même niveau que les autres et Markham ne savait pas encore quelle tournure il donnerait à leur relation. Assis dans son grand fauteuil en cuir noir élimé, il ne quittait pas des yeux son journaliste tout en soufflant sur son thé trop chaud.

— J'ai oublié… vous voulez du lait dans votre thé?

— Non, pas de lait, merci.

— Moi non plus, je ne le supporte pas.

Markham ouvrit une de ses sacoches pour en extraire un dossier qu'il posa sur son bureau.

— Ainsi donc, vous vous intéressez à mon cas. Bien! Pour reprendre une vieille expression, monsieur Forster, disons que j'ai plusieurs cordes à mon arc, mais pour résumer la situation, je défends les intérêts de ce journal et ceux de l'Angleterre, et mon énergie pour l'un et pour l'autre varie au gré des événements. À l'heure qu'il est, le tyran français envisage, je le cite, «de planter l'aigle impérial sur la Tour de Londres». Il n'y parviendra pas, bien sûr, mais sans entrer dans des détails qui sont confidentiels pour la sécurité et la défense de notre pays, c'est une menace que nous ne devons pas ignorer. Donc, pour en revenir à monsieur Howard, il est exact que sa nomenclature latine ne me plaisait pas car elle risquait d'entretenir un climat néfaste à la cohésion du Royaume. Et puis les circonstances m'ont fait changer d'avis. Quand j'ai appris qu'il avait laissé… comment dire… quelques blancs dans sa présentation des nuages et notamment de celui qui produit la grêle, je me suis dit qu'il serait peut-être utile de laisser monsieur Howard pousser ses investigations, voire de l'aider, directement ou indirectement.

— Je ne comprends pas, dit Forster.

— Si mes informations sont exactes, monsieur Howard a pris contact avec monsieur Gascogne pour savoir s'il était en mesure de créer un ballon capable d'aller voir ce nuage de près et, au besoin, de le survoler. Or, je serais ravi de le savoir moi aussi.

— Pourquoi?

— À votre avis, monsieur Forster?

Markham ouvrit son dossier pour le feuilleter, habitué à concentrer son attention sur plusieurs sujets à la fois.

— Saviez-vous que monsieur Gascogne a séjourné dans les pontons de Portsmouth et qu'il a bénéficié d'un traitement de faveur en étant libéré beaucoup plus tôt que prévu?

— Non.

— Est-ce que, d'après vous, c'était uniquement pour distraire les Londoniens avec ses sauts en parachute?

— Je suppose qu'il pouvait vous être utile?

Markham s'intéressa de nouveau à son journaliste.

— Vous progressez. Il était en sommeil, comme on dit, et nous sommes en train de le réveiller.

— Je ne vois pas le rapport avec monsieur Howard.

— Le voyage que projette monsieur Howard est une entreprise très périlleuse, il ambitionne de monter à une altitude où aucune espèce vivante ne s'est aventurée. Aucune! C'est un défi largement comparable à ceux de ces aventuriers qui se lançaient sur les mers du globe il y a quelques siècles. Or les explorateurs suscitent beaucoup d'incompréhension et ils se heurtent souvent au mur de l'argent pour parvenir à leur fin. Souvent ils ne peuvent passer à l'action que lorsque l'État a une bonne raison de les accompagner ou de les laisser faire. Or dans l'affaire qui nous concerne, notre pays ne voit aucune objection au projet de monsieur Howard, d'autant plus qu'il ne débourse rien, c'est monsieur Tilloch qui paie. Mais je vais vous répondre. J'avoue que la nature du nuage qui génère la grêle m'importe peu, quoique ce ne soit pas tout à fait exact, mon goût pour la science est réel mais en l'état, je l'avoue, ce n'est pas ma motivation première. En revanche, si monsieur Gascogne met au point un ballon qui monte à une altitude à laquelle nous serions les seuls à accéder, avec à bord des hommes qui en reviennent vivants, je ne vous cache pas que l'information m'intéresse, au plus haut point, ainsi que notre gouvernement et notre roi, bien sûr.

— Pourquoi?

— Vous frôlez l'interdit. Êtes-vous sûr de vouloir en franchir la barrière? C'est un cercle dont on ne peut pas sortir, ou alors en trahissant. Vous n'iriez pas jusque-là, monsieur Forster?

— Je pense que vous maîtrisez parfaitement ce que je peux entendre et ce qui doit rester hors de ma portée.

Markham sourit avant de poursuivre.

— Bien. Parmi les moyens que Bonaparte envisage de mettre en œuvre pour envahir notre pays, il semblerait qu'il ait pensé à la voie des airs, en utilisant une armée de ballons qui porteraient ses soldats jusque sur notre territoire. Ça peut paraître fou, mais en matière de folie, les Français n'en seraient pas à leur coup d'essai. Or, si nous mettions au point un ballon qui a la capacité de voler plus haut que les autres, il présenterait l'avantage de pouvoir détruire tout ce qui vole en dessous de lui.

— Je vois. Et vous voulez vous servir de monsieur Howard pour ça?

— Je ne me sers de personne, sauf de la bonne volonté des hommes, et il ne fait pas de doute que celle de monsieur Howard est forte, irrépressible, elle a juste besoin d'un petit... stimulus pour s'accomplir.

— Vous êtes ignoble.

— Non, je suis pragmatique.

— Les gens ne sont pour vous que des instruments...

— Vous vous trompez, monsieur Forster. Les gens sont ce qu'ils sont. J'aime ce journal, j'aime notre métier, l'information, la trouver, la vérifier, passer des vieilles pierres aux dernières découvertes médicales, à la nature des nuages aussi, mais nous sommes en guerre désormais. La France veut nous anéantir et cette perspective relègue tout le reste au second plan. Je me sers de toutes les énergies, et s'il faut faire des sacrifices, je les ferai, y compris celui de monsieur Howard et même le vôtre. Vous êtes un excellent collaborateur, monsieur Forster, vous êtes jeune, mais vous commencez à bien cerner la nature humaine, elle est complexe, pleine de méandres et il ne faut en négliger aucun, car c'est précisément celui que vous oubliez de considérer qui peut être dévastateur. Je ne laisse rien au hasard, rien, c'est peut-être cela qui me rend ignoble selon votre raisonnement. Je déteste le hasard.

Forster était troublé, il voyait son ami cerné de toutes parts, par sa passion et par ceux qui voulaient l'exploiter. Il revint à la charge.

— Pour en revenir à monsieur Robson...

— Vous ne connaissez pas monsieur Robson.

— Chacun dans sa boîte, sauf vous!

Markham ne réagit pas, il ouvrit sa deuxième sacoche pour en retirer un paquet de dossiers et de journaux.

— Au fait, avez-vous lu la nomenclature de monsieur Lamarck?

— Oui.

— Qu'en pensez-vous?

— Elle ne sert à rien.

— C'est aussi mon avis. La nomenclature de monsieur Howard sera difficile à supplanter, n'est-ce pas? Laissez-le aller au bout de sa mission. Je suis curieux de savoir quel nom il va donner à ce nuage.

La discussion était close, Markham avait ramené Forster à sa subordination. Il était redevenu sa chose, son pisse-copie payé pour garnir les pages de son journal. Un jour, il lui intimait de vomir le latin et le lendemain, il l'encourageait à l'encenser. Markham tirait les ficelles du monde avec ses doigts boudinés et sa voix mielleuse. Forster se leva de son fauteuil pour sortir du bureau de son patron, la gorge nouée, chargée de haine. Markham lui adressa une dernière recommandation, une menace enveloppée de velours:

— Et n'oubliez pas, monsieur Forster, nous sommes en guerre. Ce serait dommage que vous vous trompiez de camp.

Le plus répugnant à déglutir était le velours, il ramenait dans la bouche un goût de bile.

26

Forster marchait vers Oxford Street en pensant à la guerre, à la raison d'État, à toutes ces gloires prioritaires et aveugles qui justifient tout, décident de tout. Il supposait que des Cliff Robson étaient postés un peu partout à chaque coin de rue, il cherchait à repérer dans les regards qu'il croisait ceux qui l'espionnaient. Il ne voyait plus le peuple de Londres de la même façon. Il l'imaginait truffé d'indicateurs, de faux mendiants qui tendaient la main et les oreilles, de fausses laitières chargées de pots vides, d'une armée de sujets qui avaient une dette et la remboursaient en mettant leurs sens au service du pays. Pour Forster, l'objectif était clair, interrompre cette folie qui expédiait son ami vers la mort. Il arriva au pied d'un hôtel où Goethe avait emménagé. Il fit une pause, tourna la tête à droite, à gauche, apparemment il n'intéressait personne, Londres marchait, Londres travaillait, Londres vaquait à ses occupations, de toute façon Londres saurait. Il s'engouffra dans l'immeuble.

— Monsieur Goethe ne reçoit personne le matin, lui dit le réceptionniste.

Forster lui présenta l'annuaire météorologique de Lamarck.

— Pouvez-vous remettre ce journal à monsieur Goethe? Précisez-lui que je suis un ami de monsieur Howard et que je souhaite lui parler, c'est urgent.

Une heure plus tard, Goethe apparut. Le réceptionniste lui désigna Forster. Le poète était sombre, le matin ne lui appartenait pas. Il faisait don de ces heures à son sommeil. Un don intéressé, précisait-il, affirmant que le matin était le terreau de ses idées et de son écriture, que tout prenait racine à ce moment-là et qu'il suffisait de cueillir les fruits le reste de la journée. Il lui fallait une bonne raison pour descendre de sa chambre et venir à la rencontre de Forster.

— On me dit que vous êtes un ami de monsieur Howard?

— Un ami d'enfance.

— Forster! Thomas Forster! La nomenclature anglaise? Le *Gentleman's Magazine*! C'est bien vous?

Forster acquiesça, il était à la merci du poète, de son mépris. Il s'attendait à ce que Goethe le renvoie, ayant juste accepté de connaître son visage par curiosité, pour découvrir cette réplique de Judas prête à tuer son ami et à priver l'humanité d'un génial inventeur.

— Ce doit être une collaboration bien embarrassante, dit Goethe.

Forster se taisait, l'euphémisme lui faisait l'effet d'une épée triturant sa traîtrise du bout de la lame, avec dédain, pour ne pas se salir.

— J'ai jeté un coup d'œil sur l'annuaire. C'est un vrai poète ce monsieur Lamarck, je l'ignorais. Les nuages pommelés! Les nuages en balayures! C'est beau, mais c'est inutile. Je n'imagine pas Napoléon déclencher la guerre en fonction d'un ciel pommelé ou balayé, mais c'est leur affaire. Ces Français sont vraiment imprévisibles. Mais quelle est l'urgence à propos de monsieur Howard?

— Il court à la mort.

— Ah! Ce n'est pas le meilleur sens pour courir. Venez.

Goethe occupait une suite dont une pièce lui servait de bureau. Il se tenait près d'une fenêtre, il contemplait le ciel en mangeant du raisin et en soufflant sur sa tasse de thé. Assis sur un sofa rouge, Forster laissait le poète aller au bout de ses pensées, il examinait des dessins accrochés au mur.

— Ce sont des os maxillaires, dit Goethe sans se retourner, ils proviennent de plusieurs espèces animales, dont la nôtre. Je m'intéresse à toutes sortes de choses. Peut-être trop.

Puis il vint s'asseoir près de Forster.

— Pourquoi moi? N'êtes-vous pas un ami d'enfance de monsieur Howard?

— Nous sommes brouillés, j'ai pensé que votre expertise scientifique, votre intérêt pour le travail de Luke et votre expérience vous permettraient de lui dire ce qu'il ne voudra pas entendre de ma part.

— Un vieil homme rassurant et sage, en quelque sorte?

— Non...

— Je plaisante monsieur Forster. J'essaie de comprendre, j'ai encore un peu le cerveau en désordre à cette heure-là.

— Je ne peux pas vous révéler certaines informations, mais si monsieur Gascogne consent à cette expédition, ce n'est pas de son plein gré. C'est un aventurier, il a côtoyé la mort à maintes reprises, mais je suis certain qu'il ne prendrait pas un risque pareil sans y être contraint.

— Quelle est l'intention d'Howard?

— Survoler le nuage qui produit la grêle.

— Il n'y fait même pas allusion dans sa théorie.

— À votre avis? Il ne sait rien de la grêle, ou si peu. Luke n'est pas du genre à aligner des phrases sur un sujet qu'il ne maîtrise pas.

— Quel est l'intérêt de monsieur Gascogne?

— Il n'en a pas. C'est la partie que je peux difficilement vous expliquer.

— Cela fait beaucoup de mystères.

— Il est manipulé et il n'est pas le seul.

— Pourquoi devrais-je vous croire?

— J'ai écrit il y a quelques mois un article sur deux alpinistes, Humboldt et Bonpland; ils ont lancé une expédition dans les Andes pour gravir un sommet qui culmine à 20670 pieds, ils ont renoncé alors qu'ils n'avaient même pas atteint les 20000 pieds. Or tout porte à croire que le nuage qui contient la grêle excède largement ces altitudes.

— Mais ils marchaient, fit remarquer Goethe, ils faisaient un effort, les conditions n'avaient rien à voir!

— C'est à cause du manque d'oxygène qu'ils ont fait marche arrière, ils n'arrivaient plus à respirer. La raréfaction de l'air est la même pour tout le monde. Que l'on marche ou pas. À 20000 pieds, sur le flanc d'une montagne, on peut faire demi-tour. Mais à bord d'un ballon ! Imaginez que des courants l'entraînent vers le haut !

— Qui paie cette expédition ?

— Je ne vois que monsieur Tilloch, le patron du *Philosophical Magazine*.

— Je sais qui est monsieur Tilloch.

— Nous sommes brouillés, mais Howard est mon ami le plus cher. Croyez-moi.

27

Ils revenaient à la Réunion chaque 1er jour. Mariabella s'y rendait, soumise. La foi passait son manteau sur ses épaules, comme un fils le fait sur celles de sa mère vieillie, affaiblie et la discipline guidait ses pas. Elle pensait au Christ portant sa croix au milieu de la foule hostile, elle faisait fi de ceux qui prétendaient lire au fond de son âme et qui glissaient sur son passage: «Celle-ci n'est plus des nôtres, elle ment.» Elle détestait les mâchoires carrées de Gatlin qui attendait les derniers instants de la Réunion pour inciter la communauté à démolir, en vertu des lois divines, les découvertes de son mari. Ils pourraient entretenir leur relation avec Dieu au sein de leur famille, avec leurs enfants, se passer de la présence des Amis. Ils pourraient même ne plus prier du tout, ne plus baisser le front pour Le remercier de la table garnie de nourriture. Elle envisageait secrètement l'apostasie, la savait impossible, n'en parlait pas à Luke.

Lui faisait abstraction de Gatlin, trouvait même sa démarche légitime. Un croyant est un soldat qui défend le territoire du Créateur, éloigne les mécréants et écrase les orgueilleux. Howard avait découvert la liberté en priant au côté de son père, c'étaient les seules minutes où il ne régentait pas sa vie. Le silence qui les menait vers la Lumière les rendait égaux.

Le père ignorait son fils et le fils oubliait son père. Ils avançaient l'un et l'autre vers la même communion sans avoir à révéler les voies qu'ils empruntaient, ils n'appartenaient plus au monde ni à personne. Leur seul interlocuteur était Dieu et aucune oreille ne s'immisçait dans leur dialogue. Howard ne parvenait pas à se passer du cercle que formaient les quakers, il était l'anneau qui supporte la croix, il lui rappelait cette image différente de son père qui lui jetait un regard apaisé à chaque fois qu'il mettait fin à la prière. Quand Gatlin calomniait sa théorie, c'était à l'autre qu'il s'adressait, à Howard le scientifique, mais celui-ci n'assistait pas aux Réunions, il patientait, dehors.

Ce 1er jour, le vote sur les nuages n'eut pas lieu. Gatlin était absent, sa chaise vide était un soulagement pour Mariabella. Tous priaient. Elle observait le ciel. Il était jaune, presque orange. Les fonds des coupelles qui avaient recueilli la pluie tombée dans la nuit étaient couverts de sable. Le phénomène occupait toutes les conversations, y compris celles qu'ils avaient eues avec leurs Amis avant de disparaître dans leur prière collective. Certains y voyaient l'œuvre du Créateur qui envoyait aux hommes un message de colère, d'autres les prémices d'une bataille sanglante avec les Français. Mariabella tourna les yeux vers Luke, son visage était paisible, il avait rejoint Dieu. Après la Réunion, Luke chercha à avoir des nouvelles de Gatlin. Il apprit qu'il était malade, immobilisé pour de longues semaines, peut-être plus. Ils prirent les rues familières qui les ramenaient vers Fleet Street, sans converser. L'absence de Gatlin prenait de la place entre eux. Mariabella cherchait comment faire diversion. D'autres promeneurs s'arrêtaient pour contempler le ciel.

— Il est moins jaune que ce matin, dit Mariabella.

Luke vit que le soleil arrivait à dessiner un halo.

— J'irai rendre visite à George Gatlin cet après-midi.

Howard donnait de son temps aux œuvres philanthropiques des quakers. Il était connu pour aider les illettrés, les plus affligés, incapables d'exprimer leur souffrance, ceux que l'on méprisait et auxquels on prêtait une telle faiblesse intellectuelle qu'elle les empêchait d'appréhender leur propre misère. Il avait entendu beaucoup d'histoires de fils partis à la guerre, jamais revenus, laissant des mères et des pères sans nouvelles, au bord d'un vide où les vérités se précipitaient pour échapper aux plaintes des gueux. L'éducation des quakers les encourageait à aider leurs semblables. Mais le soutien que Luke voulait apporter à Gatlin était pour Mariabella une charité mal placée. Elle ne comprenait pas son empressement à secourir un homme qui propageait la haine. Elle se réjouissait en secret de l'absence de cet Ami et espérait qu'il ne reprendrait pas sa place la semaine prochaine ni les suivantes. Ils n'avaient pas d'indulgence à avoir ni de temps à perdre avec l'obscurantisme. On ne caresse pas un chien enragé. On pouvait aimer Dieu et chercher à comprendre les mécanismes du monde sans se laisser mordre.

— Je m'en doutais, répondit-elle, pourtant il ne le mérite pas.

La maison de Gatlin occupait le fond d'une cour carrée dont deux côtés abritaient, sous de larges marquises aux vitres brisées, un établi long de plusieurs mètres et des piles de planches de toutes les tailles. Cela faisait des années qu'Howard n'était pas revenu là. Le sol était jonché de copeaux qui formaient le même tapis qu'autrefois. Il chercha les tas de sciure que son père dispersait sur leur réserve de pommes de terre. Ils n'étaient plus là. La maison était constituée d'une seule pièce, presque vide, les murs entièrement nus. Gatlin était allongé dans son lit, les yeux toujours aussi bleus, mais cernés et enfoncés dans leurs orbites. Une fillette d'une douzaine d'années était assise dans un coin, immobile, menue et blanche. Howard ne la connaissait pas. Gatlin ne se montra pas surpris en le voyant. Il avait le bras droit posé sur les couvertures qui lui couvraient le corps, la main tremblait, mais il ne fit rien pour la cacher.

— Je viens voir si je peux te rendre service.

Gatlin avait l'air lointain, son cerveau envahi par une brume épaisse qui brouillait les sons parvenant jusqu'à lui. Ses lèvres bougèrent.

— Peux-tu me fendre des bûches?

Howard passa deux bonnes heures à débiter à la hache le bois que Gatlin n'avait plus la force de couper. Il entendait par-delà les murs d'autres hommes qui se livraient à la même activité. Un front de nuages avançait lentement depuis le nord, une plaque grise qui glissait sur le ciel d'un jaune désormais pâle. La gamine qui se tenait près de la fenêtre ne cessait de le fixer. Il s'interrogeait sur le mal dont souffrait Gatlin. Il était indifférent au froid, mais une douleur se propagea dans le creux de ses mains. Le frottement du manche avait fait apparaître une cloque. Il posa l'outil et se pencha vers une bassine dont le fond était couvert de sable ocre. Il le fit glisser dans la paume d'une main, cherchant à en évaluer le poids, se demandant combien de tonnes de sable volaient par-dessus les toits de Londres. La fillette sortit de la maison pour venir à sa rencontre.

— George Gatlin veut te parler.

Il entra dans la pièce et se saisit d'un tabouret bancal pour s'asseoir à côté du malade. Son expression était invariablement la même, les muscles de son visage étaient figés, dans l'impossibilité d'exprimer le moindre sentiment. Sa main droite tremblait encore. Il se mit à parler, sa voix était faible, mécanique.

— C'est Dieu qui t'a conduit jusqu'à moi.

— Oui.

— Et c'est le mal qui t'entraîne vers le ciel.

Howard jugea inutile de se justifier et de contredire un homme dont la fin était proche.

— Je ne fais rien de mal, je veux connaître le monde, bien d'autres l'ont fait avant moi.

— Tout est déjà dit dans les Écritures.

— Je veux comprendre le fonctionnement du ciel.

Un imperceptible sourire éclaira le visage de Gatlin.

— Veut-tu t'élever au niveau de Dieu?

Howard remarqua que la main de Gatlin avait cessé de trembler.

— Nous arrivons au monde nus et nous devons le rester. On ne peut pas soutenir deux camps qui s'apposent, croire et vérifier si nos croyances sont vraies. Tu décris le ciel pour éblouir tes semblables avec tes connaissances. On ne peut pas être humble et voler la Lumière. Ou alors tu te mens à toi-même et tu mens aux autres. La seule gloire qui existe est celle de Dieu. La seule Lumière qui peut briller est la Sienne. Il a créé l'eau, le feu, les animaux, les hommes.

Les cloches de l'église voisine de Saint Pancras se mirent à sonner. La fillette se leva de sa chaise.

— Prends quatre bûches, lui souffla péniblement Gatlin.

Elle enfila son manteau sans rien dire.

— Quand je serai mort, tu prendras tout.

La gamine tourna la tête vers Howard, le prenant à témoin de la promesse qui venait de lui être faite et elle sortit.

— Veux-tu boire?

Gatlin ne répondit pas, il reprit son raisonnement là où il l'avait laissé. Sa main se remit à trembler.

— Dieu est sagesse, bonté, Il a fait don de l'intelligence aux hommes, mais certains s'en servent pour nourrir leurs intérêts et construire leur propre gloire. Tu es pareil à eux, tu veux découvrir le ciel, comme d'autres ont parcouru le monde pour s'accaparer d'autres terres, et quand tu auras franchi cette étape, tu en voudras encore plus. Ton appétit deviendra insatiable. Toujours plus de reconnaissance et encore plus d'or. Après le ciel, que voudras-tu posséder? Voudras-tu occuper le fauteuil de Dieu? – Il marqua un temps d'arrêt et soupira. – Ainsi soit-il.

— Ainsi soit-il, reprit Howard.

Il demeura immobile encore un long moment aux côtés de Gatlin qui ne parla plus, il fixait sans ciller le plafond, le néant, puis il ferma les paupières.

Deux jours plus tard, la fillette poussa la porte de l'apothicairerie. Elle portait une robe blanche, propre. Howard était là, seul.

— George Gatlin m'a dit de te prévenir quand il serait mort.

28

Goethe quitta son hôtel en début d'après-midi pour se rendre aux Vauxhall Gardens, un parc d'attractions situé sur la rive sud de la Tamise. C'était la deuxième fois qu'il y allait depuis qu'il séjournait à Londres. Lors de sa première visite, il avait goûté aux difficultés de traverser le fleuve à bord d'une voiture. Il s'était retrouvé pris dans une confusion inextricable de fiacres, de carricks et phaétons. Il voulut finir le voyage à pied, mais le cocher lui fit remarquer que ses beaux habits et son élégance seraient dans ce quartier de Londres les victimes des rues sales et des mains qui s'insinueraient dans ses poches pour le dépouiller de ses richesses. Il choisit cette fois de s'y rendre en bateau, même si ce mode de transport lui rappelait le mauvais souvenir de la Manche. Le temps n'était pas le même sur l'eau, il soufflait des bourrasques dont on ne soupçonnait pas l'existence en longeant les berges. Une averse de pluie tomba. Les hommes portaient la main à leurs perruques de peur qu'elles ne se transforment en de piètres artifices. Goethe était à l'abri, sous un auvent, il s'amusait de tous ces gens qui cherchaient un refuge et ne trouvaient pas de place. Ils lui faisaient penser à des vers de terre qui se tortillent, creusant un trou pour s'enfoncer dans le sol et fuir les dangers.

Aux Vauxhall Gardens, ce n'était plus la foule ni l'animation des beaux jours, c'était la «petite saison», disait la pancarte à l'entrée qui affichait également les tarifs hivernaux, six shillings pour les hommes et cinq pour les femmes. Un investissement possiblement salutaire pour les célibataires qui avaient du mal à trouver un mari ou une femme. Mais les Vauxhall Gardens n'étaient pas seulement fréquentés par ceux qui cherchaient à se caser ou à multiplier les aventures amoureuses, on y venait surtout pour boire, manger et se distraire, grâce à de multiples spectacles, des concerts, des ballets, des feux d'artifice, des envols de montgolfières. Goethe appréciait l'ambiance de ces jardins où les codes sociaux n'avaient plus cours. Les artisans et les nobles s'émouvaient ou riaient ensemble des mêmes choses. C'était un endroit de paix, où la culture et le divertissement cohabitaient harmonieusement. Une source d'inspiration littéraire. Goethe aimait la présentation des animaux exotiques, certains étaient dressés, d'autres pas. Sa distraction favorite était les acrobates qui jonglaient sur un cheval puis qui passaient sous le ventre de leur monture tournant à vive allure dans un manège. Mais ce jour-là, le spectacle qui retint son attention était celui d'un homme qui allait s'envoler à bord d'une montgolfière. C'était un Malais, on ne lui donnait pas d'âge, il avait de gros sourcils et un manteau en poils noirs qui le faisait ressembler à son singe. Il ne parlait pas, se faisant passer pour les besoins du spectacle pour un sauvage, mais il maîtrisait parfaitement le pilotage des aérostats. Pour arrondir ses fins de mois, il faisait équipe avec un chimpanzé abandonné par un collectionneur d'animaux. Le spectacle était présenté par un individu âgé qui portait un monocle et s'exprimait avec un accent indéfinissable, dans une langue un peu savante, afin d'impressionner la foule qui avait pris place dans deux tribunes. Il certifiait que ce couple homme-singe détenait le record d'altitude, en ayant volé à plus de 23 000 pieds pour valider les calculs d'une théorie scientifique germanique. Il affirmait qu'à une telle hauteur, avec la raréfaction de l'air et la présence de gaz inconnus sur terre, les cerveaux des deux êtres trouvaient un langage commun. Goethe était forcément sceptique sur cette dernière étrangeté, mais il lui tardait que le ballon décolle pour aborder l'organisateur du spectacle.

— Pourquoi dites-vous qu'ils sont montés à plus de 23 000 pieds?

— 23 523 pour être exact. Vous n'êtes pas au courant? Vous avez un accent germanique pourtant.

L'homme attendit une réaction de Goethe, puis il désigna la montgolfière :

— Hambourg-Hanovre ! *L'Entreprenant* ! C'étaient eux. – Puis il partit dans un rire bien sonore. – Il faut toujours une part de vrai quand on vend du rêve. Alan Sturgeon, magicien, conteur et marchand de rêve.

— Johann Wolfgang von Goethe.

L'homme ne fit aucune remarque, le nom du poète ne lui disait visiblement rien. Il s'intéressait à toutes sortes de sujets, mais pas à la littérature et encore moins à la poésie. En revanche, il lisait tout ce qui avait trait à la science et s'en servait pour organiser des spectacles et éblouir le public tout en s'engraissant financièrement, sans prendre de risques. Son modèle était Robertson, physicien, fantasmagore et passionné d'aérostation. Il pensait faire fortune en organisant des voyages à bord de ballons. Il avait conçu un aérostat de cinquante mètres de diamètre, baptisé *La Minerve*, capable de maintenir dans les airs soixante-douze tonnes d'instruments divers, de marchandises et de transporter pendant plusieurs mois soixante passagers au-dessus des continents, sans être contraint de se poser. À bord de *La Minerve*, tout était prévu pour la sécurité et l'amusement des passagers. Elle comprenait pour les distraire un gymnase ainsi qu'un théâtre et un petit bateau pour les évacuer en cas d'amerrissage d'urgence. Il y avait aussi un observatoire où ils pouvaient affiner leurs recherches ou découvrir des phénomènes imperceptibles depuis le sol. Ce ballon était prioritairement réservé aux hommes, mais les femmes qui voulaient connaître l'aventure avaient le droit d'embarquer. *La Minerve* avait prévu de les loger dans l'espace le plus éloigné de celui des hommes, de peur qu'en prenant de la hauteur, les pulsions masculines ne deviennent plus débridées et incontrôlables qu'à terre. *La Minerve* n'est restée qu'un projet mais, en revanche, Alan Sturgeon certifia à Goethe que Robertson et son copilote Auguste Lhoëst avaient bien effectué, un an plus tôt, entre Hambourg et Hanovre, un vol où ils étaient montés à l'altitude de 23 523 pieds. Il était prévu de faire durant cette expédition des mesures barométriques et thermométriques, ainsi que quelques expériences sur le magnétisme, l'électricité, la propagation des sons dans le ciel et les points d'ébullition de l'eau en fonction de l'élévation, mais Sturgeon précisa que la mission n'avait pas bouclé tous ses objectifs en raison des malaises que les deux hommes avaient ressentis en dépassant les 23 000 pieds.

— Quel genre de malaise? l'interrompit Goethe.

— De violents maux de tête dus à la raréfaction de l'oxygène. Certains disent que cette zone est mortelle. Ils l'appellent «le plafond de la mort». Robertson a fait également quelques remarques sur les formations nuageuses.

— Qu'a-t-il écrit à ce sujet?

— À ma connaissance, pas grand-chose, en tout cas pas encore. Vous vous intéressez aux nuages? Le sujet fait couler beaucoup d'encre dans les journaux. Et beaucoup de critiques aussi. Moi je la trouve plutôt habile la classification de monsieur Howard. Les ânes ont des excuses, mais pas les hommes.

Goethe se taisait, se demandant pourquoi Sturgeon faisait une telle comparaison et, comme s'il lisait dans ses pensées, Sturgeon précisa:

— Ils portent des œillères, les ânes.

Des cris de stupéfaction s'échappèrent du public qui suivait encore l'ascension de la montgolfière, l'homme avait jeté par-dessus bord une corde longue de plusieurs mètres qui pendait dans le vide, le singe grimpa sur le rebord de la nacelle et se mit à descendre le long du câble.

— Ça, j'aime moins, dit Sturgeon, j'ai le vertige et à chaque fois ça me rend les mains moites, même s'il s'agit d'une bête. Mais que voulez-vous, les gens paient.

— Et à votre avis, que se serait-il passé si Robertson avait poursuivi son ascension?

Sturgeon hésita avant de livrer son verdict.

— Je ne suis pas médecin, mais probablement que certains organes auraient implosé. Les poumons d'abord, probablement. Hémorragie interne. Fatale! L'homme n'est pas conçu pour ça. C'est mon avis.

Goethe n'était pas superstitieux, mais la discussion qu'il venait d'avoir était une coïncidence désagréable. Elle le troublait. Le mot « hémorragie » tournait en boucle dans ses pensées. Certes, l'avis de Sturgeon n'avait pas de valeur scientifique, c'était juste l'intuition d'un touche-à-tout, d'un bonimenteur, mais Howard n'avait pas plus d'informations tangibles sur les effets de l'altitude que n'importe quel Sturgeon imaginant les réactions du corps humain à des milliers de mètres d'altitude. Quand le poète poussa la porte de l'apothicairerie, il trouva Howard tout en haut d'une échelle et Silvanus en contrebas qui lui passait un à un des pots en porcelaine d'huiles pharmaceutiques. Le poète avait réfléchi à une façon d'entamer la discussion, mais quand il vit où se trouvait Howard, l'entrée en matière lui parut évidente :

— Vous vous entraînez déjà, monsieur Howard?

Luke se retourna.

— À quoi donc, Johann Goethe?

— Aux effets de l'élévation.

Howard ne se montra pas surpris, ce n'était pas la première fois que ce qu'il croyait secret circulait déjà à son insu.

— Vous lisez le français?

— Un peu.

— Je passais pour vous parler d'un traité rédigé par Jean-Baptiste de Lamarck, une classification des nuages, peut-être la connaissez-vous déjà?

— Non.

— Je me suis dit que cela vous intéresserait, forcément. En tout cas, j'aimerais bien savoir ce que vous en pensez.

Goethe sortit d'une poche de son manteau l'annuaire météorologique de Lamarck, Howard en feuilleta les premières pages.

— Je vous le laisse.

L'attention d'Howard s'était déjà arrêtée sur les noms que le savant français avait donnés aux nuages.

— Et toi qu'en penses-tu?

— De la classification de monsieur Lamarck? Elle est vouée à l'échec. Un Italien fera sa nomenclature, puis un Espagnol, puis un Chinois, puis un autre. C'est la tour de Babel qui recommence. On détruit une idée alors qu'on n'a même pas achevé sa construction.

— Où l'as-tu trouvée?

— C'est votre ami Forster qui me l'a communiquée.

— Mon ami!

— Il m'a parlé aussi d'un autre nuage que vous pensez avoir identifié. On dit qu'il monte bien au-delà de ce que l'homme peut supporter physiquement. Et qu'il est dangereux de vouloir s'en approcher, voire inconscient, disent certains.

— C'est possible.

La réponse lapidaire décontenança Goethe.

— Êtes-vous au courant d'une expédition qui a eu lieu entre Hambourg et Hanovre, celle de *L'Entreprenant*!

— Non.

— Que savez-vous des effets de l'altitude sur l'organisme?

— Ce que Paul Gascogne m'en a dit.

— Et donc?

Silvanus ne quittait pas Howard des yeux, le trouble de son patron était le même que celui qui avait précédé la présentation de sa théorie à l'Askesian Society.

— Il part de son plein gré avec vous? Il ne redoute rien de ce vol? Absolument rien?

Goethe posait un regard différent sur Howard, l'homme qui lui faisait face avait perdu de sa magie. Il détaillait sa blancheur, sa rigueur, le suspectant désormais de ne pas être responsable de son génie, d'être habité par une passion déraisonnable, folle, de tromper le monde et ses proches sur sa véritable identité. Déstabilisé, Howard répliqua sèchement :

— Nos vies ne nous appartiennent pas, la tienne appartient aux mots et la mienne aux nuages.

— C'est vrai. Les passions nous dominent. Un homme sans passion est un homme creux, un arbre qui ne produit plus de feuilles, insensible aux saisons. Vous avez raison, les mots peuvent devenir brûlants, dangereux même pour ceux qui les manient, mais s'ils se révélaient trop bouillants, je ne me risquerais pas à exploser avec eux, je crois que je n'aurais pas ce genre de courage. J'en suis sûr même.

— Mais je n'ai pas l'intention de mourir, Dieu est avec moi.

— Dieu ? Vous me faites peur, Luke Howard.

29

On allait changer d'année, l'hiver était de plus en plus froid, le ciel invariablement gris et sec depuis presque une semaine. Howard était seul dans le laboratoire du deuxième étage, c'était l'heure du troisième relevé quotidien sur ses instruments météorologiques, mais depuis la dernière visite de Goethe, il ne notait plus rien. Ces valeurs alignées les unes à la suite des autres lui semblaient vaines, ne satisfaisant même plus une forme de rigueur scientifique. La vie d'Howard était désormais un sas, avec une seule porte derrière laquelle il y avait le ciel, l'inconnu, le départ. Il s'arrêta devant une fenêtre orientée à l'ouest, elle était couverte de buée qui lui brouillait la lecture d'un thermomètre, il dessina sur la vitre un grand ballon et au milieu, il écrivit : « l'Esprit ». Puis il retira un à un ses vêtements, ouvrit la fenêtre et se planta face au froid, immobile, décidant d'accoutumer son corps aux basses températures. L'air glacial se propagea jusqu'aux étages inférieurs. Mariabella était assise dans un large fauteuil, elle tenait Elisabeth sur ses genoux, elles observaient Mary qui réalisait sa première broderie, un cheval noir et blanc au galop. Robert recula pour se blottir contre sa mère, à la recherche de chaleur. Mariabella ne dit rien, elle leva la tête vers le plafond, puis laissa ses enfants pour prendre l'escalier menant au laboratoire. Elle ouvrit la porte et découvrit Luke.

Elle se défit du châle qui lui couvrait les épaules pour le poser sur celles de son mari.

— Je ne crois pas que ce soit une bonne idée, dit-elle.

Elle referma la fenêtre, prit la main de Luke et la porta vers son ventre. Elle portait leur quatrième enfant. Il se mit à genoux pour l'embrasser et remercier Dieu.

Le courant froid était descendu jusqu'au rez-de-chaussée où Silvanus entretenait le feu de l'alambic. Il sortit dans la rue, pour vérifier si une fenêtre ne s'était pas ouverte à un étage, sous l'effet d'un courant d'air. Il vit Mariabella la refermer, elle avait un air grave.

Le lendemain, Silvanus et Mariabella travaillaient côte à côte à la préparation de fébrifuges. Ils répétaient les gestes qu'ils avaient déjà accomplis à de multiples reprises, utilisant les mêmes fluides et les mêmes substances qu'ils mélangeaient toujours dans les mêmes proportions et dans le même ordre. Leurs gestes étaient mécaniques, rapides, les mains travaillaient toutes seules, les cerveaux leur faisaient confiance et se tenaient à distance. Mariabella saisit un flacon de quinquina, elle en versa quelques gouttes dans une éprouvette graduée puis elle s'apprêtait à y ajouter une dose d'essence d'anis quand Silvanus fit barrage à son geste. Il aperçut aussi la larme qui coulait le long de sa joue, elle l'effaça d'un revers de main, sans se dérober à la vue de son assistant et elle rectifia immédiatement son erreur. Ils n'échangèrent aucune parole, l'incident n'avait pas existé et ils continuèrent ainsi. Elle ne se trompa plus. C'était la première fois que Silvanus voyait Mariabella Howard perdre pied.

Quelques heures plus tard, Silvanus filait vers Whitechapel, jusqu'à l'entrée des chantiers Gascogne. Ils étaient fermés. Le froid était vif mais s'il le fallait, il passerait la nuit à guetter, devant la porte. Il se sentait coupable du malheur de Mariabella. Il était prêt à tout, à mourir gelé, à subir la lame d'un couteau surgi de la nuit, sa vie n'avait plus d'importance. Le fabricant de ballons apparut, accompagné de Diane. Ils étaient élégants, chaudement habillés, ils sortaient pour enterrer l'année 1803 et fêter l'arrivée de la suivante. Silvanus se porta à leur hauteur.

— S'il vous plaît !

Gascogne s'arrêta, ses manières étaient lentes, voilées d'opium.

— Je sais qui vous êtes. Je travaille avec monsieur et madame Howard.

— C'est jour de fête, ils t'ont libéré ?

Diane rit. Troublé, Silvanus ne savait comment poursuivre la conversation.

— Il est mignon, dit-elle. Je plaisantais, c'est quoi ton nom ?

— Silvanus Bevan.

— Marchons, j'ai froid, dit la jeune femme.

— Diane a froid, dit Gascogne.

Le couple se remit en route, oubliant Silvanus, comme s'il n'avait été qu'une vision déjà évanouie, mais il collait à leurs trousses.

— Je vous fais don de ma vie.

— Rien que ça. Et que veux-tu que j'en fasse ?

— Je sais ce que vous projetez de faire avec monsieur Howard. Vous allez voler jusqu'au nuage de grêle.

Diane se serra un peu plus contre son amant, les mots de Silvanus renforçaient les morsures du froid.

— Il monte à une hauteur où personne n'est encore allé, je sais que c'est dangereux, vous risquez la mort.

Le couple accéléra le pas.

— La mort de monsieur Howard serait une lourde perte pour la science et pour sa famille. La vôtre aussi, pour madame. Tout ça, c'est à cause de moi, c'est moi qui ai dit à monsieur Tilloch que monsieur Howard s'intéressait au nuage rempli de grêle.

Gascogne s'arrêta brusquement.

— Il est étrange ce garçon, filons, dit Diane.

— C'est donc toi qui m'as vendu ce ticket pour l'enfer, je devrais te trancher la gorge.

— Mettez-moi dans un ballon, envoyez-le à la hauteur que vous voulez. J'ai trahi monsieur Howard, sa femme. Faites-le et si je meurs, ma vie aura servi à sauver la vôtre et celle de monsieur Howard.

— C'est une bonne idée, qu'en dis-tu ? suggéra Diane.

— Je crois que tu n'as pas bien compris la nature de ce voyage, dit Gascogne. Il n'y aura pas de coup d'essai, mais une seule tentative qui risque fort d'être la première et la dernière.

— Alors, servez-vous de moi.

— Je ne pense pas que celui qui paie cette expédition se rangerait à ton avis.

— À quoi la vie de monsieur Howard lui servira, s'il meurt dans le ciel?

— À rien, mais fallait y réfléchir avant. Et la tienne m'est inutile, garde-la, rentre chez toi et prie.

Silvanus laissa le couple s'éloigner, puis il revint à la charge.

— Monsieur Gascogne!

Gascogne ne se retourna pas, entraînant Diane dans une rue, à gauche. Ils disparurent de la vue de Silvanus qui se mit à crier de toutes ses forces:

— Je suis libre chez monsieur Howard. Libre!

Un brouillard de plus en plus épais absorbait la ville, une silhouette noire sortit d'un recoin et s'évapora à son tour, celle de Cliff Robson.

À minuit, les cloches de Sainte-Bride se mirent à sonner. Howard couvrait la vue de Mariabella de ses deux mains et lorsque le douzième coup sonna, il les retira et lui glissa à l'oreille:

— Bonne année Mariabella Howard.

Ils joignirent leurs fronts un long moment, prononcèrent le rituel «Ainsi soit-il», et s'embrassèrent. Luke attira l'attention de sa femme vers le secrétaire de leur chambre sur lequel il avait posé un paquet. C'était la première fois qu'il lui faisait un cadeau de cette façon, en sa seule présence, dans leur chambre. Elle ne bougeait pas.

— Tu ne veux pas savoir?

— Si.

Il passa avec précaution ses deux bras autour de son ventre encore plat.

— Ce n'est pas moi qui l'ai fait, dit Luke.

Mariabella sortit du paquet un flacon portant l'étiquette du parfumeur L.T. Piver et un nom, *À la reine des fleurs*. Elle l'ouvrit et le soumit à son nez.

— Rose... iris...

Luke confirmait, le jeu n'en était pas vraiment un, il savait qu'elle énumérerait tous les composants du parfum sans en oublier un seul.

— Il te plaît?

— Oui.

— Il vient de France.

Il prit le flacon pour imprégner le coin d'un foulard que portait Mariabella, il le frotta doucement le long du cou de sa femme.

— Que fais-tu?

— Que crains-tu? Je serai le seul à le sentir.

— Mais demain, que diront les enfants?

— Je leur dirai que nous avons joué aux odeurs.

Elle sourit, hier il était sombre, aujourd'hui il était léger, attentionné. L'année qui s'ouvrait lui appartenait, c'était son pays, le territoire de ses ambitions. Il s'échappait, elle faisait du surplace. Elle enviait sa liberté, se sentait prisonnière de sa maternité, de son rôle de mère, ne vivant plus que par procuration, son avenir n'était rien d'autre qu'une plaine sans relief. Mariabella ne le reconnaissait pas, ne sachant plus si c'était lui qui s'éloignait ou elle qui ne savait plus où prendre place. Jusqu'à présent, il avait été son égal, elle devinait chacun de ses gestes et de ses mots, avant même qu'il n'en émette la moindre intention. Elle pensait être une partie de cette force qui l'animait, mais désormais, quand elle ôtait ses mains de son dos, il continuait d'avancer, elle ne servait plus à rien. Elle l'embrassa en lui glissant à son tour à l'oreille:

— J'espère que cette année sera la tienne. Bonne année à toi aussi, Luke Howard.

On frappa à la porte, un fiacre stationnait devant l'apothicairerie, personne n'en descendit. Howard sortit de la maison et s'avança jusqu'à la voiture. Goethe l'attendait, en compagnie d'une femme à la chevelure épaisse, frisée et rousse, vêtue d'un manteau rouge. L'un et l'autre avaient un verre à la main, ils buvaient du porto, déjà éméchés. C'était la première fois que les deux hommes se revoyaient depuis leur différend au sujet du vol en altitude, Goethe s'adressa à Howard comme s'ils s'étaient quittés quelques heures plus tôt, en lui présentant la bouteille bien entamée.

— Il est excellent, veux-tu le goûter?

— Non, je te remercie.

— Alors, accepte ce présent. – Il lui tendit un paquet. – C'est un livre pour tes enfants. Et accepte aussi mes excuses, les mots ont dépassé mes pensées. Je te souhaite du bonheur, à toi, à ta famille et de la réussite, beaucoup de réussite. Que la guerre s'éloigne et que l'année 1804 soit celle de ton succès, du progrès, de la clarté effaçant les ténèbres. À mon très cher ami Luke Howard!

Goethe leva son verre, la femme l'imita:

— À notre ami.

Le poète frappa du plat de la main la portière de la voiture et elle reprit sa route.

30

Le froid s'éternisait, intense, sec, il figeait la ville et son bouillonnement. Londres était moins bruyante, engourdie. Les idées et les polémiques hibernaient elles aussi. La nomenclature latine d'Howard n'alimentait plus les débats, les critiques nationalistes s'étaient tues. À la Maison des Amis, la controverse sur les nuages avait disparu depuis que George Gatlin était mort et, manifestement, personne ne voulait la ressusciter. Mais le gel était trompeur, il avait figé la vie dans une immobilité passagère. Les conflits s'étaient juste assoupis, ils guettaient le retour des beaux jours pour réapparaître et fleurir avec davantage de vigueur. Lorsque Luke et Mariabella priaient côte à côte, elle espérait revoir la Lumière. À force de concentration, elle croyait l'apercevoir, mais elle se dérobait et tout basculait dans l'obscurité. Mariabella abandonnait alors le sentier et s'imprégnait de celle qui pénétrait par la grande baie, barrée par les branches dégarnies de l'arbre. Quand Luke fermait les yeux, Elle était là, tout de suite, fidèle, amicale. Il ne savait plus si c'était Dieu ou le feu du savoir qui brillait, mais pour lui, tout se confondait, rien n'était incompatible. Dieu et la Science étaient les deux faces d'une même vérité.

Deux fois par jour, Mariabella faisait seule le tour de leurs instruments météorologiques. Elle dirigeait désormais ses investigations sur une éventuelle relation entre les maladies et les points cardinaux. Elle allait de maison en maison et dressait un répertoire des affections qui s'y étaient déclarées en tenant compte de l'exposition des pièces où dormaient les malades, mais ce mois de février la contraignit à ne pas s'aventurer dehors, les rues étaient glissantes, dangereuses pour son ventre qui s'arrondissait. Luke amena Mary le long de la Tamise, prise dans la glace. Robert et Elisabeth n'avaient pu les accompagner, la même fièvre les clouait au lit depuis plusieurs jours. Mary était fière de sortir avec son père, seule, elle lui donnait la main pour éviter de glisser sur les plaques de verglas qui recouvraient les rues. Sa mère lui avait recommandé d'être prudente, elle forçait parfois son père à ralentir le pas en tirant leurs mains réunies en arrière, il lui obéissait. Il aimait la grâce de sa fille, sa prudence, il se souvenait des glissades qu'il faisait avec Thomas Forster, des risques qu'ils couraient lorsqu'ils choisissaient les rues en pente pour prendre de la vitesse et des cris des passants qui les insultaient de peur d'être fauchés. Des mouettes marchaient sur le fleuve, Mary les observait attentivement, emmitouflée dans son manteau. Un homme frappait la glace avec une pique, pour en évaluer l'épaisseur.

— Moi aussi j'ai traversé la Tamise à pied, dit Howard.

C'était en 1789. Londres connaissait une série d'hivers tellement rigoureux que le fleuve se transformait en un lieu de vie. On y patinait, on y organisait des spectacles qui faisaient frissonner autant de peur que de froid, surtout lorsqu'un éléphant passa d'une berge à l'autre, au milieu de la foule qui s'écarta dans un silence religieux, craignant que la glace vienne à se plaindre que l'on profitait trop d'elle. Ce quartier éphémère voyait naître des commerces où l'on vendait et achetait de tout. On y campait jour et nuit, on y allumait des braseros pour se réchauffer ou pour faire griller de la viande. C'était la Frost Fair. Howard et Forster y avaient monté un stand où ils jouaient les savants testant la résistance des matériaux au froid.

— Tu veux qu'on fasse une expérience avec la glace?

Il ne s'était pas aperçu que les lèvres de sa fille tremblaient.

— J'ai froid, dit Mary.

Il la prit dans ses bras et la serra, elle demeurait figée, toute droite, craignant que le moindre mouvement accentue le froid qui avait pris possession d'elle.

— Courons, lui dit son père.

Elle détala, ses petites jambes, raides comme des ciseaux, se confondaient avec les pattes des mouettes qui glissaient sur la glace.

La banquise qui couvrait la Tamise n'empêchait pas la poursuite des travaux quelques mètres en dessous. Le tunnel que perçait la Thames Archway Company était un des rares endroits à Londres où le froid n'arrivait pas à s'engouffrer et chaque jour, les mineurs allongeaient le trou avec une facilité imprévue, la nature avait rendu les armes et laissait aux hommes la domination de tout, de l'eau, des roches et des ondes maléfiques. Il faisait chaud aussi dans les lieux où l'on se divertissait, dans les tavernes et les salles de spectacle dont l'une avait retenu l'intérêt de Goethe ; Sturgeon lui en avait fait l'éloge pour ses productions singulières. Il s'agissait d'un petit théâtre situé sur Knightrider Street. La comédie y faisait parfois relâche au profit de spectacles démontrant les capacités encore méconnues de l'électricité. Ils étaient donnés par des savants qui aimaient étaler leurs connaissances en jouant les acteurs. Pour mieux les vendre, on engageait parfois de vrais comédiens qui remplaçaient les hommes de science peu doués pour tenir leurs propres rôles. La représentation prévue ce 18 février 1804 était particulièrement attendue, Londres bruissait de toutes sortes de rumeurs à son sujet. Elle devait dépasser tout ce que l'on avait pu voir jusqu'à présent dans le domaine de la fantasmagorie. On disait qu'elle avait été donnée une fois à Paris et qu'elle avait effrayé même les plus sceptiques sur la sorcellerie et les phénomènes paranormaux, à tel point que Napoléon en avait ordonné l'interdiction.

Deux hommes-sandwichs faisaient les cent pas devant le théâtre. Sur leurs affiches s'étalait un titre en grosses lettres rouges et noires : « Vivre la peur ou mourir », il couvrait un dessin sur lequel Goethe s'attarda. Le poète ne le trouva pas très original, il représentait un squelette hilare surmonté d'éclairs, brandissant une faux. La salle ne pouvait recevoir que quelques centaines de personnes, elle était bondée. Le public n'était pas celui de l'Askesian Society fréquentée par la bourgeoisie et les férus de sciences. Les manteaux des hommes et les robes des femmes sentaient l'aristocratie et l'élite de la société. Tout ce que Londres comptait d'éminents scientifiques voulait être là aussi, mais beaucoup ne purent entrer. Goethe avait obtenu une place grâce à un comte d'origine italienne, réputé pour organiser des tours de magie dans son hôtel particulier. Thomas Forster était présent en tant que journaliste, ainsi que les patrons de presse ennemis, William Markham et Alexander Tilloch. Beaucoup avaient usé de leurs relations pour être sûrs d'assister au spectacle. Le public féminin était plus nombreux que d'ordinaire, le propriétaire du théâtre pensait qu'il était plus sensible et prompt à s'émouvoir. Si « Vivre la peur ou mourir » ne devait être donné qu'une seule fois à Londres, autant qu'il marque l'assistance et que son souvenir soit colporté longtemps par des natures durablement impressionnées.

Un noir total envahit la salle, le chahut cessa instantanément, le cri déchirant d'un enfant retentit, il glaça l'atmosphère, on entendait battre les cœurs. Le visage d'un homme apparut au milieu de la scène, éclairé par les flammes d'une douzaine de candélabres vissés à un anneau qui ceignait ses épaules. C'était un ventriloque. Ses premiers mots propagèrent un frisson dans la foule, la voix était aiguë, enfantine, elle contrastait avec sa peau profondément ridée.

— Je suis mort il y a un an, le 11 février 1803. Ce n'est pas la maladie qui m'a emporté, ni même un accident, on m'a tué et jeté dans la Tamise depuis le London Bridge. J'avais 12 ans, je suis né à Londres, c'est là que j'ai vécu, certains d'entre vous me reconnaissent peut-être ?

Les yeux du ventriloque, grands ouverts, soulignés de noir, balayèrent l'assistance à la recherche de témoins du drame.

— Moi je reconnais des visages parmi les vôtres, poursuivit la voix encore douce et dénuée de la moindre agressivité.

Un murmure parcourut la salle.

— Il ne faut pas le croire, dit d'une voix grave l'homme dont les lèvres se mirent à bouger.

— Je n'ai ni haine ni colère, je réclama justice, poursuivit la voix d'enfant avant d'entonner une comptine.

Le malaise était de plus en plus palpable.

— Tais-toi, articula le ventriloque.

La musique d'un harmonica de verre, placé dans le dos des spectateurs, invisible, détourna leur attention de la scène. Il jouait une valse.

— Je crois que je reconnais mon assassin au milieu de cette foule.

Quelques cris d'effroi s'élevèrent, toutes les têtes se reportèrent vers le ventriloque qui intima encore à l'enfant de se taire, puis un grondement terrible, un coup de tonnerre, couvrit le son de l'harmonica, attirant une nouvelle fois les craintes des spectateurs vers l'arrière de la salle. Quand ils se retournèrent vers la scène, le visage du ventriloque n'était plus là, celui d'un jeune garçon l'avait remplacé.

— Je ne me tairai pas, dit-il d'une voix caverneuse, vieille, les lèvres parfaitement immobiles.

Il promena son regard sur le public à la recherche du coupable, et il disparut instantanément, accentuant la stupéfaction. Puis le noir se fit moins intense, une lumière blanche, très faible, se répandit sur un rideau de percale enduit d'un vernis d'amidon blanc qui le rendait diaphane. Elle était projetée par un appareil caché derrière la toile, équipé de roues lui permettant d'avancer ou de reculer. De la fumée simulant le brouillard de Londres envahit la salle. Sur l'écran, l'image d'une tombe se profila, un squelette de petite taille en sortit et s'avança vers l'avant-scène. Ses mâchoires se mirent à bouger et la voix d'enfant déclara, menaçante :

— Vous n'auriez pas dû venir.

À plusieurs reprises, la scène fut plongée dans le noir pendant une fraction de seconde et quand l'éclairage revenait, le squelette avait changé de place, accompagnant ses déplacements d'une cascade de rires cristallins. Son apparition était accompagnée d'effets lumineux semblables à des cirrus ainsi que de bruitages imitant le vent, l'orage, la pluie. Le théâtre était parcouru d'odeurs d'encens, d'humus, une chouette hulula et un courant d'air froid passa sur les épaules des spectateurs. Ils ne savaient plus où ils se trouvaient, ils avaient l'impression que les murs du théâtre s'étaient envolés et qu'on les avait transportés en rase campagne, dans un cimetière. Le squelette ressurgit, tenant par un effet de superposition un bébé dans ses bras, la salle entière fit « Oh ! » La peur avait gagné le public, on le précipita une fois encore dans le noir et quand le squelette réapparut, il était immense, prenant bien soin d'articuler distinctement, avec la même voix enfantine :

— Mais vous, Mrs Elisabeth Crowley ici présente, vous savez tout.

Quelques têtes se tournèrent vers une femme, tétanisée. La foule produisit un mouvement comparable à celui d'une vague, puis tout le monde se hissa sur la pointe des pieds pour apercevoir celle que le squelette venait de désigner. Elle voulut s'exprimer, mais rien ne sortait de sa bouche, paralysée par l'émotion. La tombe était revenue sur la toile, lointaine, le squelette avait disparu, remplacé par l'enfant assis sur un côté du monument funéraire. Il se leva lentement pour se rapprocher de l'écran, l'harmonica de verre se remit à jouer sa valse, des chouettes se répondaient.

— Je vous ai rapporté votre bien, Mrs Crowley, dit l'enfant de sa voix grave.

Une main apparut furtivement sur l'écran et un objet atterrit par terre, au pied des premiers spectateurs. L'un d'eux ramassa un couteau et le montra aux autres en le tenant bien haut. La femme s'évanouit, on dut l'évacuer. L'enfant exerçait son pouvoir, il distillait la peur, le visage sans vie, collé contre l'écran et tout le monde redoutait maintenant que son nom soit jeté en pâture, mais il paraissait rassasié. Une seule chair avait suffi et il se contenta dans les minutes qui suivirent de produire des effets visuels en brandissant une faux qui jetait des éclairs ou en dansant sur la même valse. Lassé d'être craint, il se transforma en squelette, regagna sa tombe, le spectacle était terminé. Un silence pesant domina la salle, jusqu'à ce que certains osent applaudir et chacun s'y mit, stupéfait par l'événement qu'il venait de vivre. Certains criaient «bravo», d'autres étaient secrètement contents que ce soit terminé parce que leur peur avait atteint un niveau intenable. Quand la salle retrouva un peu de luminosité, la scène était vide, sans la plus petite trace de ce qui venait de se passer, comme si l'illusion n'avait été elle-même qu'une illusion. Quelques applaudissements persistèrent pour que les auteurs de ce spectacle se montrent mais personne n'apparut, c'était une représentation sans metteur en scène, sans acteurs, c'était inédit. La salle commença à se vider. Les spectateurs les moins pressés de quitter le théâtre se renseignaient sur cette Mrs Crowley, curieux de savoir si quelqu'un la connaissait ou si elle était une complice de cette fantasmagorie. Une rumeur circulait déjà, disant qu'elle était la veuve respectable d'un capitaine de vaisseau tué pendant la bataille navale de Saldagne, qui opposa la Marine royale à celle des Provinces Unies, et qu'elle n'était pas connue pour jouer les excentriques ou les actrices d'appoint. Forster avait rejoint Goethe, il s'apprêtait à lui demander ses impressions quand une voix s'éleva, celle de Tilloch.

— Dommage que la faux ait oublié de couper la tête du *Gentleman's Magazine* et de son patron.

William Markham feignit de ne pas avoir entendu, il poursuivit la conversation avec les personnes qui l'entouraient, ignorant le patron du *Philosophical Magazine*, comme on le fait avec une personne ivre, pour tenter de détourner sa hargne.

— La fantasmagorie produit des effets formidables, mais ils sont sans commune mesure avec le vrai mal qui nous cerne sous des allures banales, voire respectables. Markham, vous n'êtes qu'un voleur, mais bientôt vous viendrez me manger dans la main !

Le théâtre baignait dans un nouveau malaise, les bouches s'étaient tues, toutes les oreilles étaient tendues vers ce duel qui n'était pas illusoire, le parquet craqua à l'arrière de la scène, indiquant que les auteurs du spectacle ne s'étaient pas volatilisés par magie, mais qu'ils étaient bien des humains, curieux d'assister, cachés derrière le rideau, à une bataille du réel. Le patron du *Gentleman's Magazine* fit face à son ennemi, acceptant le combat. La guerre entre les deux hommes était désormais publique, totale, elle ne s'achèverait que par la mort de l'un d'eux.

— Monsieur Tilloch, vous vous trompez sur la qualité de mon appétit, il n'a rien à voir avec celui d'un moineau.

Goethe se tourna vers Forster.

— Les gens sont partis trop tôt, me semble-t-il, c'était ça le clou du spectacle, non?

31

Le brouillard s'était installé, épais, humide, il s'infiltrait partout, il atténuait les bruits, barrait la vue. Depuis la rive nord de la Tamise, on n'apercevait plus la rive sud. On était coutumier de ce crêpe que le ciel étendait sur la ville, il la rendait énigmatique, on ne croisait que des ombres et le bruit des talons qui claquaient sur les pavés. On ne voyait pas à dix mètres, les stratus avaient apposé des œillères sur la ville, elle travaillait, son chant était une rumeur grave et mate, on toussait beaucoup. Les chantiers Gascogne avaient repris leur activité. Le fabricant d'aérostats avait engagé plusieurs charpentiers qu'il avait détournés des docks de Wapping en leur garantissant un salaire plus élevé. Ils dressaient des poutres qui formaient le squelette d'un monstre géant prenant vie peu à peu. Une fois par jour, Alexander Tilloch passait, posant à chaque fois la même question :

— Pas de problème, monsieur Gascogne ?

— Tout va bien, monsieur Tilloch.

Le patron du *Philosophical Magazine* passait parfois une bonne heure sur le chantier, assis sur un tonneau, il suivait le travail des ouvriers. Ses affaires allaient mal, son journal perdait des lecteurs, il pariait encore, perdait là aussi et tout ce qu'il ne dilapidait pas dans les jeux de hasard se transformait en charpente, en pans de tissus cousus les uns aux autres, dans un ordre qu'il ne cherchait pas à comprendre. En d'autres temps, il aurait sûrement exigé de Paul Gascogne des détails techniques sur la construction, il aurait rédigé des articles pour son journal et même conçu un feuilleton pour détourner vers lui les lecteurs du *Gentleman's Magazine*, mais Tilloch ne parlait plus, ne raisonnait plus, s'en tenant à un seul calcul. Il avait payé pour la construction d'un ballon unique, capable de battre des records d'altitude et d'en récolter des récits inédits, le reste lui importait peu. Il attendait l'heure où il pourrait enfin assouvir son obsession, où toutes ces pièces assemblées s'envoleraient dans l'espace et lui rapporteraient sa victoire. Howard n'existait qu'à travers lui, parce qu'il payait et donnait vie aux idées que les autres ne faisaient qu'élaborer. Deux hommes risquaient de ne jamais revenir, mais ils n'avaient pour lui pas plus de valeur que les tissus, les cordes et le gaz qui feraient corps. Ils étaient tous des morceaux de sa spéculation. Tilloch ne riait plus, même par défi, il était sombre, tel un joueur contraint de miser sa fortune sur un cheval fragile. Gascogne s'intéressait de temps à autre à lui, parfois il constatait qu'il s'était retiré sans qu'il s'en rende compte, ou alors il le croyait parti mais Tilloch était bien assis à la même place, se laissant avaler par le brouillard qui enflait pour se transformer en un manteau tellement épais que la carcasse du ballon devenait invisible. En passant près du patron du *Philosophical Magazine*, Gascogne lui lança incidemment :

— Vous lui avez donné un nom à ce ballon ?

Tilloch se redressa, confus de ne pas avoir pensé à baptiser l'œuvre qui devait sauver sa vie et signer son triomphe.

— C'est la première chose à laquelle pensent mes clients, d'habitude !

— Non.

— Peut-être que monsieur Howard y a déjà songé.

— C'est possible.

Tilloch se leva de son tonneau, une petite lueur s'était rallumée dans son esprit et l'extrayait de sa torpeur. Il ne pouvait pas laisser le véhicule de son destin sans nom.

Le chantier ne s'arrêtait pas, il travaillait sept jours sur sept, tant que la lumière du jour le permettait. Une file de huit charrettes chargées de ballots livra d'un seul coup toute la toile nécessaire à la fabrication du ballon. Des couturières arrivèrent, le chantier se transforma en une ruche, Paul Gascogne dirigeait tout, il n'avait pas de plan ou du moins ne le montrait-il pas. Il distribuait une multitude de mesures pour la confection des patrons, elles semblaient gravées dans sa mémoire, comme une partition maintes fois exécutée.

Howard passait sur le chantier deux fois par semaine, les jours où il allait chercher sur le port ses stocks d'anis, de gingembre et de clous de girofle. Il prenait avec lui un flacon d'huile de camphre dont les couturières les plus âgées se versaient quelques gouttes dans les mains pour se masser les doigts et les poignets. Il ne dérangeait pas Gascogne, il le regardait faire, diriger les travaux avec souplesse, sans hausser le ton. Il se demandait quel marché il avait bien pu passer pour changer d'avis.

— J'ai appris hier de monsieur Tilloch que ce ballon n'avait toujours pas de nom, dit Gascogne.

— *L'Esprit*, répondit immédiatement Howard.

Gascogne réfléchit un court instant.

— *L'Esprit*? C'est bien. Si nous perdons les nôtres en prenant trop de hauteur, nous nous en remettrons à celui de notre ballon.

Quand le jour ne suffit plus pour travailler, Gascogne siffla avec ses doigts la fin du labeur. Il ferma les portes du chantier, détacha les laisses de ses chiens de garde. Ils vinrent directement renifler Howard, sans animosité.

— Tant que je suis là, tu ne risques rien. En mon absence, c'est une autre histoire, ils sont dressés pour égorger.

Gascogne sortit de son manteau un petit paquet plat. Il retira le chiffon qui l'entourait et posa son contenu sur le tonneau de Tilloch. Il en découpa une tranche, la partagea en deux pour les chiens qui se précipitèrent dessus. Il tendit le reste à Howard.

— Tu en veux?

— De quoi s'agit-il?

— Du pemmican, une invention des Indiens d'Amérique, de la viande de bœuf séchée, réduite en poudre, mélangée à du suif, ça se mange. Goûte.

Howard en prit un morceau.

— Sauf accident, Howard, je te garantis que nous atteindrons l'altitude à laquelle tu souhaites voler. En revanche, pour ce qui est de l'atterrissage! Où? En pleine mer? Notre sort serait réglé. Au milieu d'une forêt? Dans un ravin? Dans quel état serons-nous? Indemnes? Fracturés de toutes parts, dans l'impossibilité même de ramper? Quoi qu'il en soit, avec ça on peut survivre pendant plusieurs jours. Ça ne prend pas de place, c'est léger. Je te donnerai la recette.

Les chiens se tenaient au pied de leur maître, immobiles, espérant une deuxième ration. Howard les examinait, le partage de la même nourriture les rendait proches de lui. Ils gardaient son ballon la nuit, complices de l'aventure. Ils étaient dociles, tueraient sans hésitation, fidèles à la tâche qui leur était confiée, plus fiables que bien des hommes.

— Tu ne m'as toujours pas répondu, dit Howard.

Gascogne découpa une autre tranche de pemmican, ses chiens devinèrent tout de suite qu'elle leur était destinée, et il répliqua:

— Ça te brûlait la langue. Je me demandais bien quand tu remettrais ça. Je construis ton ballon parce que nous distrayons la galerie et parce que je ne suis plus maître de ma vie, depuis longtemps déjà.

32

La curiosité s'émousse vite. Plus personne ne s'intéressait au percement du tunnel sous la Tamise. Forster passait parfois à proximité du chantier, M. Vasey n'était plus là pour lui raconter l'anecdote ou le petit détail technique qu'il aurait pu relater dans le *Gentleman's Magazine* et, de l'extérieur, rien n'indiquait comment les travaux avançaient sous le fleuve. C'était un chantier anonyme, on passait à côté sans se douter de l'enjeu primordial se déroulant quelques mètres plus bas pour le commerce entre les deux côtés de la capitale. Jusqu'au jour où les trente chevaux qui tournaient en rond pour activer la grosse machine d'excavation du tunnel principal changèrent de comportement. Leur rythme était plus lent, ils étaient en sueur, redoublant d'efforts, leurs sabots cherchaient des appuis de plus en plus profonds dans le sol, ils finirent par ne plus avancer du tout. Ils soufflaient, souffraient, mais rien n'y faisait, leur force était neutralisée par une entrave plus puissante qu'eux. Un homme, effaré, s'échappa du tunnel en hurlant :

— De l'eau, c'est plein d'eau !

On avait percé près de deux cents mètres, plus de la moitié de la galerie définitive. Le chantier était en avance sur les délais les plus optimistes, la Tamise offrait une voie royale, sans résistance, elle semblait aider les hommes dans leur entreprise. On ordonna aux ouvriers de relever la pente du tunnel de quelques degrés, pour gagner encore plus de temps. La tête du chantier passa juste au-dessus du rocher, dans des bancs de sable et d'argile molle, à une dizaine de mètres sous le lit du fleuve. Les mineurs de Cornouailles maîtrisaient parfaitement le granit, les roches dures, ils ne perçaient jamais dans un sol aussi meuble. Ils ne changèrent pas leur méthode de travail. Le toit de la galerie céda sous la pression de la marée, l'eau s'engouffra, les pompes étaient impuissantes à évacuer de tels flots. De nombreux mineurs ne remontèrent pas du trou, mais la Thames Archway Company ne communiqua aucune information sur le nombre exact de disparus. Forster insista auprès de l'entreprise pour connaître la vérité, pour qu'au moins, contrairement à leurs corps, la mémoire de ces hommes refasse surface. Il projeta de se rendre en Cornouailles pour faire le tour des villages, pour compter les femmes qui n'avaient plus eu de nouvelles de leur mari.

— Elles ne vous diront rien, affirma Markham.

— Comment le savez-vous?

— Je le sais. Les hommes ont toujours payé un tribut au progrès, depuis le temps des pyramides et encore bien avant.

— Et les femmes l'acceptent parce que c'est un choix de Dieu!

Markham esquissa une grimace, sidéré. Il ne savait pas son journaliste capable d'ironie sur la religion.

— Alors je contacterai monsieur Vasey, poursuivit Forster, il connaissait chacun de ces hommes.

— Vous blasphémez désormais? Vous cherchez quoi, monsieur Forster? La révolution?

— Non, la vérité.

— Monsieur Vasey ne vous dira rien de plus. Votre démarche est vouée à l'échec, la Thames Archway Company est morte, mais elle a des intérêts puissants au-dessus d'elle. L'heure est peut-être venue pour votre ami français… Monsieur Brunel… Ce tunnel doit être construit d'une manière ou d'une autre.

Forster parlait de l'hommage qu'il convenait de rendre à des hommes qui avaient perdu leur vie pour faciliter le commerce des

Londoniens, et son patron ne leur donnait pas plus d'importance qu'à des rongeurs coincés par l'éboulement d'une galerie. Il le haïssait, chaque détail de sa personne, sa voix, sa peau, ses mains, son crâne dégarni et ses quelques cheveux qu'il plaquait sur le côté, rien ne le sauvait. Il puait.

— Il en est où le ballon de monsieur Howard?

— Comment ça, s'étonna Forster, votre espion n'espionne plus? Il est malade?

33

La vie revenait, elle décorait les arbres de petites taches d'un vert tendre, la famille Howard avait retrouvé St James's Park. Le ventre de Mariabella devenait bien rond, mais elle se promenait encore, elle le portait avec fierté, les épaules hautes, rayonnante. Goethe les avait accompagnés. Ils étaient assis près d'un chêne dont les branches les plus basses frôlaient le sol. Ils venaient de pique-niquer. L'air faisait sur les visages l'effet d'une étoffe douce, mais il n'y avait pas assez de vent pour que les cerfs-volants prennent leur envol, ils s'ennuyaient, cloués au sol. Mariabella posa ses mains en arrière, ses bras lui servaient d'appuis pour soutenir son dos. Elle surveillait avec Luke leurs enfants qui couraient au loin, libres. Goethe ne parlait pas, il n'occupait plus le même espace, ses pensées le transportaient ailleurs. Sa place semblait vide.

— Tu n'as pas pris ton cyanomètre ! remarqua Howard.

— Je l'ai rangé dans mes bagages, je dois repartir à la fin de la semaine à Dresde, je voulais vous prévenir plus tôt et puis j'espérais encore retarder mon départ, mais finalement le devoir m'appelle.

La nouvelle était soudaine, déstabilisante. Ils se voyaient moins, Goethe était accaparé par sa nouvelle maîtresse, leur désaccord à propos du vol s'était transformé en une source de non-dits, inconfortable, mais il subsistait entre eux une profonde affinité, sincère.

— Tu reviendras à Londres ? demanda Mariabella.
— Si Dieu m'en donne la force.
— Tu vas nous manquer, dit Luke.
Le poète ne répondit pas, Luke ajouta :
— Merci Johann Goethe.
— Merci de quoi ?
— De ton soutien.
— Mon soutien ! Mais je n'ai rien fait, strictement rien. C'est moi qui vous remercie de m'avoir accepté parmi vous, dans vos projets, dans votre famille, dans votre vie.
— Si, tu as fait beaucoup. Tu m'as dit un jour que tu doutais quand tu écrivais, c'est rassurant de savoir qu'un homme de ta qualité doute encore.
— Qui ne doute pas ? Les idiots ? Les fanatiques ? Les menteurs ? Il est sain de douter.
— Je ne savais pas si c'était normal. Je me disais que les convictions devaient évacuer les doutes et que si ce n'était pas le cas, c'était que ces convictions étaient mal étayées.
— Mary a appris par cœur tes poèmes sur les nuages, dit Mariabella.
Goethe sourit, il sentit que Mariabella voulait passer à un autre sujet, mais il insista pour révéler enfin le tourment qui lui polluait l'existence depuis de longues semaines. Il se mit à parler vite.
— J'ai fait des recherches, les organes ne supportent pas les hautes altitudes. Vous savez comment on appelle les 23 000 pieds ? « Le plafond de la mort. » On a fait des tests avec des animaux, ils se sont tous soldés par des échecs. Aucun n'est revenu vivant de telles expéditions, leurs autopsies ont révélé que des organes avaient éclaté, il n'y a pas de raison que l'homme réagisse d'une façon différente.
— Ces mesures sont-elles fiables si elles n'ont été faites qu'avec des animaux ?
— Luke ! s'exclama Goethe.
C'était la première fois que le poète l'appelait ainsi, par son prénom, à la façon d'un père qui essaie de ramener son fils à la raison. Goethe poursuivit ses arguments, il les sentait inefficaces, mais il activait tous les leviers possibles. Il avait menti à propos

des tests faits avec des animaux, personne à sa connaissance n'avait mené une expérience pareille, il entama le registre de la raison et de l'amour.

— C'est une chose de faire avancer la science, mais il y a ta vie, celle de Mariabella, tes enfants ! Tu seras plus utile à la science vivant que mort, excuse-moi de te parler en ces termes. Mariabella, pardonnez-moi de parler de cela devant vous, mais j'ai peur pour ta vie, pour ta famille, je comprends ta détermination, mais tu vas plus vite que notre temps, les progrès de nos dernières machines ne sont pas encore suffisants pour vérifier ce que ton intuition et ton intelligence nous apprennent de ce monde. Tu as fait beaucoup déjà, beaucoup, il faut savoir aussi se contenter de poser des jalons pour ceux qui compléteront tes recherches. Renonce s'il te plaît. Renonce à ce vol.

— J'ai confiance en Paul Gascogne, dit Luke, et en Dieu.

— Dieu ? – Goethe marqua un temps d'arrêt, il avait envie d'insulter Dieu, mais il se retint. – Mais personne ne sait, Paul Gascogne pas plus qu'un autre, tu le sais très bien.

Mariabella se redressa pour masser ses poignets qui commençaient à souffrir. Luke s'intéressa à Elisabeth qui les appelait pour leur montrer qu'elle savait marcher en équilibre sur une branche basse du chêne, il prétexta, comme une fatalité contre laquelle il ne pouvait rien :

— Il faudra toujours un premier homme pour faire la première expérience.

— Bien sûr, mais avec un projet moins précipité, mieux calculé, grâce aux avancées permises par d'autres scientifiques.

— Il y aura toujours un doute à lever.

Pas par toi, se disait le poète, mais de quel droit intimerait-il à un visionnaire de ne pas accomplir son destin. Il se sentait impuissant, à une place qui ne lui était pas coutumière. Son cerveau s'emballait, ses mots lui paraissaient superficiels, il évacuait avec un empressement maladroit et décousu tout ce qui lui venait à l'esprit, la peur parlait pour lui, il ne trouva qu'à répéter :

— Mais… ta famille, tes enfants ?

— Leur mère sera là, dit Mariabella.

— Bien sûr, admit Goethe.

— Je n'ai aucun doute quant à notre entreprise. Dieu nous laisse aller, notre seul guide est la science et les bienfaits qu'elle peut dispenser.

Goethe détailla la jeune femme, sa détermination le dérouta un peu plus. Il s'en voulait de ne pas l'avoir comprise dans toute sa dimension.

— Vraiment? lâcha le poète.

Le sujet était clos. Goethe avait la sensation d'avoir commis une erreur, d'être passé à côté d'une rencontre qu'il n'avait fait qu'effleurer et d'en avoir gâché ce qui l'avait ravi par la peur qui l'envahissait et qu'il était incapable de contenir. Il était venu d'un duché lointain pour défendre une invention et une cause malmenées par des réflexes chauvins et obtus. Il avait mis son nom dans la balance, il le supposait pesant et influent, il n'avait pas envisagé qu'il en surestimait la valeur, que son engagement était négligeable comparé à celui de ce couple qui ne cherchait pas la lumière, ni les louanges ni l'argent, mais qui s'apprêtait à risquer son avenir et sa vie pour enrichir le spectre des connaissances humaines. Ses poèmes rendant hommage à Luke Howard lui parurent aussi futiles et légers que la paille qui succède au blé. Jamais son écriture ne lui avait semblé aussi dérisoire, une façade clinquante, sans consistance, un alibi pour parler et ne pas avoir à faire. Il faisait des mots son commerce et sa gloire, il décrivait les nuages les pieds sur terre, campé dans des habits de soie alors qu'Howard allait s'envoler vers l'inconnu. Il se comparait à Luke et Mariabella, il avait face à lui deux explorateurs discrets, deux géants paisiblement assis qui n'abusaient pas de leur grandeur. Il se sentait petit. Cela faisait longtemps que cette impression ne l'avait pas habité de cette façon.

— Je suis heureux d'avoir fait votre connaissance, fier même, immensément fier, dit le poète. Vous aussi vous allez me manquer. Tous les deux.

34

Le 15 juillet 1804, Luke Howard jouait encore avec ses enfants à deviner le sens du vent. Chacun dans un angle de la pièce tenait entre ses mains une feuille épaisse. Leur père était assis par terre, au centre du salon, un bandeau l'empêchait de les voir. Robert se mit à remuer doucement son accessoire.

— D'où vient le vent? demanda Mary.

Howard hésita, ses sens étaient en alerte, mais c'était son ouïe qu'il sollicitait le plus. Il écoutait des bruits de pas dans une pièce voisine. Puis il pointa son index gauche.

— De là.

— Ah non, tu te trompes, dit Mary.

— Tu es sûre?

— Oui. C'est même la première fois que tu te trompes.

— La toute première fois, souligna Robert, étonné.

Howard ne répondit pas, toute son attention était orientée vers l'agitation de l'autre pièce, il cherchait à interpréter ce que disaient ces pas qui allaient et venaient en claquant sur le parquet. Les enfants respectaient son trouble, en écoutant eux aussi les va-et-vient, puis Mary décida d'en revenir au jeu pour faire tomber la tension.

— On refait?

— D'accord, dit son père, je me concentre bien fort.

Mary fit signe à Elisabeth d'agiter à son tour son carton, le cri d'un enfant qui venait au monde retentit dans la maison. Luke se débarrassa de son bandeau et courut vers la chambre. Il chercha aussitôt le regard de Mariabella, son visage était pâle, il contrastait avec la silhouette des femmes qui l'entouraient, toutes vêtues de noir. L'une d'elles était l'accoucheuse, elle se lavait les mains dans une bassine d'eau claire et dit en voyant Howard :

— C'est une fille.

Une autre était la remueuse et les trois autres, raides et sévères, n'étaient là que pour servir, selon la tradition, de témoins. Luke fit les quelques pas qui le séparaient de Mariabella, elle portait son bébé sur la poitrine, il posa une main sur le front de sa femme, couvert de sueur, il ne s'intéressait pas encore à son enfant. Mariabella répéta :

— C'est une fille !

Alors il se pencha pour l'examiner, comme on dévisage un visiteur longuement attendu.

— Une fille ! C'est bien une fille. Tout est bien, dit Howard.

Il la prit dans ses bras pour la montrer à ses autres enfants qui se tenaient debout, à l'entrée de la chambre, n'osant pénétrer dans un espace qu'ils supposaient interdit. Il s'approcha d'eux.

— C'est votre petite sœur.

— Comment elle s'appelle ? demanda Elisabeth.

— Son nom ? Je ne sais pas, je ne la connais pas bien encore.

— Cirrus, dit Robert.

— Mais ce n'est pas un nuage, votre sœur, voyez, on dirait un ange.

— Rachel, dit Mariabella.

Luke se tourna vers sa femme, bouleversé. Rachel ne faisait pas partie des prénoms qu'ils avaient envisagés, mais il connaissait parfaitement bien les raisons de ce choix. Il hésita un moment avant d'approuver.

— Rachel, c'est un joli prénom.

Luke s'adressa à son bébé.

— Tu es d'accord ?

— Oui, elle est d'accord, dit Mary.

D'un ton solennel, Luke déclara aux trois femmes qui patientaient, immobiles et silencieuses :

— Elle s'appelle Rachel Howard, elle est née le 15 juillet 1804, 29 Fleet Street à Londres, ses parents sont Mariabella et Luke Howard. Ainsi soit-il !

— Ainsi soit-il ! reprirent les témoins.

35

Depuis un an et demi, quand les pas de Forster le conduisaient du côté de Fleet Street, il évitait de passer devant la maison des Howard. Rien ne le contraignait à faire un détour, mais sa liberté était entravée par des barreaux invisibles qu'il avait lui-même dressés. Quand il poussa la porte de l'apothicairerie, Silvanus ne laissa rien paraître de sa surprise, il accueillit l'ami de son patron avec la simple attention due à un client familier.

— J'ai appris que cette maison avait accueilli un événement heureux.

— C'est exact, je vais prévenir monsieur Howard.

Luke réserva à son ami un accueil ni froid ni chaleureux. À l'intérieur, il bouillait d'émotion.

— Je suis venu te féliciter, ainsi que Mariabella.

— C'est une fille.

— Je suis heureux pour vous.

Howard espérait ce moment depuis longtemps, il laissait traîner ces secondes, silencieuses, elles signaient la fin d'un long supplice.

— Tu veux les voir?

Forster acquiesça, c'était son vœu le plus cher, les retrouver, tous, renouer enfin le fil de l'histoire ancienne.

Mariabella l'accueillit avec un sourire, elle était blanche, encore fatiguée, il se pencha vers le bébé qui était blotti contre sa mère.

— On m'a dit que tu étais une petite fille. Tu es bien, là ! C'est chaud, c'est confortable. Comment tu t'appelles ?

— Rachel, dit Mariabella.

Thomas leva les yeux vers elle, puis vers Luke, le passé refaisait surface, déferlant, bouleversant. L'été 1788, un orage d'une rare violence avait éclaté au-dessus de Londres. En quelques minutes, une masse noire avait remplacé le ciel bleu, il faisait nuit en plein jour, des éclairs illuminaient le ciel, le tonnerre grondait à une cadence folle, on aurait dit un dieu frappant sur un tambour. Des grêlons se mirent à tomber par rafales dangereuses, de plus en plus gros, ils transperçaient tout ce qui était fragile avant de s'agglutiner sur le sol en une couche de glace épaisse. Les rues étaient désertes, on se cachait pour se protéger et surveiller le ciel qui formait un couvercle bas, posé juste au-dessus des toits. Et comme si deux forces hostiles combinaient leurs efforts, le danger surgit du sol. Des flots venus de nulle part se répandirent pour tout inonder. Le déluge dura une quinzaine de minutes, jusqu'à ce qu'une main invisible soulève enfin cette chape infernale. Les nuages repartirent, semblant considérer qu'une vengeance connue d'eux seuls était accomplie. Le bleu avait balayé le noir et le soleil répandait une chaleur bienfaitrice sur la ville meurtrie. Les boules de glace s'étaient agglomérées en congères qui attiraient la curiosité. On se montrait la taille des grêlons. Les crémières les comparaient à la taille de leurs œufs les plus gros. Des rues restaient impraticables, transformées en torrents. Un groupe de jeunes Londoniens décida de franchir un pont au-dessus de la Fleet, en marchant sur le parapet. Ils étaient quatre, Luke, Mariabella, Thomas, la dernière à passer portait une longue robe, elle avançait à la manière d'une funambule, les bras écartés, sûre d'elle, gracieuse. Une bande de rats fuyant la noyade prit le même chemin que la jeune fille. L'un d'eux hésita à monter le long de sa jambe, elle perdit l'équilibre et tomba du mauvais côté du pont, dans le flot boueux qui l'emporta. Rachel était l'amie la plus proche de Mariabella et l'amour de Thomas Forster. On la retrouva deux jours plus tard, retenue sous un amas de planches. Thomas ne cessait de contempler le bébé.

— Elle est belle, dit-il en scrutant à la fois l'enfant et le souvenir de son amour. Tu es même très belle.

Mariabella allongea ses bras, de chaque côté de son corps et elle ouvrit ses mains, les paumes tournées vers le ciel, Thomas saisit l'une d'elle et Luke prit l'autre entre les siennes. Rachel dormait.

36

On ne baptisait pas chez les quakers. Dieu n'avait pas besoin d'un rituel formalisant l'appartenance d'un nouveau-né à la communauté des chrétiens. Tout était sacré, tout procédait de Lui. Les trois témoins présents à l'accouchement avaient propagé la nouvelle de la naissance de Rachel Howard. Elle était un filet d'eau qui avait naturellement rejoint le fleuve des croyants. Un jour, elle s'assiérait sur une des chaises ici présentes, elle cheminerait seule pour aller jusqu'à Dieu. Tout était écrit.

C'était le septième mois du calendrier quaker, un 1er jour venteux, l'homme qui avait pris la place de George Gatlin arrivait de Manchester, il ronflait. L'arbre qui surplombait la Maison commune était couvert d'une nuée d'étourneaux qui sifflaient et criaient. Les semaines passaient, remettant leurs promesses à celle qui venait. Le temps piétinait, Howard était patient. Il lui suffisait d'entrer en lui-même, il sentait la présence de Dieu qui dressait telle une torche la Lumière guidant ses pas. Il avait accompli toutes les tâches que le destin lui avait confiées et il attendait la suite avec sérénité. Il ne craignait plus rien, plus personne, les pensées secrètes, les paroles de haine ou les louanges. La visite de Goethe lui paraissait déjà ancienne, les événements du passé tous lointains. La mort ne lui faisait pas peur, elle se joindrait aux passagers qui embarqueraient à bord de *L'Esprit*, elle rôderait dans le ciel, au milieu des nuages, elle serait partout, comme un invisible scorpion toujours prêt à piquer.

Rachel était un bébé plus gros que la moyenne, et Mariabella était encore fatiguée, elle avait puisé toute l'énergie dont elle disposait pour la mettre au monde la plus vigoureuse possible. Elle avait souffert, elle comparait son corps et sa force à une source presque tarie, elle était sombre, silencieuse et lasse. *Où es-tu?* Elle s'adressait à son amie perdue. *Tu m'entends? Que dois-je faire pour te voir?* Elle priait, suppliait Dieu de la pardonner, d'accepter sa main tendue et de lui révéler le visage de son amie, de rallumer ses traits de plus en plus évanescents, mais elle ne trouvait personne, juste l'obscurité et le néant. Elle ne voyait autour d'elle que des parois hautes et vides. Un Ami lança une question qui fit rapidement l'unanimité, tout le monde se leva de sa chaise sauf Mariabella. Elle ne l'avait pas entendue. Elle imita avec retard les autres, sans réfléchir. Elle subissait la douleur, mais ne la criait pas. Elle voyait maintenant le ballon qui grossissait sur les chantiers de Paul Gascogne, il lui rappelait son ventre énorme. Elle l'imaginait refoulant Luke, pour l'expluser dans le vide. Le danger était partout, le dieu du ciel et celui de la Science étaient des compagnons encombrants. Le cercle des Amis l'emprisonnait, il la retenait avec ses liens de fer. Si elle les oubliait, ils infligeaient des plaies à ses poignets et une couronne d'épines faisait saigner son âme.

Au niveau de Warwick Lane, les enfants prenaient de l'avance pour découvrir les derniers modèles de marionnettes exposés dans une vitrine.

— Je ne voulais pas voter différemment des autres, dit Mariabella.

Ils marchaient côte à côte, selon le même usage, elle à droite et lui à gauche. Par moments leurs bras ballants se touchaient, il écarta sa main pour frôler la sienne, le jeu aussi était ancien, cette main parlait. Elle disait à Mariabella qu'elle n'avait pas à s'excuser, que le reste du monde n'avait pas d'importance. Leurs mains remplaçaient ce que leurs bouches ne savaient pas dire.

— Ne renonce jamais, lui dit-elle, pour quelque raison que ce soit. Jamais.

Luke sentit sa gorge se nouer, l'émotion l'étreindre. Dans ses poumons, un cri enflait et résonnait, cherchant une issue par où s'enfuir. Il inspira profondément et se mit à courir vers Elisabeth qui se dirigeait vers un homme exhibant un serpent. Il savait le danger inexistant, l'animal inoffensif, il avait besoin de courir, au moins quelques mètres.

37

Forster ne contemplait plus les nuages avec la même indulgence. S'ils étaient éphémères, ressemblaient à des voiles fragiles, c'était pour mieux cacher la mort. Ils avaient tendu un piège à Howard et maintenant ils guettaient sa venue pour l'aspirer. Il se mit à consulter tout ce que Londres comptait d'experts médicaux et scientifiques, pouvant concevoir les effets de l'altitude sur l'organisme. Les références étaient rares et chaque avis différait du précédent. Leur seul point commun était que l'espèce humaine ne pouvait raisonnablement pas dépasser la hauteur des plus hautes montagnes créées par Dieu ou par la nuit des Temps. C'était un voyage sans retour que seul un fou ou un désespéré était capable d'envisager. Après la visite rendue à la petite Rachel, Forster avait promis à Howard d'être présent le jour du décollage de *L'Esprit*. Il craignait ce rendez-vous. Il s'imaginait cheminant au côté de son ami à peine retrouvé pour l'accompagner jusqu'aux chantiers de Gascogne, comme on conduit les condamnés vers le gibet de Greenwich où la corde les attend, devant une foule à la curiosité malsaine. Il n'avait rien dit pour le dissuader, il savait que c'était vain et il ne voulait pas gâcher leur amitié tout juste renouée. La passion d'Howard s'apparentait à une prison sans murs.

La porte des chantiers était fermée aux visiteurs. Le journaliste entendait le bruit des outils et les voix des ouvriers de Gascogne. Face à la palissade, il renouvela la même tactique, paya le premier garçon venu, content de prêter ses bras pour un penny et il découvrit le spectacle. Des femmes nombreuses assemblaient encore de grandes pièces de tissus, Gascogne supervisait le montage de la nacelle et Forster remarqua presque en dessous de lui, assis sur son tonneau, Tilloch qui suivait, un cigare à la bouche, l'avancée des travaux. Il passait de plus en plus de temps sur les chantiers, ne parlait que pour vérifier si tout allait selon le calendrier et les frais prévus. Le patron du *Philosophical Magazine* sentit une présence et aperçut Forster.

— Tiens! Qu'est-ce que tu fais là, vaurien?

Les ouvriers se détournèrent de leur ouvrage pour voir à qui Tilloch s'adressait. Il descendit de son tonneau, se baissa pour ramasser une pierre et la jeta en direction du journaliste, provoquant les rires.

— Fous le camp! Espion! Tâcheron!

Forster sauta à terre pour éviter le projectile et chercha un interstice dans la palissade par lequel parler.

— Tilloch, vous n'avez aucune chance de réussir. Vous ne ramènerez rien de cette entreprise, que des morts.

Le journaliste voyait, à travers la fente, la masse de Tilloch qui venait dans sa direction, ne sachant ce qu'il avait prévu, s'il portait une hache ou un autre outil pour le faire fuir, il recula.

— Qu'est-ce que tu en sais?

Le ton de Tilloch avait changé, il était calme.

— J'ai interrogé une multitude de spécialistes, ils sont tous d'accord, le corps humain n'est pas prévu pour monter si haut.

— Le corps est une chose, mais l'esprit? Un esprit déterminé dépasse ce que le commun des mortels est capable de faire. Tu doutes de la volonté d'Howard?

— Sûrement pas.

— Il est fait d'une autre matière que la nôtre, il nous dépasse, c'est un explorateur. Il n'appartient à personne, y compris à lui-même, il appartient à l'humanité, à ce qui importe le plus pour toi et pour moi, le progrès, l'extension des connaissances.

— Il va mourir.

— Il aura une jolie veuve.

— Vous êtes ignoble.

— Parfois, Forster, parfois. Approche.

Forster hésitait.

— Ne crains rien, ça va t'intéresser. Ainsi que ton patron, cette ordure !

Forster s'avança et colla son œil contre l'interstice. Il sentit sur ses épaules un liquide nauséabond qui tombait du ciel, il bondit en arrière et vit un jeune ouvrier que Tilloch portait à bout de bras verser un seau rempli d'excréments.

— C'est mieux là. Tu seras plus à l'aise ! Quand on travaille avec une ordure, il faut mettre le costume qui va avec, cria Tilloch.

— Tu es un assassin, hurla Forster, un assassin !

— Et toi, un putain de journaliste de merde.

De l'autre côté de la palissade, on riait.

Forster se hâtait dans les rues de Londres, les gens s'écartaient sur son passage, l'odeur qu'il propageait déclenchait des propos hostiles et des sarcasmes. Il les accueillait sans broncher, ils étaient justes et implacables, la conclusion de ses propres errements, de sa collaboration avec Markham, de son incapacité à retenir Rachel avant qu'elle ne tombe dans le flot de la Fleet. Il s'arrêta au bord de la Tamise, chez un baigneur étuviste qu'il faisait venir une fois par semaine chez lui pour prendre un bain chaud. Il lui demanda de charger à bord de sa charrette à bras toutes les barriques qu'elle pouvait contenir, peu importait le prix. Il passa de longues heures à se verser des brocs d'eau et à se frictionner la peau au savon de Cambridge. Il se récurait autant le corps que l'âme. Quand le baigneur lui signifia qu'il n'avait plus d'eau, il s'aspergea la tête de tous les flacons de parfums qu'il avait en réserve et il se coucha.

Le lendemain, en entrant dans le bureau du *Gentleman's Magazine*, Forster craignait que l'odeur d'excréments ne le désigne encore au nez de tous. Il surveillait ceux qui l'entouraient, s'ils entraient en alerte et percevaient la honte dont Tilloch l'avait douché. Quand il croisa le regard de Markham, son patron l'invita à le rejoindre d'un léger signe de la main.

— C'est quoi cette nouvelle polémique?

Forster se dit que Markham savait déjà, qu'il faisait allusion à l'humiliation qu'il venait de subir.

— De quoi parlez-vous?

— Monsieur Vasey, dont vous ne cessiez de louer les talents. Lisez!

Il poussa du bout des doigts un journal de Cornouailles dans lequel l'ingénieur s'exprimait pour la première fois suite à l'inondation du tunnel sous la Tamise. Jusque-là, il s'était tu, la mort des mineurs l'avait profondément touché et il s'en attribuait une part de responsabilité, bien qu'écarté malgré lui de la direction des travaux. Mais les défenseurs de la Thames Archway Company venaient de faire part publiquement de leurs doutes concernant la technique d'étaiement que M. Vasey avait utilisée. Cette accusation à peine voilée était l'équivalent d'une mise à mort. L'ingénieur n'avait pas d'autre choix que de sortir de sa réserve pour se justifier, pour garantir au monde des mineurs qu'il n'avait pas joué avec leurs vies. Les sondages qu'il avait effectués avaient bien détecté cette zone sableuse qu'il avait pris soin de contourner dans son plan initial, en respectant pour cette portion de tunnel une profondeur de onze mètres et quatre-vingts centimètres sous le lit du fleuve. Or la pente du tunnel avait été redressée après qu'il eut été démis de ses fonctions.

— Qu'il accuse monsieur Trevithick d'être responsable de la mort de ces mineurs tant qu'il y est!

— Il se défend, c'est son droit. Et sa version est peut-être la bonne.

— Vous devez la contredire.

— Mais rien ne me permet de le faire.

— Cherchez ! Trouvez des témoins qui infirmeront sa version.

— Ou inventez-les, ajouta par défi Forster.

Markham posa la plume pour estimer l'avenir de son journaliste et de son insolence.

— Je n'écrirai plus une ligne pour vous, monsieur Markham.

Le patron du *Gentleman's Magazine* prit un air carnassier, inhabituel, mais sans se départir de sa voie mielleuse, il libéra Forster en lui faisant une dernière promesse.

— Non, monsieur, vous faites une petite erreur. Vous n'écrirez plus une ligne du tout, pour personne. Je vous le garantis.

38

Le 18 août 1804 était une journée chaude, humide, le ciel bleu était tacheté de cumulus très blancs qui bourgeonnaient, pareils à des grappes de lilas. Il était 16 heures, Howard portait la petite Rachel dans ses bras, il marchait d'un pas rapide, l'air sombre. Il caressait avec son nez la peau de son enfant, pour mieux la sentir et imprimer son odeur dans sa mémoire. Mariabella avançait à ses côtés, il avait l'impression de la tromper avec son assentiment, de se diriger vers les bras d'une amante plus forte que tout. Il n'était plus lui-même, ses jambes portaient un automate. Mariabella était sombre elle aussi, elle tenait Mary et Elisabeth par la main, les deux fillettes étaient parfois obligées de courir pour suivre le rythme, Robert marchait seul, jouant le rôle du petit homme qui n'a plus besoin d'être réconforté. Silvanus suivait, une mallette dans une main et un gros sac dans l'autre. Ils avaient abandonné le fiacre qui devait les conduire jusqu'aux chantiers Gascogne, en raison d'un embouteillage causé par une dispute entre un charretier et le cocher d'un phaéton. Howard avait reçu un message très bref de la part du fabricant d'aérostats lui disant : « Maintenant ou jamais. » Des passants se retournaient sur cette petite troupe qui avançait sans rien dire, poussée par une énergie mystérieuse.

L'Esprit se voyait de loin, il surplombait les toits, il était blanc et rouge, son nom était écrit en lettres d'or. Il paraissait vivant, retenu par une armée de cordes. Parfois, ses flancs étaient parcourus de frissons, il se plaignait d'être retenu, exigeait qu'on le libère. Il était plus grand que ceux qui traversaient régulièrement le ciel de Londres. Mary s'arrêta pour mieux le détailler, sa mère tenta de lire dans ses pensées, elles étaient impénétrables, noires. Robert n'y comprenait rien. Ils pressèrent le pas pour rattraper les autres. Une foule s'était réunie devant les chantiers, ne sachant ce qu'il fallait espérer de l'événement qui se préparait. La famille Howard la traversa et franchit la porte d'entrée, gardée par un homme aux larges épaules. Gascogne vint à la rencontre d'Howard en désignant leur ballon. Il y avait tout autour les charpentiers, les couturières, les mécaniciens, tous ceux qui avaient participé à sa construction. Certains s'affairaient encore aux ultimes préparatifs avant le décollage. Les hommes étaient minuscules à côté de lui.

— Le rêve devenu réalité, dit Gascogne.

Puis il salua Mariabella et les enfants, sur le ton rassurant d'un ami qui partait faire une promenade de routine avec leur père. Howard promena une dernière fois son nez contre le front de Rachel et la confia à Mariabella. Silvanus ouvrit le sac contenant les vêtements chauds.

— Pas encore, lui dit Howard.

Jusque-là en retrait, Tilloch s'avança.

— Voilà, c'est le grand jour.

Howard lui consentit un simple regard. Tilloch n'insista pas, fit un pas en arrière, sa propre présence l'encombrait.

— Si mes calculs sont bons, nous avons au moins trois bonnes heures de vol devant nous, dit Gascogne. Et ils le sont.

Le ton était celui d'un homme sûr de lui ou qui prétendait l'être. Howard leva la tête vers le ciel, les cumulus lui murmuraient « Il a raison, on est là », et il glissa à l'oreille de Gascogne :

— Pourquoi maintenant ?

Le fabricant de ballons prit un air évasif.

— Mon instinct.

Son instinct n'était pas le seul à décider. Gascogne subissait la pression de Markham, en relation quotidienne avec le nouveau

Premier ministre. Jusqu'à ce jour, son retour au pouvoir n'avait pas compromis l'expédition de *L'Esprit*, mais lors de leur dernière entrevue, William Pitt avait demandé incidemment, entre deux affaires :

— Sait-on réellement qui est ce monsieur Howard?

Markham avait évacué le sujet, aussi vite que le ministre l'avait abordé, mais il savait que la prochaine intervention de Pitt à propos de ce quaker connu pour ses positions pacifistes serait un ordre, celui de tout arrêter, et pour Markham, c'était inenvisageable.

Howard se dirigea vers ses enfants. Robert était inerte, absent, dans l'incapacité de parler. Il embrassa sur le front son fils qui lui tendait la main comme s'il disait au revoir à un inconnu. Il se baissa pour rencontrer ses yeux, ils restaient pointés sur une cible lointaine, il embrassa sa main encore levée. Elisabeth répétait que son père avait un joli ballon et qu'elle voulait monter dedans avec lui.

— Une prochaine fois, lui dit-il.

— Pourquoi pas maintenant?

— Il faut que je l'essaie d'abord.

Mary était perdue elle aussi, immobile, son regard passait du ballon aux gens qui se trouvaient autour, ne sachant qui ils étaient. Elle n'avait pas vu son père qui se tenait face à elle.

— Tu ne m'embrasses pas?

Elle ouvrit ses bras, machinalement, sans émotion, pour elle, il n'était déjà plus là. Il la serra, mais les bras de sa fille ne lui répondirent pas, c'étaient deux membres flasques, il posa un baiser sur sa tête et rejoignit Mariabella. Elle tenait Rachel dans ses bras, elle tenait leur famille, elle était la poutre, elle était sereine. La peur de ne pas revoir son mari était invisible, illisible, y compris pour Luke, elle avait la même posture que lorsqu'il s'apprêtait à repartir dans les Southern Fells pour y cueillir des plantes. Il promena ses joues contre celles de Rachel, pour sentir une dernière fois leur douceur. Il approcha ses lèvres de celles de Mariabella, il espérait un mot, n'importe lequel, qui ne vint pas, elle posa sa main droite sur sa poitrine pour le repousser doucement, l'encourageant à partir. Il se dirigea vers la nacelle, on aurait dit un prêtre fendant le rassemblement de ses fidèles, le recueillement était total. Silvanus lui remit la mallette et son sac, Howard marqua une pause pour chercher Forster au milieu de la foule, il n'était pas là. Gascogne se tenait devant la nacelle, laissant à Howard l'honneur de prendre place le premier. En passant devant lui, Luke bredouilla :

— Pardonne-moi, Paul Gascogne.

— De quoi ?

— D'avoir poussé ta porte.

Gascogne ne fit aucun commentaire, il referma sur eux celle de la nacelle. Tilloch se tenait en retrait, froid. L'admiration qui débordait de partout à l'égard de ces deux explorateurs le laissait glacial, seule comptait sa fortune ou sa ruine prête à décoller.

— On ne change pas d'avis, Luke Howard ?

Il fit signe que non, alors Gascogne envoya de la main un baiser à Diane qui se tenait sur le seuil de leur maison, elle le lui rendit et il cria :

— Cordes !

Des hommes se précipitèrent sur les pieux retenant les attaches, d'autres se placèrent tout autour de la nacelle pour retenir le ballon qui s'était mis à trembler comme un chien qui voit son maître le détacher de sa laisse. Puis Gascogne lança l'ordre ultime :

— Lâchez tout !

Les hommes libérèrent la nacelle et *L'Esprit* bondit vers le ciel.

— Papa ! s'écria Mary.

Et elle agita ses bras pour attirer l'attention de son père. Mariabella mit Rachel dans les bras de Silvanus pour attraper la corde la plus proche, imprimer son frottement contre sa peau afin d'en conserver une marque indélébile. Elle lui échappa. Personne n'osait rompre le silence, puis quelques applaudissements montèrent du public qui se trouvait de l'autre côté de la palissade. Les ouvriers qui avaient construit le ballon l'ovationnèrent à leur tour et Robert les imita, son père n'était plus à lui, il n'était plus le fils de l'inventeur que tout le monde saluait, mais un simple admirateur, perdu parmi les autres.

À quelques centaines de mètres de là, assis au bureau de sa chambre, Forster sentit une ombre passagère qui balayait son visage, il vit *L'Esprit* s'élever vers le soleil. Personne ne l'avait prévenu. Sa poitrine se rétrécit instantanément, elle manquait d'air, il se précipita pour ouvrir la fenêtre, agita les bras en criant de toutes ses forces :

— Luke ! Mon frère ! Mon frère !

Sa voix ne portait pas, étouffée par la peur.

Le sentiment de culpabilité qui brouillait la conscience d'Howard se dissipa subitement. Il était envahi d'une sensation de bien-être. La nacelle ne faisait que quelques mètres carrés, mais l'espace était aussi stable que le salon de sa maison. Howard passait d'un bord à l'autre pour tout voir, ne rien manquer. Il n'avait pas le souvenir d'une excitation pareille, elle lui semblait sourdre d'une autre peau que la sienne. Comme beaucoup de récits le racontaient, le vertige qu'il craignait de ressentir ne se manifesta pas. Londres était grise vue du ciel. Il ne subsistait de sa famille que de minuscules points noyés au milieu des fourmis humaines. Elle n'existait déjà plus. La Tamise serpentait, telle une grosse vipère dont la queue se rétrécissait brusquement. Il chercha en vain le 29 Fleet Street. Gascogne était coutumier de cette exaltation qui s'empare des passagers embrassant pour la première fois le ciel. Il sourit en constatant que le comportement d'Howard était similaire à celui des autres, que le rêve de voler, enfin concrétisé, donnait aux figures les plus sévères et aux esprits les plus rationnels des manières d'enfant. La paix régnait, le ballon s'élevait à plus de 300 pieds par minute, l'air devenait frais et pur, dépassant le couvercle des poussières et des fumées de la ville. *L'Esprit* était heureux, insouciant, remerciant Gascogne de l'avoir libéré et de le laisser chevaucher dans l'espace. Howard serra entre ses mains le bord de la nacelle, comme s'il cherchait à faire communier leurs vies. Au large, ceux qu'il avait nommés passaient, indifférents, tel un troupeau de bêtes qui n'a rien à redouter d'un promeneur lointain. Gascogne surveillait ses instruments.

— 1 500 pieds, Howard!

Luke pointa du doigt une direction, à l'est.

— Les côtes françaises?

Gascogne acquiesça.

— Elles sont proches! dit Howard.

— Ça ne me donne pas envie de fuir pour autant.

— Je ne pensais pas à ça.

Il savait Gascogne habitué aux soupçons d'évasion pesant sur lui, et regretta que le fabricant d'aérostats lui prête la même défiance. Il ouvrit son sac et en sortit un chandail en laine, aux mailles très serrées.

— Tu as froid?

— Non, j'anticipe.

Les détails s'estompaient, la Terre n'était plus qu'une mosaïque de champs de blé, d'orge, de seigle, certaines parcelles étaient si étroites qu'elles ressemblaient à des rubans. Il ne restait du monde quitté que ses bruits. Certains se mélangeaient pour former une rumeur indistincte, d'autres conservaient une précision troublante, les aboiements semblaient provenir de chiens dont les laisses pendaient juste sous le ballon. Howard sortit un carnet à dessin et un fusain. Un rapace vint visiter la nacelle, il tourna autour du ballon. Howard le surveillait, se disant qu'il présentait peut-être un danger pour *L'Esprit*, mais sa présence n'inquiétait pas Gascogne, l'oiseau plongea dans le vide et disparut. Ils avaient changé de monde, d'identité, ils étaient des fils du vent et de l'air. Libres. Howard se mit à noircir fiévreusement son carnet de dessins, décrivant tout ce qu'il voyait, ne voulant rien oublier. Les premiers nuages qu'ils croisèrent étaient de minuscules voiles échappés de la masse des autres, fins, délicats, ils profitaient de leurs derniers instants de vie, *ils sont en voie d'extinction*, se dit Howard. Avant qu'ils ne soient plus, il avança une main vers eux pour les toucher, ils étaient sans consistance. Puis *L'Esprit* rencontra les cumulus, tous différents, majestueux, ils formaient d'immenses falaises que le ballon longeait. Ils n'étaient plus les masses passives que l'on voyait depuis le sol, poussées au gré des vents, ils étaient en continuel mouvement, pareils à des volcans en éruption qui puisent au fond d'eux-mêmes l'énergie et la matière qui les façonnent. Howard cessa de dessiner, trop émerveillé. Il n'imaginait pas en cet instant d'homme plus heureux que lui. Il reprit son crayon, se reprochant de se laisser distraire par la magie de ces paysages. Il lançait régulièrement un coup d'œil vers Gascogne, cherchant dans son attitude un ravissement comparable au sien, mais il avait l'air distant de celui qui sait déjà. *L'Esprit* pénétra dans un cumulus, tout devint blanc, tout avait disparu, il n'existait plus que le silence. Howard ferma les yeux pour analyser les odeurs que le ventre du nuage renfermait, ça sentait la cendre. Gascogne lui tapota le bras, lui désignant une direction où un rayon de soleil avait transpercé la masse des nuages, il concentrait sa lumière en une clairière où un dieu aurait pu s'étaler. Howard passait d'un dessin à un autre, le temps était trop court pour tout figer, il se moquait de lui-même, d'être dépassé par la générosité du ciel, par la profusion de chefs-d'œuvre qu'il lui jetait en pleine figure. *L'Esprit* passa au-dessus des cumulus. Leur sommet avait la forme de choux-fleurs modifiant sans cesse leurs rondeurs. Howard constatait de près cette métamorphose qu'il n'avait pu étudier que de loin, il ne l'avait pas imaginée si bouillonnante.

— Ils sont vivants !

Parfois l'ombre de leur ballon se posait sur un nuage, entourée d'un cercle aux couleurs de l'arc-en-ciel. Au loin, deux solitaires avançaient côte à côte, telles deux îles plates qui ne voulaient pas se mêler aux autres. L'horizon était fermé à 360° par une mer de nuages moutonneux. Il formait une interminable vague qui ondulait légèrement. Howard remarqua qu'à l'ouest, cette ligne ininterrompue était surmontée d'un gros cube arrondi. L'attention de Gascogne était concentrée sur ses instruments, la température avait à peine baissé alors qu'ils étaient montés d'un milliers de pieds.

— Ce n'est pas lui tout au fond ?

Gascogne inspecta l'horizon.

— Je ne crois pas. Mais les courants sont chauds. C'est bon signe.

Ce qui était de bon augure pour l'expédition ne l'était pas forcément pour leur sécurité, mais cette fois, Gascogne devait oublier tout ce que le ciel lui avait enseigné. *L'Esprit* volait entre deux continents, il avait quitté les cumulus et il se dirigeait vers une deuxième couche de nuages, plats, formant un drap qui couvrait le ciel, les nimbostratus que n'aimait pas M. Tilloch, trop compliqués à vendre à ses lecteurs. Le soleil essayait de les percer, mais il ne dessinait qu'un halo blême. Le froid devint piquant.

— Bientôt 10 000 pieds, dit Gascogne.

Howard inspira profondément, l'air était sec, enivrant, il écarta les bras, pareil à un enfant heureux. *L'Esprit* grimpait encore et encore, passant d'une peuplade à une autre. Il s'enfonça dans une masse humide mouillant les visages, il y faisait sombre. Les deux hommes enfilèrent des vareuses, puis Howard allongea ses bras vers l'extérieur comme s'il cherchait à évaluer l'épaisseur d'une étoffe, il buvait l'eau qui se posait sur ses lèvres, il rêvait d'enjamber le bord de la nacelle et de marcher sur ce nouveau continent.

— Nous filons vers l'est, annonça Gascogne.

La direction indifférait Howard, il laissait ses bras au contact des nuages et son sort au jugement de son compagnon de voyage. Le ciel gronda au loin, les deux hommes se tournèrent dans un même mouvement, une boule lumineuse s'étala, leur signalant qu'ils faisaient fausse route, qu'ils s'éloignaient du rendez-vous prévu. Gascogne saisit un sac de lest et le jeta par-dessus bord, *L'Esprit* obéit immédiatement à son maître et s'éleva en quelques secondes de plusieurs centaines de pieds pour s'échapper de la masse nébuleuse. La lumière devint vive et quelques instants plus tard, *L'Esprit* flottait sous le soleil, dans un océan bleu, laissant un immense champ de neige, parsemé de quelques montagnes. Howard reprit son crayon et son carnet à dessin pour rapporter à ses enfants la vision stupéfiante d'un dragon allongé au pied de l'une d'elles.

La température avait chuté, les vents poussaient *L'Esprit* plein est. Cette fois, il réagit à l'inquiétude de Gascogne :

— Les vents ne devaient pas nous porter vers l'ouest ?

— C'est ce qu'ils disaient au sol, mais les vents d'altitude obéissent souvent à d'autres lois.

— Et s'ils nous entraînaient au-dessus de la mer ?

— Ce ne serait pas une bonne idée.

Howard contemplait le tapis de nuages qui s'étalait à l'infini, il n'était plus le passager émerveillé par le vol et la proximité du ciel, il passait d'un bord à l'autre de la nacelle, scrutait les endroits où il bourgeonnait, tel un marin qui cherche désespérément l'existence d'une terre supposée.

— Nous pouvons encore renoncer, lui dit Gascogne.

Howard s'y refusait. Selon sa théorie, la grêle tombait, ainsi que la pluie et la neige, du cumulo-cirro-stratus, auquel Tilloch avait préféré le terme plus simple et commercial de « nimbus ». C'est tout ce qu'il pouvait en dire, laissant à d'autres, aux futurs découvreurs du ciel, le soin d'approfondir et de compléter ses observations. Mais depuis qu'il suspectait la grêle d'être produite par un nuage spécifique, il ne pouvait plus confier sa découverte à qui que ce soit. Howard voulait être le premier à le démasquer, à révéler son identité au monde entier. Gascogne attrapa un autre sac de lest qu'il jeta par-dessus bord. *L'Esprit* bondit une fois encore, dans le bleu du ciel, de plus en plus profond, cherchant à passer par-dessus les courants d'ouest. Le froid s'intensifiait, les deux hommes se couvrirent d'une nouvelle couche de vêtements, Howard enfila des mitaines. Le temps n'existait plus, ils n'étaient partis que depuis deux heures. Tout était lointain, Londres, Mariabella, les souvenirs, quand Howard appelait la Lumière, elle ne lui répondait plus, Dieu aussi était superflu. La vie se réduisait à l'espace de cette nacelle et il lui suffisait. Il offrit son visage au soleil, sa chaleur s'estompait, l'air se faisait plus rare.

— Le vent nous est-il toujours défavorable ?

— Je le crains.

— Alors montons.

Gascogne jeta encore du lest, *L'Esprit* s'était échappé de la terre, allongé, les plis de ses fuseaux ressemblaient aux muscles saillants d'un cheval sautant un obstacle. À force d'escalader le ciel, il avait pris la forme d'une planète nouvelle, paisible. Howard dit faiblement :

— Nous avons une belle monture !

Trop faiblement pour que Gascogne l'entende. Howard sentait un étau lui comprimer les tempes, une première salve de douleur lui traversa le crâne. Il s'efforça de l'ignorer, se munit de son fusain, mais il le cassa en appuyant trop fort sur le papier, ses gestes étaient plus lents, moins précis. Il s'apprêtait à jeter le crayon par-dessus bord quand Gascogne retint son geste.

— Que fais-tu ? Qu'est-ce que tu jettes ?

Howard ouvrit sa main. Gascogne s'empara du crayon et l'accrocha à la nacelle.

— On ne jette rien, ordonna Gascogne, aussi longtemps que je le décide.

Ils approchaient les 23 500 pieds, le fameux plafond de la mort. Gascogne n'était jamais monté à une telle altitude, il en redoutait les effets, le moindre poids délesté pouvait élever le ballon de quelques dizaines de pieds et les expédier dans un piège mortel. Howard s'excusa d'un petit signe de la main. Il prenait chaque respiration avec précaution, comme on économise l'eau en traversant le désert. Le froid était pénétrant, ce territoire était le sien. Il s'assit, se repliant sur lui-même, les avant-bras collés contre les oreilles. De temps en temps, il se hissait sur les genoux pour contempler encore l'immensité du ciel. Le bleu était de plus en plus intense. De minuscules nuages filaient, en voyant *L'Esprit* ils fuyaient, apeurés par l'intrusion de ce visiteur inconnu. Howard tira de son sac une couverture dans laquelle il s'enroula, et il s'adressa aux cirrus en récitant à voix basse des vers de Goethe :

— *Mais la noble ascension vers le haut se poursuit, trottant comme des moutons, troupeau de fines crêtes.*

Puis il se redressa pour embrasser une fois encore la mer de nuages, sa surface s'était figée, aplatie. Il y avait bien çà et là quelques sommets qui émergeaient, mais rien qui annonçait la montagne espérée. Le tonnerre s'était rendormi. Il lui apparut même que cet espace avait une limite et qu'au-déla, il devinait la mer, la vraie. Il se tourna vers Gascogne, il examinait le même paysage, les deux hommes se regardèrent et d'un accord tacite, Gascogne jeta un autre lest d'un quart de livre. La seule chance d'échapper à la mer du Nord était de passer par-dessus les vents qui les poussaient dans la mauvaise direction et d'attraper un courant qui les ramènerait vers la terre ferme. *L'Esprit* obéit sans sourciller, répétant à son maître qu'il lui serait loyal jusqu'au bout. Il hissa les deux hommes à plus de 26 000 pieds. Gascogne se palpa le corps pour vérifier s'il subissait des transformations. Howard restait recroquevillé, il était pâle, ses lèvres violettes, sa respiration faible, il tremblait, redoublait d'efforts pour garder les paupières ouvertes. Il ne sentait plus ses mains plaquées entre son ventre et ses cuisses. Gascogne s'assit à côté de lui, retira un gant et glissa sa main vers le cou d'Howard. Son pouls était très lent.

— Howard ! Tu m'entends ? On va redescendre.

Il refusa et murmura :

— Il va venir. *L'Esprit* me l'a dit. Il est fiable, notre ballon !

— Tu es très faible.

— Je me repose.

Gascogne se blottit contre Howard pour que leurs deux corps se réchauffent. Luke ferma les yeux.

— Non, dit Gascogne. Tu m'entends ? Tu ne dois pas t'endormir. Je te l'interdis. Regarde-moi !

Luke obéit et articula :

— Les vents d'ouest ?

— Nous les avons survolés.

— C'est bien.

— Parle-moi de ta famille, de ta femme, de tes enfants. Comment s'appellent-ils ?

Howard voulut énumérer leurs noms, mais ce simple effort était trop lourd, tout était trop lourd, même ses paupières, Gascogne s'agenouilla, sortit de son manteau un flacon d'alcali volatil et le mit sous le nez d'Howard.

— Respire. Ne t'endors pas, respire !

Sa poitrine se souleva à peine. Gascogne souffla sur son visage, espérant l'aider à inhaler le gaz, l'effort était inutile et il fut pris d'une toux qui lui brûla les poumons. Il prit la tête d'Howard entre ses mains.

— Tu m'entends ? Howard !

Il ne répondait plus, son visage était un marbre blanc. Gascogne contrôla une nouvelle fois son pouls, il mit de longues secondes à le trouver. Il se releva, un vent d'est, rapide, poussait *L'Esprit* vers les terres. Il décida de le laisser filer dans cette direction pendant quelques minutes avant d'ouvrir la soupape permettant d'évacuer de l'hydrogène et de perdre rapidement de l'altitude, mais son regard s'arrêta sur les rubans accrochés autour du ballon, ils étaient dressés. Gascogne passa les bras au-dessus du vide, les paumes tournées vers le bas, il sentait l'air qui montait, chaud. L'aérostat se mit à vibrer, affolé par la présence d'un danger imminent. Le tonnerre engloutit le silence, annonçant une présence qui disait : « Je suis là, juste en dessous de toi. » Gascogne s'accouda à la nacelle et vit un monstre bouillonnant qui progressait vers lui. Il fit le tour de l'habitacle, la mer de nuages était partout, étale, inoffensive, sauf sous ses pieds où poussait cette masse à la forme sans cesse changeante, un magma gris et blanc qui les visait. Il se remit à genoux et souffla à l'oreille d'Howard :

— Il est là ! Il est là !

Howard ouvrit les yeux, ils étaient couverts du voile que la mort tire sur la vie.

— C'est une montagne, énorme !

Gascogne n'avait plus la force de hisser Howard, il le fit pivoter, prit ses mains et les plaça sur le rebord de la nacelle afin qu'elles s'y agrippent. Puis il cala son dos contre celui d'Howard et poussa sur ses jambes en prenant appui contre la paroi. Luke parvint à se dresser sur les genoux, hagard, il ne savait plus où il était, s'accrochant à l'éternité, bleue, il distingua un petit point rouge qui venait à la rencontre de *L'Esprit*, un ballon avec un passager à son bord, portant un bébé dans les bras. Il reconnut Mariabella, le bébé enfouit son visage contre la poitrine de sa mère, refusant d'être visible. Gascogne s'agenouilla à côté de lui.

— Tu le vois?

Le nuage montait vers eux par tranches successives, produites par un monstre géant qui ne cessait d'enfanter en éructant une rumeur sourde. Parfois, une lumière blanche glissait le long de ses flancs. Enfin il se dévoilait, inimaginable, insensé: «Tu voulais me voir, regarde-moi, regardez ma puissance, pauvres petits hommes», et Howard le contemplait en raclant toute l'énergie qui traînait encore au fond de lui. Il le remerciait: «Je te vois, oui je te vois.» Balayant d'une main le sol de la nacelle, à la recherche de son carnet à dessin, il voulut parler, demander pardon d'être si faible, mais pas un son ne sortit. Les ultimes secondes qu'il avait volées en luttant rendaient l'âme, le crédit était épuisé, Howard s'évanouit et s'affaissa. *L'Esprit* était ballotté, attaqué de toutes parts, pris dans une tempête soudaine, la nuit avait occulté le bleu, le nuage avait avalé le soleil, le ballon était un affront au ciel. Gascogne se mit à hurler:

— Howard! Howard!

Des trombes d'eau projetées par des lances invisibles frappaient l'aérostat à l'horizontale et, subitement, la glace remplaça l'eau, mais les grêlons venaient d'en bas. Gascogne ne comprenait pas, il n'avait jamais rien vécu de similaire. Il n'était plus rien, un insecte, un fétu, un combattant sans arme face à une rangée de canons, un homme devenu fou, paralysé par le froid, la peur et l'incompréhension. Il ne savait plus s'il rêvait ou s'il était déjà mort. Le ballon réclamait un ordre qu'il ne lui donnait pas. La glace volait dans toutes les directions, il n'y avait plus de haut ni de bas, des grêlons aussi gros que des oranges le frappaient de plein fouet, l'un d'eux lui éclata une arcade sourcilière et fit gicler le sang. Il enfouit sa tête dans ses bras pour lire le visage d'Howard, immobile, sa main décida de prendre le pouvoir sur son esprit pétrifié, elle tira la corde ouvrant la trappe supérieure du ballon. Il partit vers le nord à une vitesse prodigieuse, presque couché, aspiré par un courant d'air. Gascogne se laissa tomber pour s'allonger sur Howard, de peur qu'il ne bascule par-dessus bord, sans quitter le ciel des yeux, pour ne rien perdre du déluge et remplir ses derniers instants de vie d'une vision que nulle imagination n'aurait pu concevoir. Des éclairs éblouissants transperçaient l'épaisseur noire du nuage, il vit passer des oiseaux qui ne volaient plus, les ailes désarticulées, absurdes, l'ordre et la raison avaient disparu, tout n'était que déchaînement, violence, même le bruit ne ressemblait à rien de connu, c'était l'enfer qui vomissait. Dans un dernier sursaut, désespéré, Gascogne rassembla les forces qui lui restaient et il hurla :

— Dieu !

39

Un vendeur de journaux criait : « Les hommes les plus hauts du monde, c'est dans le *Philosophical Magazine*, la fabuleuse histoire de Luke Howard et Paul Gascogne… les hommes les plus hauts du monde… » *L'Esprit* avait été retrouvé déchiqueté, mais il avait ramené les deux hommes, vivants, cinquante kilomètres à l'ouest de Londres, alors que pendant plus de deux heures, les vents les avaient poussés vers l'est. Le journal s'arrachait, l'article qui racontait l'expédition était illustré des dessins qu'Howard était censé avoir faits durant le vol, mais c'étaient des faux, ceux qu'il avait griffonnés dans son carnet avaient disparu dans la tempête. Les mots aussi étaient des faux. Ils étaient signés Luke Howard, mais il n'avait pas écrit une seule ligne. Tilloch avait demandé à ses journalistes de raconter l'expédition, mais aucun n'avait accepté d'imaginer un tel voyage et de compromettre sa carrière en mentant effrontément, *a fortiori* pour le compte d'un journal proche de la faillite. Tilloch avait tout rédigé lui-même, avec les rares informations qu'il avait pu glaner auprès de Gascogne, mais ce dernier n'avait pas été très bavard, tenu par l'Intelligence Service qui avait exigé de lui qu'il se taise. Diane avait incidemment évoqué la course des grêlons qui montaient de la terre au ciel, Gascogne ne confirma pas l'existence du phénomène, mais Tilloch avait trouvé un filon et il était bien décidé à l'exploiter.

La voix des vendeurs parvenait jusqu'à Howard, il était dans sa chambre, couché, son visage était intact. Mariabella était près de lui, elle changeait un linge qui lui entourait l'avant-bras gauche, amputé de sa main. Tilloch avait patienté quelques jours avant de solliciter un rendez-vous. Quand il pénétra dans la pièce, il retira son chapeau comme s'il entrait dans un lieu saint. Il serra la main à Mariabella et jeta un rapide coup d'œil vers celle qu'Howard avait perdue.

— Je suis content de vous revoir vivant, dit Tilloch.

Howard ne dit rien. Tilloch fit allusion aux cris du marchand de journaux qui se trouvait sous les fenêtres du 29 Fleet Street.

— Je me suis permis d'écrire un premier article à votre place, en tenant compte de ce que monsieur Gascogne m'a raconté.

— Comment va-t-il?

— Bien, le mieux qu'on puisse aller après une expédition pareille.

Tilloch s'attarda plus longuement sur la main manquante, en quête d'un argument pour en atténuer la perte.

— C'est la main gauche.

— Je suis gaucher.

Le patron du *Philosophical Magazine* venait encore de faire fausse route avec Howard. À chaque fois qu'il explorait une voie pour engager la conversation, il se cognait contre un mur et son malaise grandissait avec la voix du vendeur de journaux qui montait de la rue en répétant ses mensonges. Il se sentait démuni, à court de tactiques, il cherchait une contenance, il désigna la fenêtre de la chambre.

— Je peux? – Il l'ouvrit pour siffler le vendeur de journaux. – Va plus loin, tu déranges là. Disparais! – Il la referma en déclarant: – Il y a probablement quelques imprécisions, mais nous nous rattraperons dans la prochaine édition. Je vais faire appel au meilleur dessinateur de Londres, il travaillera sous votre direction bien sûr.

— Pour quoi faire?

— Pour le dessiner à votre place.

— Personne ne dessinera quoi que ce soit, Alexander Tilloch. Ni moi ni un autre. Et je n'écrirai pas une ligne non plus, pour la simple raison que je ne l'ai pas vu ou si peu. Je sais que ce nuage existe, mais je ne peux rien dire d'intelligent à son sujet.

— J'ai payé pour ça, monsieur Howard. Et cher!

— Pas pour mentir.

— J'ai placé beaucoup d'espoir dans cette expédition. Brodez, demandez des détails à monsieur Gascogne.

— Tu l'as déjà fait, je suppose?

— C'est quoi cette histoire de grêlons qui remontent vers le ciel?

— Je ne sais pas, je n'ai rien vu.

— Mais Gascogne les a vus.

— Peut-être. À moins que ce ne soit une illusion. Il faut se méfier de notre cerveau et de nos sens à cette altitude. Ils déforment la réalité, inventent des scènes. Heureusement.

Mariabella esquissa un sourire. Tilloch passait de l'un à l'autre, dérouté par leur connivence.

— Que voulez-vous dire par là?

— Si je te disais que j'ai vu ma femme venir à ma rencontre, à bord d'un ballon, à plus de 25 000 pieds, tu l'écrirais? Pourtant elle était là, comme je te vois, elle tenait dans ses bras notre dernier enfant.

Les intrigues et les éclats de voix ne fonctionnaient pas avec Howard. Tilloch n'avait aucune prise sur lui, il le détestait et l'admirait pour cette inflexibilité qu'il n'arrivait pas à broyer. Il cherchait un prétexte, une forme de menace pour ne pas repartir complètement bredouille. Howard vint à sa rescousse :

— J'ai mal, dit Luke, calmement.

Il ne laissait rien paraître des douleurs fulgurantes qui lui traversaient le bras et se propageaient jusqu'au sommet de son crâne. Il souhaitait juste que cet entretien prenne fin, poliment.

— Je te raccompagne, dit Mariabella.

Tilloch remit son chapeau, dépité, en adressant un dernier regard à Howard et à sa main manquante.

— Repose-toi bien. Je reviendrai.

Howard n'en doutait pas. La détermination de Tilloch lui paraissait même légitime. Il avait misé sur lui, creusé un peu plus le trou de ses dettes pour la fabrication de *L'Esprit* et la découverte de ce nuage. Il en espérait un profit qui allait encore lui échapper. Cette histoire était aussi la sienne.

Forster était au comptoir de la Ye Olde Mitre Tavern, bondée de clients. Construite au fond d'une impasse, elle était le rendez-vous favori des journalistes qui se retrouvaient là pour parler de tout et boire des pintes de bière. Ça hurlait, les bouches se touchaient presque pour se faire entendre. À chaque fois que l'un d'eux entrait et repérait Forster, il le hélait pour obtenir des nouvelles d'Howard et de cette histoire de grêle ascensionnelle à laquelle personne ne croyait. Des blagues fusaient sur l'état de santé mentale de son ami. On cherchait ceux qui travaillaient pour le *Philosophical Magazine*, mais aucun n'était présent pour assumer le contenu de l'article rédigé par leur patron.

— C'est du vent ce papier, se gaussa un journaliste, rien que du vent.

Markham fréquentait peu la taverne, mais il avait sa place réservée à une table, près d'une fenêtre, avec son nom écrit au dos d'un siège, un privilège réservé aux grands patrons de la presse londonienne. Quand il entrait, la cacophonie baissait toujours d'un ton, comme le chant des oiseaux à l'approche d'un prédateur, et celui qui occupait sa chaise se levait sans discuter en emportant son verre. Forster sentit une odeur l'enrober, il la connaissait, la détestait. Markham poussa du coude le voisin du journaliste, pour prendre sa place. L'homme s'apprêta à protester, mais il changea d'avis quand il le reconnut. Markham vint coller son épaule contre celle de Forster, à la manière de deux confrères qui partagent un verre après le travail. Cette promiscuité était incommodante pour le journaliste.

— On parle beaucoup de l'expédition de monsieur Howard au Palais. Comment va-t-il?

— Il est vivant.

— Je ne l'aurais pas cru, poursuivit Markham. Vous avez lu l'article du *Philosophical*?

Forster hocha la tête.

— Il est tombé bien bas notre concurrent. Plus bas, ce n'est pas possible, ou alors il est mort et enterré. – Markham gloussa et s'excusa immédiatement. – Je ne devrais pas me moquer. Et vous, monsieur Howard vous aurait-il révélé quelque chose de plus consistant?

— Il a eu froid.

Markham passa une main sur son front perlé de sueur, l'humour de Forster le contrariait. Il commanda une bière.

— Je suppose que vous avez déjà interrogé monsieur Gascogne, dit Forster.

— Je me méfie de ce que dit Gascogne ou plus exactement de ce qu'il ne dit pas. Que vaut la parole d'un homme, français, pour qui le mensonge est aussi familier que la respiration? Et à côté de ça, nous avons un apothicaire, un quaker qui ne peut mentir, mais qui a perdu connaissance. On est bien avancé! La grêle! C'est étrange ces grêlons qui vont de bas en haut! Ils ont perdu la raison ou quoi? À moins que ce soit ce fou de Tilloch qui l'ait inventée, cette histoire. Ce ne serait pas étonnant. Il est fait, il est prêt à tout pour sauver sa peau. De faux dessins! Il a fait de faux dessins et il les signe Howard, même chose pour le récit, alors que ce pauvre quaker n'a rien vu ou si peu. Mais je m'en fous de ce nuage de grêle, de savoir s'il pisse sa mitraille par le haut ou par le bas, moi, c'est la hauteur qui m'intéresse, jusqu'où ils sont montés. Si Napoléon peut nous envahir par les airs, il le fera. La seule chose qui m'intéresse c'est de savoir si on peut passer par-dessus lui, pour le détruire par le haut.

Markham était maintenant un collègue qui s'épanchait ouvertement, le lieu avait rompu la distance qui les séparait jusque-là. Il s'arrêta de parler brusquement, buvant sa bière, absent, les pensées tournées vers la guerre qui se profilait.

— L'altitude et ses effets sur l'homme. C'est ça qui me taraude.

— Je sais.

— D'après ce qui m'a été rapporté, ils seraient montés au-delà des 26 000 pieds.

Markham fixa Forster, à la recherche d'une approbation.

— C'est possible.

Markham était l'œil du royaume, celui qui sait tout, voit tout, et pourtant il était à ses côtés, se lamentant sur ses lacunes ou sur ce qu'il feignait d'ignorer. Peut-être était-ce dû aux bières qu'il venait d'avaler, mais Forster éprouva un étrange et paradoxal sentiment de pitié à son égard.

— Un deuxième vol rendrait-il les hommes plus résistants aux effets de l'altitude ? poursuivit Markham. C'est ça que je veux savoir. Peut-on former des soldats de cette trempe ? Le roi aussi veut savoir. Ce n'est pas une rumeur. Il me l'a dit.

— Et donc ?

— Nous allons faire notre *mea culpa* ou, plutôt, je vais faire mon *mea culpa*, je vais écrire que ma critique de la nomenclature latine de monsieur Howard était une erreur, je le pense en plus, que monsieur Howard est l'explorateur qui marquera l'Histoire du XIXe siècle, de belles phrases qu'il mérite, et je vous demande de réintégrer le *Gentleman's Magazine* pour m'aider, parce que j'ai besoin de vous pour raconter cette épopée. Faites le tour, là ! Vous en voyez un qui a votre talent pour la raconter ? Je peux ratisser toutes les tavernes, toutes les rédactions de Londres et d'ailleurs, je ne trouverai personne d'aussi compétent et légitime que vous. Votre moteur est la science, elle est aussi le mien, doublée d'une haine fondamentale du *Philosophical Magazine* et surtout de son propriétaire, cette raclure de Tilloch. Je ne peux pas être plus clair et sincère, n'est-ce pas ? C'est un sentiment qui déplace les montagnes, la haine, vous devriez en profiter.

— Howard ne vous donnera aucune information pour la simple raison qu'il a perdu connaissance et qu'il n'a rien vu.

— Je sais. Je le crois. Mais il ne peut pas rester sur un échec, il va recommencer. J'en suis sûr et vous le savez, il est votre ami. Ce genre d'homme n'abandonne jamais. Nous allons l'aider.

40

En quelques semaines, Howard avait vieilli. Son visage était toujours lisse, mais plus grave. La douleur le rongeait et le souvenir de son rendez-vous manqué avec le nuage de grêle augmentait chaque jour sa culpabilité d'avoir failli. Il apprenait la vie avec une seule main. Il avait décidé de rayer ce handicap de son existence et avait repris son travail avec Silvanus à ses côtés. Quand son assistant voulait l'aider pour lui faciliter certaines manipulations, il le lui interdisait d'un simple regard. Cet organe perdu était le prix à payer pour un marché qu'il avait librement conclu. Il passait des heures à écrire de la main droite, puis il se mit à dessiner. Ce qu'il esquissa en premier était un entrelacement de courbes qui formaient un nuage vertical, noir. Un gros cumulus libéra le soleil, sa lumière pénétra dans le laboratoire et se posa sur le dessin, Mary se tenait en retrait, examinant son père qui se croyait seul.

— Je n'aime pas ce nuage.

Confus, Howard se retourna.

— Viens là.

L'enfant vint se blottir contre son père et ajouta :

— Il est trop noir.

Howard posa sa main sur la feuille et la froissa pour en faire une boule. Il visa la porte ouverte du poêle, mais la manqua. Mary quitta les genoux de son père pour ramasser la boule de papier, elle revint s'asseoir et tenta à son tour d'atteindre le foyer qu'elle rata elle aussi.

— Il ne veut pas partir, dit-elle.

La remarque de sa fille le troubla, ne sachant si elle faisait allusion au nuage dessiné sur la feuille ou à celui qui avait pris possession de sa vie. Silvanus poussa la porte de l'officine, l'air contrarié, un paquet dans chaque main.

— Clara Pekham n'était pas là? demanda Howard.

— Si si, elle ne quitte presque plus sa chambre. Elle est de plus en plus maigre.

Howard sentait que Silvanus le fuyait, il attendait la fin de l'explication et les raisons qui le rendaient si sombre.

— Elle ne veut plus de médicaments.

— Pourquoi?

— Elle prétend qu'ils ne servent à rien.

— Prétend-elle que ce sont tous les médicaments qui ne servent à rien ou seulement ceux qui viennent de chez nous?

— Les nôtres.

— Elle veut donc se servir ailleurs, c'est son droit.

Silvanus n'insista pas, il trouvait injuste que le courage de son patron se retourne contre lui. Après le procès fait à Howard pour sa nomenclature jugée déloyale envers la nation et sa langue, on lui reprochait maintenant de se hisser à la hauteur de Dieu à l'aide de procédés maléfiques. La preuve était cette main qu'il avait perdue, ce même châtiment que la justice des hommes applique à un voleur.

Un client poussa la porte de l'apothicairerie. Il ignora Bevan en apercevant son patron:

— Monsieur Howard?

— Oui.

— Mon nom est Cliff Robson. Je travaille pour l'Intelligence Service et contre tout ce qui peut porter atteinte à l'intégrité de notre pays. – Sans retenue, il désigna de la tête le bras gauche d'Howard. – Je voudrais tout d'abord vous dire que votre aventure force l'admiration, mais je ne viens pas de ma propre initiative. Est-ce que vous avez quelques minutes à m'accorder?

— Je m'apprêtais à sortir.

Depuis que son état le lui permettait, Howard se rendait tous les jours sur les bords de la Tamise. Robson l'accompagna.

— J'ai deux choses à vous dire. Pour commencer, et j'espère que cela ne va pas heurter votre humilité, j'ai l'honneur de vous informer que notre roi souhaite vous rencontrer. Je vous rassure, ce n'est pas dans le cadre d'une cérémonie officielle avec une foule de courtisans curieux, mais il a été très impressionné par le récit de votre expédition et il souhaiterait vous l'exprimer en privé, tout simplement. Il m'a demandé d'insister.

— Je suis sensible à l'affection que notre roi éprouve pour la science, mais je ne mérite pas une telle marque de respect. Rien de ce qui est écrit dans le *Philosophical Magazine* ne correspond à ce que j'ai vu, parce que je n'ai rien vu, je me suis évanoui et je n'ai rien écrit.

— Je sais tout ça, je le sais. Mais savez-vous qu'une des passions de Sa Majesté George est la collection d'objets scientifiques ?

— Oui.

— Votre ballon est arrivé dans un mauvais état, mais la nacelle pourrait peut-être y trouver une place ?

— Oui, volontiers, mais elle ne m'appartient pas, c'est Alexander Tilloch qui l'a payée.

— Bien. Nous avons déjà votre accord, c'est une première étape. D'autre part, en tant que représentant de la sécurité de notre royaume, je souhaiterais avoir quelques précisions sur votre vol. Même si j'ai bien compris qu'il s'était déroulé dans des conditions difficiles pour vous. La relation qui est faite dans le *Philosophical Magazine* indique que vous avez perdu connaissance. La dernière altitude que vous a donnée monsieur Gascogne était d'environ 25 000 pieds.

— C'est exact.

— Ensuite vous dites que vous n'avez plus aucun souvenir et que vous avez repris connaissance dans le champ où votre ballon a atterri. Or, en insistant auprès de monsieur Gascogne, il m'a précisé que vous auriez peut-être retrouvé vos esprits pendant de brèves secondes au-delà de ces 25 000 pieds, lorsque ce nuage vertical, chargé de grêle, celui que vous espériez, est apparu. Pourquoi cet épisode n'est-il pas mentionné dans l'article du *Philosophical Magazine*?

— Parce que je l'ai exigé d'Alexander Tilloch. Je n'ai aucune certitude entre ce que j'ai vu et ce que j'ai seulement rêvé.

— Mais il est monstrueux paraît-il? On ne croise pas un monstre sans garder le moindre souvenir de lui.

— Les cauchemars sont peuplés de monstres que l'on oublie à peine réveillé.

Robson afficha une moue dubitative, puis il fit mine de l'approuver.

— C'est votre foi qui vous rend prudent? Vous préférez ne rien dire plutôt que de mentir par erreur. C'est regrettable! Tous ces efforts pour si peu de résultats. La couleur? Est-ce qu'il y a une couleur qui domine dans le peu de souvenirs qui vous restent de ce vol?

— Le noir.

— Bien sûr. Le noir du néant! Vous avez fait un malaise?

— Je suis désolé de ne pas t'être plus utile.

— Tout le monde n'a pas vos scrupules. On a parfois affaire à des témoignages tellement changeants qu'on préférerait ne rien entendre. Cela dit, mon métier a besoin de réponses. Excusez-moi d'insister mais avez-vous revu monsieur Gascogne depuis votre accident?

— Oui, brièvement. Il m'a rendu visite.

— Que savez-vous du passé de monsieur Gascogne?

— Je sais que sans lui, je ne serais pas en face de toi pour te parler.

— C'est probable. Vous n'êtes pas quelqu'un d'ordinaire, monsieur Howard. Je dois dire que je ressens même une certaine admiration pour votre courage. Une admiration réelle. D'ailleurs, je me pose une question, toute personnelle, et si vous aviez la possibilité de refaire le même voyage, le referiez-vous?

Howard s'arrêta de marcher, il dévisagea Robson, jugeant qu'il était arrivé au bout de ses préliminaires et qu'il venait enfin de dévoiler la vraie raison de sa visite.

— À ton avis?

— Je n'ai pas d'avis, monsieur Howard. Je suis payé pour interroger mes concitoyens.

Ils étaient tout près de la Tamise, ils ne la voyaient pas encore, mais ils la sentaient. C'était un automne chaud et sec, ponctué de quelques orages violents et brefs. Malgré la puanteur, l'effervescence était grande autour du fleuve. Son débit était très faible, il était couvert d'immondices difficilement identifiables. Quelques poissons flottaient, le ventre en l'air. L'eau était noire, striée de longs courants rouges ou jaunes qui coulaient des canalisations. Des bandes de gamins, la vase du fleuve jusqu'aux genoux, cherchaient tout ce qui pouvait avoir une deuxième vie. D'autres longeaient les berges avec des bâtons auxquels étaient suspendus les rats qu'ils avaient massacrés. Des passagers qui empruntaient les passerelles qu'on avait rallongées pour les conduire jusqu'aux bacs, se couvraient le nez avec des foulards. Les grands navires venus du monde entier étaient serrés les uns contre les autres, leurs mâts, voiles affalées, formaient une forêt, on passait d'un bord à l'autre pour décharger leurs marchandises.

— Je vais te laisser là, Cliff Robson.

— Vous ne m'avez pas donné votre réponse pour l'invitation de notre roi.

— J'irai, bien sûr j'irai.

On trouvait à Londres tout ce dont le monde faisait commerce et même de la glace, en toute saison. Un homme massif et court de jambes, la figure ronde, rouge, les mains épaisses, détenait des glacières protégées des rayons du soleil par une tonnelle. Le prix de la glace augmentait chaque jour, mais Howard ne s'en plaignait pas, n'en discutant jamais le tarif. Il était désormais un client régulier. En le voyant arriver, le vendeur de glace extirpait un gros bloc qu'il découpait à la scie. Il le pesait et le posait au fond d'un seau dans lequel Howard plongeait aussitôt son bras gauche. L'effet était instantané, la douleur s'apaisait, puis elle cessait. Il laissait fondre la glace jusqu'au bout, pour profiter autant que possible du froid, tout en suivant la vie du fleuve, assis sur un tabouret à l'ombre. Des charpentiers réparaient la coque d'un navire couché sur la berge, d'autres travailleurs faisaient rouler des tonneaux de vin ou transportaient sur des brancards des blocs de pierre grise, ils allaient et venaient parmi des femmes et des hommes se promenant dans de beaux habits. Howard levait par moments les yeux, les nuages qui se succédaient dans le ciel de Londres lui demandaient de ses nouvelles et la date de sa prochaine visite. Le vendeur de glace savait qui il était, mais ne le questionnait pas, et Howard ne disait rien permettant d'amorcer une discussion. Quand la glace fondue retrouvait la température ambiante, il reposait le seau par terre, refaisait son bandage et lançait au vendeur :

— À demain, Mark Norris.

— À demain, monsieur.

En regagnant l'apothicairerie, il trouva un exemplaire du *Philosophical Magazine* qu'on avait glissé sous la porte. Tilloch s'évertuait à écrire des articles sur l'expédition de *L'Esprit*. Il espérait survivre en mentant, en vendant et en dessinant une épopée qui sortait de son imagination, mais ses mensonges sonnaient creux et se vendaient mal. Howard ne prit même pas la peine de ramasser le journal. Mariabella ne lisait pas davantage les lettres qu'ils recevaient depuis l'expédition, elle en faisait des paquets qu'elle jetait au feu.

Le soir, ils priaient front contre front. Mais Dieu ne passait plus de l'un à l'autre. La Lumière les fuyait, ils étaient face aux ténèbres, à l'inconnu, dans la marge du monde.

— Pardonne-moi, dit-il.

Elle promena son visage contre celui de son mari, la caresse était animale, elle voulait s'imprégner de tout, de son odeur, de sa chair, de son âme, que leurs êtres fusionnent pour être plus forts, insensibles aux critiques, aux insultes lancées par une meute obscure. Elle sentit qu'il voulait parler et promena ses doigts sur ses lèvres pour l'en dissuader. Il les retira, les prit dans sa main et se mit à murmurer :

— Je suis dans un tunnel, parfaitement noir, au bout il y a le ciel vers lequel nous ne cessons de monter, il brille, il est d'un bleu intense, un bleu qu'on ne voit pas d'ici, j'avance, mais toujours il s'éloigne, inaccessible, le bleu est tellement profond qu'il est sombre, je n'ai plus de corps, il n'existe plus, je suis sorti de lui, je monte vers le néant, vers la mort, sans rien regretter, je ne sens plus le froid, je vois pourtant ton visage qui me sourit, nos enfants qui me tendent leurs bras, mais les miens restent collés contre moi, je leur souris, ils ne comprennent pas, je n'ai ni peine, ni culpabilité, ni honte, je ne songe pas à prier un seul instant, ma Lumière est la nuit. Paul Gascogne m'a demandé plusieurs fois, mais j'ai refusé que *L'Esprit* nous ramène à terre. Je ne fais plus de différence entre la mort et la vie. Je vole, je suis bien, la seule prière que je formule est que cela ne s'arrête pas. Et je ne vous tends pas les bras, jamais. C'est ça mon voyage, ce que le journal ne raconte pas. Entre vous et le ciel, j'ai choisi le ciel.

Des larmes coulaient le long des joues de Mariabella. Il les sentait tomber une à une contre sa poitrine. Il répéta :

— Je t'ai trahie, je t'ai trahie…

— Tais-toi.

Elle mêla fiévreusement ses lèvres aux siennes.

La douleur réveillait Howard en pleine nuit. Il suait, il sentait sa main, elle avait repoussé. Il écartait les doigts, le pouce, chacun d'eux obéissait à ses ordres. Tout ce qu'il imaginait, elle l'accomplissait, mais elle ne supportait pas d'être vue. Dès qu'Howard voulait constater sa présence, elle le punissait, la douleur s'intensifiait jusqu'à l'insupportable. Il s'agenouillait quelques instants au bout du lit, massait son bras et montait au deuxième étage. Mariabella savait ce qui poussait son mari à se lever en pleine nuit, mais elle ne le retenait pas. Il prenait des doses de laudanum de plus en plus puissantes. Il s'asseyait par terre et laissait la substance s'emparer de lui. Il devenait léger, ne souffrait plus, il planait avec les ombres du passé. Oliver Norton revenait, souriant, et lui disait adieu, blotti entre les caisses de l'entrepôt de l'usine pharmaceutique. Mariabella le surveillait à distance, puis elle s'agenouillait à ses côtés, portait la main à son poignet pour mesurer son pouls et l'aidait à se remettre sur ses pieds pour qu'il regagne leur chambre. Elle était vigilante, impuissante. Cette nuit, la dose le clouait au sol. Luke voulait obéir à Mariabella, mais il n'arrivait pas à se lever. Le jour nouveau riait de paraître, il était teinté de rose, ourlait une colonie de cirrocumulus d'un liseré bleu, leur donnant l'aspect de fleurs de coton qui se dédoublaient. Elle rafraîchit son visage absent avec un linge humide. Elle appliqua sa bouche contre une oreille de son mari pour lui susurrer :

— Ta main est dans le ciel. Refais ce voyage. Refais-le.

41

Howard attendait assis dans un salon au plafond très haut, qui donnait sur une grande serre foisonnante de plantes exotiques. Un homme âgé, chauve, vêtu d'un gilet noir, passait de l'une à l'autre, un arrosoir à la main. Pendant qu'il les abreuvait, il ne cessait de scruter Howard. Il laissa son récipient au pied d'un hibiscus et ouvrit la porte du salon. Il se racla la gorge et demanda d'une voix qui passait subitement du grave à l'aigu :

— Vous n'avez pas froid?

— Non.

Il poussa l'audace jusqu'à s'avancer vers Howard afin de lui toucher une jambe du bout des doigts, cherchant à vérifier que le visiteur qui avait tutoyé le ciel était un homme bien réel, fait de chair et d'os. Puis il s'inclina en signe de respect et déclara :

— Bien, c'est parfait.

Et il s'esquiva alors qu'une petite délégation de trois hommes pénétra dans la serre. L'un d'eux était le roi George III. Son apparence était banale. Il était accompagné de deux chefs jardiniers avec lesquels il décidait des parties qu'il convenait de tailler sur chaque plante. Ils parlaient d'égal à égal et quand une décision était prise, c'était le roi qui coupait. On disait aussi que George III aimait les promenades dans la campagne qui environnait le palais, il portait un intérêt réel à l'agriculture et à l'élevage de moutons, à tel point que les satiristes le surnommaient George le fermier. Kew était une propriété très modeste comparée au château de Windsor, mais le roi en avait fait un jardin réputé dans le monde entier, grâce à sa collaboration avec Joseph Banks, son conseiller en botanique. Aucun navire ne quittait l'Inde, ou un autre territoire lointain, sans embarquer des plantes destinées à compléter la collection des serres et des jardins de Kew. Loin de l'effervescence de la cour de Windsor, ce palais était aussi le lieu de villégiature du roi pendant ses périodes de folie. Un serviteur en tenue noire ouvrit la porte du salon, le roi fit son entrée et Howard se leva. Comme l'exigeait la règle des quakers, il ne s'inclina pas, ne manifesta aucun signe de révérence, une telle conduite pouvant simuler une forme de respect aussi peu crédible que les vêtements de deuil censés prouver la douleur. Il avait juste accepté de remettre son chapeau au gentilhomme qui l'avait reçu avant de gagner le salon. George III avait gardé le sien, à visière. Son regard au début détaché se fit de plus en plus précis, il inspectait les traits d'Howard avec de petits mouvements de tête, semblables à ceux d'un oiseau. L'instant était instable pour Howard, déconcerté à son tour par l'attitude d'une catégorie humaine dont il n'était pas coutumier.

— On vous a retiré votre chapeau, monsieur Howard?

— Je l'ai accepté.

— Vous n'auriez pas dû, rien ne justifie de changer vos habitudes, je suis un homme parmi les autres. Connaissez-vous l'odeur de l'*Acacia dealbata*?

— Non, George III, je l'ignore.

— Pas de numéro, appelez-moi George tout court... Mais c'est naturel puisque cette plante était, il y a peu encore, inconnue dans notre royaume. D'ici quelques semaines, elle embaumera cette serre d'un parfum délicat. Êtes-vous sujet au vertige?

— Je m'efforce de le surmonter.

— Moi c'est une catastrophe, il suffit que je me hisse sur les premiers barreaux d'une échelle pour que je sente la moiteur me recouvrir les mains, alors monter dans un aérostat!

— Curieusement, on ne sent pas le vertige en ballon.

— Vraiment?

— Je te l'assure.

— Ce n'est pas la première fois que j'entends ce genre de témoignage. Alors je vous accompagnerai la prochaine fois! Voyons ce ciel.

Les deux hommes firent quelques pas vers une fenêtre très haute qui donnait sur une prairie et un lac bordé de joncs. Le roi leva la tête et sourit.

— Une armée de cumulus.

— C'est exact. C'est le nom que je me suis permis de leur donner.

— Le ciel est indulgent avec moi, ce sont les plus simples à reconnaître.

— C'est une question de pratique. Les plantes aussi nécessitent un œil avisé.

— Au début, je n'étais pas favorable à vos noms latins et puis, en y réfléchissant, c'est un don que notre nation fait à la terre entière, n'est-ce pas? Mais oui, les nuages comme les plantes appartiennent à l'humanité tout entière.

— C'est ainsi que je vois les choses.

— Vous pensez librement. C'est dangereux et parfois non. Savez-vous que monsieur William Herschel a conçu un télescope de quarante pieds pour observer les objets célestes?

— Oui.

— Il paraît que le temps est rarement favorable pour exploiter les possibilités de cette machine, je crains que ce ne soit un gâchis, Dieu soit loué, mes sujets ne peuvent rien me reprocher, je l'ai financée avec ma propre fortune, alors que vous, avec votre seule vue!

— Je ne fais que tenter de donner une explication à ce que tout le monde peut voir.

— C'est bien. Vous êtes modeste. L'arrogance ne sert qu'à avilir les plus modestes! L'arrogance me fait penser aux roues des carrosses qui frôlent le peuple en l'éclaboussant d'eau sale! Comment éduquer les consciences de cette façon?

Howard sourit.

— J'ai trop de respect pour les hommes qui font avancer les connaissances. Votre modestie est un supplice à mes oreilles, elle m'enfonce dans ma petitesse. Le sourire vous va bien! Je suis heureux de vous émouvoir à mon tour. Souffrez-vous de votre main, monsieur Howard? Il paraît que les membres coupés font souffrir.

— C'est exact.

— Les plantes et les arbres souffrent-ils également quand on leur enlève une partie d'eux-mêmes? Je le suppose. Mais c'est pour leur bien. En tout cas, c'est ce que l'on dit. Et puis elles repoussent, elles. Maintenant, tout ce que l'on dit est-il exact? Parce que la nature parle, elle aussi, mais on ne l'écoute pas. Il faut une oreille attentive pour être sensible à son message. Tout ce que l'on dit à mon sujet n'est pas exact, mais parfois mes oreilles me trahissent. Elles se laissent distraire par des sons superflus, heureusement elles font le tri, elles les rejettent pour la plupart, sauf lorsqu'il s'agit de la nature. Là, elles me redeviennent fidèles, elles saisissent tout. Avez-vous des enfants?

— Quatre.

— Les vents d'est et d'ouest ne sifflent pas de la même façon. Le saviez-vous? Vous êtes un chêne, monsieur Howard, vous ne vous plaignez pas.

Le roi détailla de nouveau son invité, avec ses petits mouvements d'oiseau, cherchant à sonder ses pensées.

— Je sais que parfois je parle trop. De façon désordonnée.

Howard était venu en supposant que George III souhaitait le rencontrer pour en apprendre davantage sur ses recherches. Il imaginait qu'il lui demanderait des anecdotes sur cette expédition ratée, des révélations jusque-là inconnues de tous. Et il priait secrètement, comme tout explorateur végétant au pied d'un mur qu'il ne peut gravir seul, que le roi l'encouragerait et l'aiderait à accomplir son œuvre inachevée. Il ne savait de quelle manière aborder cette discussion, George III lui simplifia la démarche.

— Allez-vous recommencer? Je crois que cette expédition ne vous a pas procuré tous les résultats que vous escomptiez?

— Pas tous, en effet.
— Je vous y encourage.
Howard sentit ses jambes vaciller, sa poitrine se gonfler.
— *L'Esprit* a été désintégré lors de notre atterrissage.
— *L'Esprit*?
— Notre ballon.
— Eh bien, faites-en un autre ! Nous paierons.
Le visage du roi changea, subitement creusé de rides, la douleur montait, il prit son crâne entre ses mains et dit, en accordant un dernier regard à Howard :
— La France doit savoir.
George III s'affala dans un fauteuil. Howard remarqua qu'il avait la peau grise, il fermait les poings de toutes ses forces. Un homme à la figure émaciée et sévère, qui se tenait jusque-là à l'autre bout de la pièce, se précipita vers lui, son médecin. Il sortit d'une grosse sacoche en cuir pleine de fioles, un pot de crème dont il s'apprêtait à enduire les mains du roi. Howard ne savait comment s'éclipser ni quelle formule prononcer.
— Sa Majesté vous remercie, dit le médecin pour lui donner congé.
La douleur avait aspiré George III. Il n'était plus là.

42

Les mois qui suivirent étaient bancals, pesants. Howard se demandait si les paroles du roi, favorables à une deuxième expédition, n'étaient pas celles d'un moment d'égarement. La paix était branlante, des voix affirmaient que l'invasion maritime que Napoléon projetait de lancer depuis le camp de Boulogne était imminente. L'armée des côtes de l'Océan regroupait des milliers d'hommes dans le Nord-Ouest de la France. Elle recevait régulièrement la visite du Premier consul auquel ses chefs proposaient des simulations de débarquement. On disait que les Français, animés d'une haine centenaire, rêvaient de couper les têtes de toute l'Angleterre. Un chant avait été composé pour raconter le déferlement sanglant d'une nuée de soldats embarqués à bord de plus de mille navires de guerre. À Londres, la suspicion était palpable. Tout ce qui dévoilait un lien ou une sympathie vis-à-vis de la France était immédiatement puni. Sur Fleet Street, on arrêta une marchande qui faisait le commerce de belles étoffes et d'élégants habits achetés à Paris. Gascogne était surveillé encore plus étroitement qu'à l'accoutumée, il lui était interdit de voler. Les nuages n'intéressaient plus personne, les regards se tournaient vers la Manche. Même la source des lettres d'insultes glissées sous la porte s'était tarie.

Le courrier qui arriva tout seul, le 21e jour du mois de décembre, attira l'attention de Mariabella. Il avait été déposé par un postier qui refusa d'être payé. Il portait leur nom et leurs deux prénoms. Il n'était pas anonyme, fermé par un sceau rouge frappé d'initiales entremêlées en dessin complexe : JWvG. Mariabella le décacheta sans attendre, avec émotion. Les premiers mots de Goethe étaient : « Quel soulagement ! » Il faisait référence au vol, aux dangers que Luke avait courus pour le nuage qu'il traquait, il louait son courage, celui de Mariabella, décrivait ses doux souvenirs de Londres en leur compagnie, son regret de ne pas être resté plus longtemps. La lettre était celle d'un ami sincèrement bouleversé par cette main perdue, « une rançon cruelle et injuste » disait le poète, répétant qu'il incombait maintenant aux futurs météorologues de reprendre le flambeau, de concevoir des aérostats plus sûrs et des protections permettant aux hommes d'affronter des froids inhumains et un air rare. « Il leur appartiendra aussi de louer votre nom et cela ne sera que justice, même si je sais ô combien la postérité est un dessein qui vous importe peu. » Le ton était chaleureux, réconfortant, mais le poète se trompait une fois encore. Howard ne comptait sur personne d'autre que lui. La lettre lue au début avec plaisir se faisait encombrante. Mariabella ne savait qu'en faire, la remiser comme les précédentes, mentir en cachant son existence à Luke pour le soulager du poids des autres et de leurs peurs. Elle la brûla.

Au même moment, Markham signait et publiait dans le *Gentleman's Magazine* un article titré « *Mea culpa* ». Il reconnaissait que les doutes jusque-là formulés à l'encontre de la nomenclature latine de Luke Howard n'étaient pas justifiés et qu'ils constituaient même une erreur. Cette volte-face n'était pas innocente, elle résultait fatalement d'un calcul, mais pour un lecteur ne sachant pas lire entre les lignes, il était impossible de deviner ce qui le poussait à se répandre en louanges après toute la bile nationaliste qu'il avait déversée. Il tissait sa toile. Forster en savait chaque fil.

Le journaliste était au comptoir de la Ye Olde Mitre Tavern, toujours aussi enfumée et bruyante. Il n'avait plus écrit une ligne depuis son départ du *Gentleman's Magazine* et ne recevait aucune proposition. On venait à la taverne pour boire, pour connaître les derniers échos du monde, ses coulisses, mais aussi pour flairer les opportunités de carrière. Un journaliste libre et talentueux ne tardait pas à être informé des rédactions cherchant une nouvelle plume. On parlait de tout à Forster, sauf de sa carrière, il en conclut que Markham avait mis sa menace à exécution.

— Forster!

L'homme qui l'avait interpellé se glissa jusqu'à lui, posa une main sur son épaule, tout en sauvant son verre des bousculades dans l'autre. Richard Cummings était grand, mince, avec des favoris épais et frisottants. Il était journaliste au *Times*.

— Qu'est-ce que tu bois? Ton ennui?

Forster ne répondit pas.

— En tout cas, tu fais la tronche de quelqu'un qui s'emmerde et qui commence à trouver le temps long.

Il ne nia pas, ses journées étaient vides, ternes.

— J'avais du mal au début avec l'anonymat, poursuivit Cummings, ne pas avoir mon nom au bas de mon article. C'est frustrant pour l'ego. Et en fin de compte, on s'y fait, c'est le journal qui est plus fort. Le *Times* avance en bloc, on ne peut pas discréditer un de ses éléments pour fragiliser toute la structure. On ne fait qu'un, on ne craint rien.

— Pourquoi tu me dis ça?

— Parce que je suppose que ton nom circule dans les rédactions pour de mauvaises raisons. Sinon tu ne serais pas là, pas de cette façon.

Forster ne le contredit pas, son silence disait oui.

— J'ai lu que le *Gentleman's* avait tourné sa veste à propos du latin? «*Mea culpa*»! C'est étonnant, non?

Forster approuva.

— À quoi il joue, Markham?

Il jouait à devenir ministre, ébruitant dans quelques cercles bien choisis que l'armée et les navires alignés par Napoléon dans le Nord de la France n'étaient pas le seul danger qui menaçait le royaume. Il soupçonnait les Français de vouloir débarquer aussi par les airs, dans une flotte de ballons. Personne n'y croyait, mais c'était la rumeur qu'il faisait courir dans l'entourage de Pitt. Il préconisait de construire des aérostats capables de voler plus haut que ceux de l'ennemi. Si ce danger ne se présentait pas, Markham pourrait prétexter qu'ils avaient été une arme dissuasive. Et si, finalement, leur seule utilité avait été de satisfaire l'appétence de George III pour les découvertes scientifiques, personne ne pourrait lui reprocher d'avoir distrait le roi. Markham servait les intérêts vitaux du pays, de la science et les siens.

— Ah l'ordure !

La voix provenait de l'autre bout de la taverne, elle supplanta le brouhaha qui baissa d'un ton.

— Il a vomi sur le latin et maintenant il le porte aux nues. L'ordure !

C'était Tilloch, la voix rocailleuse, entamée par l'alcool.

— T'es qu'un cloporte, Markham, un cafard. C'est moi qui ai défendu cette nomenclature. C'est moi ! Tout seul ! Sans moi, le cumulus n'existerait pas ! Vous n'en auriez jamais entendu parler. Et toi, tu viens recueillir les lauriers maintenant. Tu ne sers à rien. Tu pues.

Tilloch ne cessait de vociférer tout en montant sur une table, dans un équilibre précaire.

— Voilà ce qui lui convient au journal de Markham. Je vais vous le montrer !

Il le brandit au-dessus de sa tête tout en le déchirant, il en jetait des bouts sur les clients, certains le sifflaient, d'autres l'applaudissaient.

— Voilà ce que j'en fais de William Markham !

Puis il feignit de se torcher les fesses avec les feuilles qu'il avait encore en main.

— Tu es fou, lui lança un client.

— Et saoul, dit un autre.

— Je ne suis pas fou, je suis un visionnaire, je vois plus loin que les autres, que vous tous réunis.

Des rires fusèrent. Le spectacle tournait au pitoyable, Tilloch n'intéressait plus personne, il s'acharnait à insulter Markham, l'Angleterre, la terre entière, mais plus personne ne l'entendait, le tumulte de la salle avait repris son volume et rendait sa voix inaudible. Son effet était terminé. Forster et Cummings ignorèrent à leur tour Tilloch que l'on aidait à descendre de la table avant qu'il ne tombe.

— Il joue à ça, Markham, à broyer ceux qui le gênent, dit Forster en désignant Tilloch.

— C'est le jeu de la concurrence, non?

— Si on veut. Mais tout le monde n'a pas les mêmes cartes en main.

— Il va repartir, Howard?

— Je ne sais pas.

— Moi je pense qu'il va repartir. Je le sens.

Forster se tut, considérant que son avis ne regardait pas Cummings.

— Et toi aussi, tu le sais. Tu connais Beaufort, Francis Beaufort?

— Non.

— Tu devrais te renseigner à son sujet, il pourrait être utile à Howard. Vraiment.

Howard ne parlait plus du ciel, ne le dessinait plus. Il consacrait son temps à son apothicairerie, à sa famille, aux va-et-vient d'un Londonien bien ordinaire. La douleur ne le tourmentait plus, le calme était revenu. Il s'adressait encore à Dieu, mais la Lumière ne lui répondait pas. Parfois, il croyait distinguer un point lumineux, infime, au fond de l'obscurité, mais ce nétait qu'une illusion, aussitôt disparue. Il avait retrouvé le sommeil, mais il était perturbé par un rêve récurrent, Gascogne agitait ses bras pour faire fuir des rapaces qui tournaient autour du ballon, en mimant une attaque, leurs serres frôlant la toile. Gascogne lui réclamait de l'aide pour chasser les oiseaux, mais il faisait mine de ne pas l'entendre, ne craignant pas l'accident. Quand il se réveillait, c'était avec la même culpabilité d'avoir perdu connaissance et de ne pas avoir vu le nuage chargé de grêle et de tonnerre. Il avait le sentiment d'être un escroc qui avait berné la confiance de ses proches. Mariabella touchait son front pour sentir si la douleur de cette main absente se rappelait à lui et le faisait transpirer. Il l'embrassait, s'excusait de l'avoir réveillée une fois de plus.

Howard se mit à visiter régulièrement Gascogne et Diane, toujours présente aux côtés de son amant. Ils s'allongeaient tous les trois pour fumer et s'évader dans leurs retraites respectives. Deux jours avant de basculer en 1805, Londres était immergée dans un brouillard épais et froid. Les rues ne se distinguaient plus les unes des autres, barrées au bout de quelques mètres par le même voile opaque. Plus il était brun et plus il était nocif pour les poumons. On croisait souvent des silhouettes qui partaient dans de longues toux sèches et sifflantes. Diane ne fumait pas ces jours-là, se protégeant la bouche d'un foulard. Elle se contentait de la présence d'Howard et de Gascogne, couchés l'un à côté de l'autre, immobiles, apaisés par les premiers effets de l'opium. Howard observait une petite pièce, debout sur sa tranche, sous une armoire, se demandant si c'était réel ou un effet de la drogue. Quelqu'un frappa à la porte et la voix d'une jeune fille appela Diane, occupée à modeler une boulette d'opium en faisant tourner entre ses doigts une aiguille au-dessus d'une flamme. Elle se leva pour aller ouvrir, c'était une fillette d'une douzaine d'années qui lui murmura quelques phrases. Elle enfila son manteau et sortit sans rien dire. Gascogne se redressa en prenant appui sur ses coudes pour souffler à l'oreille d'Howard :

— Sais-tu que Diane parle cinq langues et je ne sais toujours pas quelle est sa nationalité? C'est une amante excellente, mais c'est aussi une espionne. Je me suis bien gardé de lui dire que nous sommes montés à plus de 28 000 pieds! À elle et aux autres.

La petite pièce perdit subitement de son intérêt.

— Pourquoi tu me le dis maintenant?

La vérité avait jailli d'elle-même, elle s'était enfuie de la bouche de Gascogne, ne supportant plus de se murer en côtoyant Howard.

— Je ne sais pas. La vérité n'est pas toujours bonne à dire, ni même à connaître. Nous sommes des pions.

— Des pions ?

— Tout le monde se sert de nous. Je voulais que ce soit notre secret.

— 28 000 pieds ! Tu n'as pas perdu connaissance ?

— Je ne crois pas, je surveillais ton pouls, je pensais que tu étais mort et j'attendais mon tour, mais oui, j'étais conscient.

Gascogne se tut, jusqu'à ce qu'un air narquois illumine son visage.

— Il y a autre chose que je n'ai raconté à personne. – Il posa son index sur sa bouche avant d'affirmer. – J'ai vu Dieu. – Il fixait Howard d'un air grave, comme s'il lui révélait un fait authentique. – Il m'a parlé. Il m'a demandé : quelle porte veux-tu ouvrir, celle de l'enfer ou celle du paradis ?

— Tu blasphèmes, Paul Gascogne !

— Nullement.

— Et que lui as-tu répondu ?

— À ton avis ?

— Le paradis !

— Non. Aucune, je lui ai dit, renvoie-moi plutôt sur terre, avec ce pauvre homme qui a perdu la raison.

Howard le prit au mot.

— Dieu te protège alors. Et si nous repartions ?

Howard n'avait jamais évoqué les nuages depuis leur vol, mais Gascogne savait sa détermination intacte.

— Tu m'as entendu ?

— Dieu ne m'écoutera pas une deuxième fois.

— Moi, c'est en toi que j'ai confiance.

— Mais pour qui tu me prends ? Je ne suis rien. Tu es étrange. La vie n'a pas de prix pour toi ? C'est ta foi qui te brouille la vue ? Et ta femme, tes enfants ?

— Ils sont ce que j'ai de plus cher au monde.

— Alors arrête.

— Je ne peux pas. Je ne regrette pas la main que j'ai perdue. C'est le prix que je devais payer pour connaître les secrets du ciel.

Mais ma vie n'aurait plus de sens si j'arrêtais. Et pourtant j'aime Mariabella, j'aime les enfants qu'elle m'a donnés, je donnerais ma vie pour eux, je me dis souvent que je ne les mérite pas, que le ciel s'est trompé, qu'il m'a fait un don par erreur, mais je ne peux pas arrêter.

Les deux hommes se turent pendant de longues minutes. Gascogne fixait la chaise vide de sa maîtresse, Howard la pièce qui tenait en équilibre.

— Où est Diane?

— C'est étrange, cette pièce, tu la vois?

— Tiens! Tu parles ma langue?

— À peine.

— Il parle français. Ma parole, je vis entouré d'espions!

— Comment est-ce possible? poursuivit Howard.

Gascogne s'intéressa à son tour à la pièce, trouva le phénomène étonnant lui aussi.

— Nous serons mieux préparés la prochaine fois, nous savons à qui nous aurons affaire.

— Mais le froid sera le même et les vents aussi.

— Non, nous serons plus forts.

— Tu parles! Et l'argent, qui va payer?

— Qui? Le roi. Je l'ai rencontré, en personne.

— Quand?

— Il y a quelques mois.

— Et depuis?

Howard marqua une pause.

— J'attends.

— George le fermier!

— Il est aussi l'ami des sciences.

— Mais il est malade, le roi, il ne décide de rien. Et puis, on m'interdit de voler, je ne suis plus d'aucune utilité pour toi.

Diane réapparut, elle remarqua que les deux hommes se touchaient presque pour mieux se parler. Elle regagna sa place. Howard se mit à ramper jusqu'à la pièce qui l'intriguait.

— C'était qui? demanda Gascogne.

— Ma fille.

— Tu as une fille?

Diane ne donna pas plus d'explications. Howard se tenait à quelques centimètres de la pièce.

— Un shilling! Comment as-tu fait? Debout sous une commode? Tu ne sais vraiment pas, Paul Gascogne?

Il fit signe que non.

— Et toi, Diane?

— Quoi donc?

— Comment cette pièce s'est-elle mise toute seule dans cette position?

— Je ne sais pas.

— Je te laisse là, l'énigme du shilling debout.

— Cette femme est vraiment mystérieuse, dit Gascogne. Elle a une fille! Monsieur Howard veut que nous repartions dans le ciel. Qu'en penses-tu?

— En quoi mon avis importe-t-il?

— Tu peux rassurer monsieur Markham, nous n'avons pas l'intention de trahir le roi, ni l'Angleterre.

Diane ne feignit aucune surprise. Son rôle auprès de l'Intelligence Service n'avait pourtant jamais fait l'objet de discussion entre eux, Gascogne savait, il ne servait à rien de nier. Elle posa sur son amant un regard froid, distant, sa voix était sèche.

— Ce n'est pas le roi qu'il faut convaincre, ni monsieur Markham, c'est monsieur Pitt.

43

Mariabella ne se rendait plus à la Réunion du 1er jour. Elle acceptait seulement de prier avec Luke, dans leur chambre. Quand ils rouvraient les yeux, ils se fixaient, le devoir accompli, et prononçaient d'une même voix la phrase rituelle :

— Ainsi soit-il.

Luke regagnait la Maison commune, et Mariabella se rendait à l'École du dimanche de Coleman Street où elle enseignait la lecture à des enfants. L'industrie anglaise, très florissante, avait besoin d'une main-d'œuvre de plus en plus nombreuse. Les manufactures recrutaient des enfants très jeunes, ils étaient chargés des tâches les plus ingrates, celles que la plupart des adultes étaient inaptes à exécuter en raison de leur taille. Quand il s'agissait de nettoyer les parties les plus inaccessibles de certaines machines à vapeur ou de réparer les fils cassés derrière les métiers à tisser pendant qu'ils tournaient à plein régime, seuls les doigts et le corps menu d'un enfant parvenaient à se glisser dans ces zones exiguës et dangereuses. On embauchait les enfants pour une autre raison, encore plus cynique, ils étaient moins payés, ainsi que les femmes, et ces salaires réduits permettaient de tirer vers le bas les salaires déjà maigres qu'on accordait aux ouvriers. L'École du dimanche avait été créée pour éduquer toute cette population déracinée. Elle avait quitté la terre pour l'usine, dans l'espoir d'un avenir meilleur, et elle se retrouvait dans le grand cloaque de Londres, exposée aux dangers et aux perversités de la ville. L'École servait à instruire et à préserver les enfants des sirènes de la criminalité. Ils apprenaient à lire dans la Bible, l'École considérait que ce texte était le plus approprié pour nourrir à la fois leur apprentissage et leur morale, mais derrière cette lecture et cette générosité, Mariabella décelait un objectif plus sournois, la sempiternelle soumission des âmes fragiles à la domination de la religion et du Mystère. Elles passaient des mains d'une puissance à celles d'une autre. Peu de femmes enseignaient à l'École. On se méfiait d'elles, on se méfiait de Mariabella parce qu'elle était apothicaire et tenait des propos scientifiques. Elle ne laissait rien paraître de son trouble, elle se sentait utile ici, comme lorsqu'elle menait ses propres recherches. Mais personne ne s'intéressait à ses travaux, précisément parce qu'elle était une femme. Quand elle les soumettait à des avis prétendument éclairés, ils les parcouraient avec désinvolture, surpris et amusés, soulignant que le cerveau féminin n'était pas adapté à cette forme de réflexion. Les plus perfides se plaisaient à la dévaloriser un peu plus, suggérant qu'elle se laissait griser par le génie de son mari, en pure perte.

L'enseignement était pour Mariabella une revanche. Elle aimait voir ces jeunes enfants s'appliquer à déchiffrer des mots, à ne pas être, durant quelques heures, ces esclaves dont on ne tenait en estime que leur force déployée au service des usines et de leurs patrons. Parfois, la colère bouillait en elle quand le texte faisait l'apologie de la misère. Les phrases qui sortaient de ces bouches hésitantes, innocentes, lui perçaient alors le cœur, lacéraient sa chair avec la fulgurance des lanières d'un fouet. Elle avait souvent envie de crier, de mettre un terme à la leçon, de leur dire « arrêtez ! » Ces enfants ne faisaient pas de distinction entre la justice et l'injustice, ils survivaient. Alors Mariabella écoutait si les mots étaient correctement prononcés, elle s'efforçait d'ignorer le sens qu'ils prenaient, énoncés d'affilée. La Bible était pour elle un outil, rien de plus, une méthode pour constater les progrès que faisaient ses élèves. L'attention de Mariabella se portait souvent sur une fillette de 8 ans. Lisa avait quitté Bedford, au nord de Londres, pour venir travailler dans une filature. Elle était petite, elle avait des yeux verts qui pétillaient d'intelligence, elle apprenait plus vite que les autres. Quand elle butait sur un terme difficile, elle l'articulait en guettant l'approbation de Mariabella, leurs sourires se croisaient et Lisa poursuivait sa lecture.

Pour la dernière Réunion de l'année, Luke supplia Mariabella de faire abstraction de sa colère, de ses doutes, et de l'accompagner à la Maison commune. Ce jour-là, les Amis se rassemblaient après la prière autour d'un repas auquel se joignaient les enfants. Mariabella et Luke étaient dans leur chambre, agenouillés, face à face, elle murmura :

— Je ne vois plus Dieu. Je veux me désengager de lui.

— Depuis quand?

— Depuis la mort de Rachel. Non, depuis toujours.

Il était perdu, il connaissait le tourment de Mariabella, mais ne le savait pas aussi profond. Elle brûlait Dieu, jetait l'apostasie au milieu de leur vie comme on jette la carcasse d'une bête crainte et abattue. Il lisait sur son visage une violence dont il ne soupçonnait pas l'existence, dévoilant un abîme jusque-là dissimulé. Il cherchait à la réconforter, à lui raconter comment il allait et venait entre le Créateur et la science. Ces deux maîtres faisaient bon ménage, respectaient le territoire de chacun, mais les phrases justes ne venaient pas, les mots tombaient par terre, désordonnés. Mariabella et Luke étaient sur deux berges opposées, séparés par les eaux d'un fleuve bouillonnant et noir qui menaçaient de les emporter. Il la prit dans ses bras, elle n'était plus là, ses formes lui échappaient, elle était l'évanescence, l'altitude, le ciel bleu qui guide vers le néant, il tentait de retenir une étrangère qui le fuyait.

— Ainsi soit-il, dit Luke.

— Ainsi soit-il, répéta Mariabella, au bout d'une longue hésitation.

Elle se rendit à l'École du dimanche, Lisa n'était pas là. Mariabella ne posait jamais de question personnelle, affichant la même neutralité à l'égard de chacun de ses élèves, mais l'absence de la fillette se transforma au fil des minutes en un poids de plus en plus lourd. Elle trouva un prétexte pour évoquer son nom et se renseigner sur les raisons de son absence. Un jeune garçon qui travaillait dans la même usine que Lisa lui apprit qu'elle avait dévissé le mauvais tuyau d'une machine, provoquant un jet d'huile qui l'avait ébouillantée au niveau du visage et de la poitrine. On l'avait évacuée de l'usine, inconsciente.

— Où? s'écria Mariabella.

— Je ne sais pas, madame.

En quittant l'École, Mariabella a pris la direction du nord, elle a marché pendant des heures, face au vent et à la pluie froide, jusqu'à ce que la ville n'existe plus. Elle était trempée mais elle ne sentait rien. Son esprit était absorbé par la vision d'un monde débarrassé du Mystère, vaincu et remplacé par la Vérité et l'Humanité, un monde dans lequel la servitude et la misère n'auraient plus cours. La production de la richesse serait source de joie pour tout le monde, elle éradiquerait l'ignorance, la charité, et rendrait les hommes et les femmes libres et égaux. Brusquement, elle se mit à hurler contre l'injustice et la solitude. C'était la première fois qu'elle sentait sa route diverger de celle de Luke. Ils avaient passé leur vie ensemble, ils formaient un seul être, vivant dans une marge discrète. Leurs différences avaient forgé une force indivisible, solidaire et résistant à toutes les critiques. Mariabella avait l'impression qu'un coup de hache venait de sectionner toutes ses certitudes.

44

Le 1er janvier 1805, monsieur Pitt se rendit au Palais de Kew pour présenter de vive voix ses vœux au roi et pour mesurer lui-même son état de santé. La relation entre les deux hommes était dénuée de toute complicité, celle de deux chefs qui consentent à cohabiter pour le seul intérêt de leur pays, mais George III était enjoué, il proposa au Premier ministre de visiter son observatoire afin de lui montrer le dernier instrument qu'il avait acquis.

— Savez-vous ce que la contemplation du ciel et la guerre ont en commun?

Pitt attendait l'explication, imperturbable.

— Des tuyaux! L'avenir du monde appartient aux tuyaux.

Un très long télescope trônait au centre de la coupole. Son créateur était l'astronome William Herschel auquel George III versait une rente annuelle de deux cents livres depuis sa découverte d'une planète à laquelle on avait donné son nom. Le Premier ministre remarqua aussi la présence d'un clavecin, il le frôla d'une main et prit à son tour un ton aimable pour déclarer:

— Je ne vous connaissais pas cette passion pour les tuyaux, Monsieur. Pour ma part, j'aime écouter aussi ceux qui chantent la gloire de Dieu en l'abbaye de Westminster.

Pitt promena une main à plat sur le tube optique du télescope.

— Est-ce celui-ci qui a permis de faire la découverte de Georgium Sidus ?

— Non, il est à Bath, trop difficile à démonter d'après monsieur Herschel.

— Monsieur Herschel ! Il paraît qu'il a fait forte impression à Napoléon lors de son dernier voyage à Paris.

— Il paraît. Il semblerait toutefois que les Français n'aiment pas que mon nom soit associé à cette découverte. C'est difficile de faire l'unanimité en matière scientifique, comme en toute matière du reste. Je ne serais pas hostile à ce qu'on lui donne un autre nom, à condition qu'il soit latin bien sûr. Si aucune planète ne peut être la propriété d'un roi, alors qu'elles soient toutes le bien de l'humanité tout entière. J'aime bien l'idée d'une langue universelle.

Pitt reprit ses manières et son allure froides, il savait George III favorable à la nomenclature latine des nuages et à une deuxième expédition d'Howard dans le ciel, mais il détestait qu'on lui suggère sa façon de conduire les affaires, même en prenant des gants.

— J'aimerais bien glisser un œil dans cette lunette.

— Le ciel est bleu, je crains qu'il n'ait beaucoup de secrets à livrer à l'heure qu'il est.

— Alors, j'ausculterai du bleu.

Un homme jusque-là en retrait dans un coin de la salle se manifesta. Il était distant, rigide, préférant l'ombre à la lumière. Il avait un léger accent allemand.

— Quelle direction, monsieur Pitt ?

Le Premier ministre toisa l'inconnu qui se présenta.

— William Herschel, astronome au service de Sa Majesté George III et de la compréhension de l'Univers.

Pitt le détailla, son interlocuteur restait statique, imperturbable. Il se plaisait habituellement à fendre les armures, mais c'était un jour rare, le Premier ministre était d'une humeur conciliante, il réfléchit quelques instants puis il énonça des coordonnées :

— Eh bien, monsieur Herschel, disons le bleu de l'est, par exemple le 121°.

— Et pour l'élévation.

— Un degré ! Juste un degré, cela devrait suffire !

— Je vois. Par ici, monsieur le Premier ministre.

Les deux hommes prirent un petit escalier pour accéder à une plate-forme. Pitt se mit à fredonner un air composé par l'astronome, occupé à régler le télescope.

— La molette pour le régler à votre vue est celle-ci.

— Je sais, je vous remercie monsieur Herschel, m'accorderiez-vous une autre faveur?

Herschel attendit, toujours aussi froid.

— Accepteriez-vous de nous distraire au clavecin avec une de vos compositions?

— C'est une excellente idée, dit le roi. Le mariage de la science et de l'art. Le triomphe de la raison et du beau. C'est parfait pour commencer une année.

Herschel redescendit et se mit au clavecin. Dominant les autres, l'œil collé contre l'oculaire, Pitt réglait le télescope à sa vue, tout en chantonnant les notes que jouait l'astronome. Subitement, il s'arrêta, la stupéfaction avait chassé son sempiternel air de supériorité, il interrompit Herschel.

— Les coordonnées sont bien celles que je vous ai indiquées?

— Tout à fait, monsieur le Premier ministre.

Pitt ne détachait plus son œil du télescope, déplaçait lentement sa visée à droite, à gauche.

— Que se passe-t-il? s'étonna le roi. Vous avez identifié une nouvelle planète?

— Nom de Dieu!

Pitt passa une main sur son front devenu humide, ses mâchoires qu'il pressait l'une contre l'autre faisaient rouler sa peau, il se tourna vers George III, terrifié.

— Monsieur, puis-je vous prier de constater vous-même? Monsieur Herschel, s'il vous plaît, vous aussi.

Les deux hommes se joignirent à Pitt. George III colla un œil sur l'oculaire. Les coordonnées choisies par son Premier ministre étaient celles de Boulogne. À la verticale du camp militaire français, le ciel était couvert d'un essaim de petits points flous et gris. Le visage du souverain se décomposa à son tour.

— Et vous, monsieur Herschel, que voyez-vous?

L'astronome s'approcha de l'oculaire, il prit le temps de balayer le ciel ennemi, avant de confirmer froidement :

— On dirait des ballons, Monsieur, une armée de ballons.

45

Aucun aérostat ennemi ne franchit la Manche. Était-ce une tentative ou la répétition d'une invasion future par les airs? Était-ce une ruse de la part des Français pour attirer l'attention des Anglais vers un danger inexistant et en dissimuler un autre, bien réel? L'Intelligence Service n'eut aucune information sur la nature de cet événement, mais la crainte que ne cessait de formuler Markham devint concrète pour le Premier ministre. Le patron de l'Intelligence Service reçut carte blanche pour prendre toutes les initiatives capables d'enrayer une attaque par le ciel. Plus rien ne s'opposait à un nouveau vol d'Howard. Il fallait juste qu'il ne se solde pas par une évasion de Gascogne.

Une fois par semaine, Markham recevait Diane qui lui rendait compte de tous les renseignements qu'elle glanait chez ceux qu'elle aimait et surveillait. Il la recevait dans son bureau de l'Intelligence Service qui avait vue sur la Tamise. Il aimait le spectacle des bateaux, l'agitation qui régnait autour, ils étaient les organes vitaux de la ville. Markham savait ce que chacun d'eux débarquait et embarquait, il se plaisait à les surveiller en usant de son flair qui décelait le mal partout où il sévissait. Il avait le don de détecter les trafics, même à distance. Il répétait que chaque vice avait son odeur. Le fleuve n'était pas son domaine d'intervention, mais il ne résistait pas au plaisir de faire part de ses suspicions à la Police marine en transmettant une note avec juste le nom du bateau qu'il soupçonnait de fraude, accompagné de ses initiales : WM. Il était un des rares hommes à n'avoir jamais demandé la moindre faveur à Diane. Elle supposait que les plaisirs charnels ne l'intéressaient pas, qu'il préférait jouir des complots qu'il déjouait et des arrestations qu'il ordonnait. Il n'aimait pas le contact direct, il aimait la puissance et le pouvoir qu'il exerçait de loin. Il possédait Diane parce qu'elle avait été l'amante d'un jeune aristocrate déchu, Clive O'Kelly, chef d'une bande redoutée pour ses vols de chevaux. Il s'était fait arrêter après avoir soustrait de l'écurie d'un ancien ambassadeur d'Espagne un descendant d'Éclipse, pur-sang alezan qui attirait les foules sur tous les hippodromes du royaume, en raison de ses sorties toutes victorieuses.

Markham s'était mêlé de l'affaire à cause de la dimension diplomatique qu'elle avait prise et de son amour pour les chevaux ; il était passionné par leur généalogie et les courses d'Epsom. Cette enquête le conduisit jusqu'à Diane, elle montait ceux que volait O'Kelly dans les prairies du Surrey. Le voleur dénonça un à un, sous l'effet de la torture, tous ses complices. Il ne manquait que le nom de Diane que Markham arracha à O'Kelly en lui promettant de ne pas entamer l'intégrité du corps de sa maîtresse, une fois pendue, et d'en faire de même avec le bébé qu'elle portait dans son ventre. Toute la bande fut conduite à la potence de Newgate puis découpée en morceaux, mais Markham n'avait pas l'intention de supprimer Diane. Elle lui était plus utile vivante que morte. Sa morale était sans limite, elle plaçait la priorité de l'État au-dessus de tout. Il venait du peuple, il avait gravi depuis son enfance les échelons de la société en éliminant ceux qui le gênaient et en se hissant grâce aux autres. Son ambition dévorante d'être ministre pouvait paraître puante, cynique, il avait un alibi infaillible, le service de l'État. Il réserva à Diane, depuis une fenêtre voisine du gibet, une place de choix pour qu'elle assiste au châtiment de son amant et de sa bande, lui promettant sa protection si elle acceptait de consacrer sa vie et ses charmes au profit de l'Angleterre. Diane aimait les hommes qui vivaient en marge de la société, ceux qui s'arrangeaient des règles pour vivre plus vite et plus fort. Mais le plus grand escroc, l'homme le plus immoral qu'elle ait jamais rencontré était Markham. Il était le plus habile des tricheurs parce qu'il trompait les autres sans prendre de risques, anticipant sur chacune de leurs intentions, sachant tout, utilisant la loi afin d'annihiler les forces susceptibles de lui résister. Diane sentait sa peau envahie par l'odeur fétide de Markham. Elle s'en détachait en s'échappant dans des doses de plus en plus fortes d'opium qui la libéraient pendant quelques heures des invisibles chaînes avec lesquelles il l'entravait. Elle avait la peau blanche, des cheveux roux et l'âme noire, celle de Markham qui avait déteint sur elle.

— Le roi va financer le vol que monsieur Howard souhaite refaire, dit Markham.

— Vous avez su convaincre monsieur Pitt?

— Pas tout à fait, il s'en est convaincu lui-même.

— Et donc?

— Il s'agit désormais de ne pas décevoir le Premier ministre.

— Que Gascogne ne profite pas de ce vol pour gagner la France?

— C'est cela. Il n'emporterait pas beaucoup de secrets, mais ce serait une défaite.

— Pour vous.

— Ce monsieur Pitt est facilement irritable. Il s'enflamme vite, trop vite. Mais ma défaite serait avant tout une défaite pour le royaume.

— Pourquoi s'échapperait-il maintenant par les airs alors qu'il ne l'a pas fait la première fois?

— Pourquoi pas? Nous sommes en guerre. Le raisonnement d'un espion est par nature insondable.

— Il m'aime.

— Mais tout le monde t'aime.

Diane ne réagit pas, elle étouffait pourtant sous le vice et le fiel que Markham enfonçait dans sa gorge. Il avait le don de salir ceux dont ils se servaient, de les humilier sans lever la voix. Elle cherchait le bouclier pour rendre ses paroles inoffensives, mais elles étaient toujours les plus fortes, transperçaient toutes les carapaces qu'on leur opposait. Parfois, elle s'imaginait lui plantant un couteau dans le cœur, mais on ne tue pas un démon, même absent, il continue d'agir.

— Ces deux hommes ont une seule alternative, réussir ou mourir. Je me méfie de l'amour. Quoique ! Je ne doute pas que tu saurais employer les bons arguments, *a fortiori* si l'avenir de ta fille dépendait de l'attitude loyale ou pas de Gascogne.

Il la dégoûtait et en jouissait, guettant le moment où elle ne pourrait plus feindre la distance.

— Je sais, je ne recule devant rien. La raison d'État est aveugle, elle sauve une fois et condamne le coup d'après, au gré des circonstances. C'est une faux qui déteste les imperfections, les mauvaises herbes qui dépassent. Quant à Howard, comment le contraindre ? Qu'est-ce qui le pousserait à ouvrir la trappe qui jetterait le ballon en pleine mer plutôt que de rejoindre les côtes ennemies ?

Diane affecta l'étonnement, la solution était pourtant d'une logique qui ne pouvait pas échapper à une intelligence aussi malsaine que celle de Markham. Elle affirma froidement, tel un défi au mal :

— Mais vous venez de le dire... sa femme, ses enfants, ils sont là ses points faibles !

Il la toisa, souriant. Il l'avait touchée au plus profond de sa chair, son but était atteint, c'est quand elle cherchait à le fuir qu'elle se transformait en un redoutable soldat.

— Pour qui me prends-tu ? Je n'ai pas pour habitude de prendre en otage une famille honnête. Ces quakers sont étranges en plus. Comment réagiraient-ils ?

Diane revoyait la potence, le public assoiffé de sang, la main du garde posté dans son dos, prête à lui broyer le cou si elle détournait la tête pour ne pas voir la hache du bourreau qui se levait et s'abattait pour trancher les membres de son amant.

— La bonté, l'humanité de sa femme alors.

— À quoi penses-tu?

— À une douleur qui la toucherait personnellement, tout en épargnant ses enfants.

Pour échapper à Markham, Diane finissait invariablement par se dégoûter.

46

Les jours étaient sans fin, les heures lourdes et lentes. Quand ils interrogeaient les horloges de leur maison, elles leur certifiaient toutes: «Vous ne parviendrez pas à atteindre votre but, nous faisons barrage, nous retenons le temps.» La vie n'était plus pour Luke et Mariabella qu'une ligne droite, plate, prévisible, une route qui traversait une morne plaine. Howard répétait les mêmes gestes, il s'était remis à noter dans ses carnets ce que les instruments lui disaient du temps, mais les chiffres n'étaient que des rumeurs sans consistance, parlant pour ne rien dire. Puis il sortait. Mariabella continuait de recevoir les confidences des clients qui l'alertaient sur les désordres de leur santé. Elle les compilait dans un cahier, comme on range de côté des objets superflus, en se disant qu'un jour peut-être, ils trouveraient leur utilité. Ils se morfondaient. L'un flottait dans l'opium et l'autre dans l'ennui. Chaque jour était une attente. Le futur de leurs enfants était désormais le seul ouvrage de leur vie. Le progrès s'était détourné d'eux, il avait donné une chance à Luke d'en devenir le guide et il avait failli, lui intimant dorénavant de se contenter du quotidien. Parfois ils réunissaient leurs fronts pour perpétuer une posture de prière, mais cela aussi avait perdu tout sens. Mariabella avait dressé un mur entre Dieu et elle. Elle glisserait seule vers l'obscurité si les ténèbres étaient réservées aux apostats. Il explorerait le ciel pendant qu'elle défierait la nuit. Il sacrifierait son corps à la science, et elle son âme à l'obscurantisme. Le seul souhait qu'ils formulaient en priant était que leur destin leur soit rendu.

Mariabella cessa d'enseigner la lecture à l'École du dimanche, la mort de Lisa avait ravivé celle de Rachel et les mots de la Bible réveillaient les plaies, empêchant le passé de cicatriser. Elle se sentait encore coupable d'avoir entraîné son amie de l'autre côté du pont, de même qu'elle se sentait responsable d'avoir distrait la fillette de son instinct de survie. Le savoir était finalement plus dangereux que l'ignorance. Il ne servait à rien d'élever les consciences pour qu'elles constatent, avec la hauteur prise, le champ de ruines qui les entoure et l'impossibilité de s'en extraire. Le service qu'elle rendait, elle se le rendait à elle-même, pour se décharger de la culpabilité d'être bien née. Elle soulageait ses tourments en réparant des fractures avec de l'eau claire. Sa bienveillance était une illusion qu'elle se projetait à elle-même, pareille au décor d'un théâtre qui propose l'image d'une nature accueillante, mais mal peinte, peu crédible. Parfois, elle souhaitait disparaître, ne plus être qu'une façade, une silhouette que Dieu récupérerait par la main comme une enfant perdue au milieu de la foule. Il la ramènerait parmi le cercle des Amis, leurs prières collectives, son individualité se diluerait dans le groupe, rien ne distinguerait ses journées de celles des autres, Il poserait un baiser sur sa tête, la pardonnant d'avoir fait fausse route, lui faisant don de la Lumière qui avait abandonné ses nuits. Elle se satisferait de la discipline qu'exigent les tâches quotidiennes, d'être femme, mère, une Amie, une présence creuse, sourde au progrès. Elle sourirait à Luke jusqu'à ce que leur vue baisse.

Silvanus était à ses côtés, une odeur suave parfumait le laboratoire, celle de l'eau de Hongrie qu'il faisait couler d'une grande bouteille en verre pour remplir une série de petits flacons. Mariabella tenait l'entonnoir tout en surveillant le niveau du liquide qui montait. Il l'observait, trouvait sa peau plus blanche et son air lointain. Elle se savait scrutée, ne faisait rien pour que ça cesse, elle disait « Attention! » quand le liquide arrivait près du goulot et il redressait la bouteille.

— Je vais être père, lui dit-il.

La nouvelle envahit Mariabella, nettoyant d'un trait son humeur sombre.

— C'est vrai? Mais je ne connais pas sa mère.

— Elle n'ose pas venir.

— Je suis heureuse pour toi… et pour elle.

— Si c'est un fils, je l'appellerai Luke.

Elle se retint de demander: « Et si c'est une fille? » La question lui brûlait pourtant les lèvres. Silvanus lui sourit, préférant le silence. L'évidence n'avait pas besoin d'être formulée, résonnant avec plus de force en restant suspendue. Deux hommes poussèrent la porte de l'apothicairerie. Ils n'étaient pas des clients ordinaires cherchant à soulager un mal. Ils étaient deux doubles, grands, vêtus de capes noires, portant les mêmes hauts-de-forme et des bottes en cuir. Ils posaient leurs yeux partout, sans retenue, sans se soucier de l'impression qu'ils produisaient, puis ils examinèrent Silvanus. Il devina qui ils étaient, Mariabella aussi. Depuis 1803, la loi de la levée en masse avait donné pour mission à des recruteurs de grossir les rangs de l'armée. Ils avaient souvent une allure respectable, l'épée en bandoulière, une plume verte à leur chapeau, une pelisse d'officier, ils offraient seize livres à ceux qui s'engageaient. Ils ramassaient en priorité les misérables, les alcooliques, les criminels qui voulaient échapper à une condamnation. La somme était pour ces citoyens bien supérieure au prix qu'ils donnaient à leur propre vie. Les hommes plus vertueux et recommandables qui avaient la haine de la France étaient nombreux, mais de la haine au sacrifice, il y avait un pas à franchir que la plupart reportaient au lendemain. L'armée peinait à remplacer les morts qu'elle relevait du front. D'autres recruteurs à la dégaine plus louche sillonnaient le terrain. Ils promettaient eux aussi les seize livres, et si elles n'étaient pas assez persuasives, ils trouvaient d'autres arguments, pas toujours légaux. C'étaient les Crimps.

— Silvanus Bevan?

Il hocha la tête. Le Crimp le plus âgé se mit à débiter sur le ton froid d'un juge qui prononce une sentence :

— En vertu de la loi du 27 juillet 1803, permettant à sa Majesté de pourvoir à la défense et à la sécurité du royaume, d'exercer le plus efficacement et le plus rapidement possible son ancienne et incontestable prérogative en exigeant le service militaire de ses sujets en cas d'invasion ou de risque d'invasion du royaume, vous avez été désigné pour intégrer l'armée dans les plus brefs délais.

— Et cette désignation est irrévocable, enchérit le deuxième. L'armée a besoin de vous.

Silvanus avait envie de fuir. Il était pétrifié. Ces deux Crimps lui rappelaient les mâchoires du chien qui avait failli le tuer. Ils le cisaillaient à tour de rôle.

— En vertu de quoi, vous toucherez les seize livres que le royaume verse à tout homme qui s'engage pour le servir.

— C'est bien seize livres, pour un jeune homme.

— C'est une somme non négligeable en effet.

— Vous avez entendu, monsieur Bevan?

Il avait bien entendu. Il n'aimait pas les Français, mais ils étaient loin. Il était sorti de la misère, chaque jour qui se levait et qui menait ses pas jusqu'à la Maison Howard avait le goût d'une victoire. Il avait appris à lire, à écrire, à nommer les plantes, il savait confectionner plus de cent médicaments, il avait trahi la famille Howard mais elle ne l'avait pas renvoyé. Il aurait donné sa vie plutôt que de lui être infidèle une deuxième fois. Les Crimps venaient sonner la fin des illusions, leurs paroles étaient froides et aiguisées, son destin le rattrapait, ils glissaient lentement leurs lames le long du lien qui avait extrait Silvanus des bas-fonds, sa résistance flanchait, il allait choir.

— Qu'est-ce que je dois faire?

— Nous accompagner afin d'être affecté au régiment qui vous apprendra le maniement des armes. Ainsi que tout bon sujet qui défend son royaume.

— Mais il va être père, dit Mariabella.

Le premier Crimp feignit de prendre l'argument en considération.

— L'enfant est-il né?

Il n'obtint pas de réponse.

— Peut-être cet enfant ne naîtra-t-il pas? Sa Majesté considère que seuls les pères ayant un enfant de moins de dix ans, vivant, peuvent être dispensés du service militaire.

— Cet homme est un quaker, déclara Mariabella. Les quakers ne font pas la guerre.

Elle mentait. La sensation était étrange. Elle avait l'impression que quelqu'un avait pris possession d'elle, de son raisonnement. Son cœur et son souffle s'emballaient, tout son être était en désordre. Elle craignait sa ruse facile à lire sur son visage, mais elle ne cessait de toiser les deux Crimps. Elle ne redoutait plus rien, elle les défiait. Ils tenaient un discours officiel, affirmaient agir au nom de Sa Majesté, mais leur respectabilité n'était qu'un trompe-l'oeil. Elle opposait le mensonge au mensonge. Deux ennemis ne peuvent pas se reprocher d'utiliser la même arme pour s'abattre. Le premier Crimp reprit la parole:

— C'est exact, au même titre que les infirmes et les hommes de plus de 55 ans, ils sont dispensés du service militaire. C'est étrange, c'est une information qui ne nous a pas été communiquée. Mais un quaker a pour principe de ne pas mentir, n'est-ce pas?

— À moins qu'il soit un faux quaker, dit le deuxième Crimp.

— Tu ne vas pas douter de ce que nous dit madame Howard?

— Non, bien sûr, admit l'autre en souriant.

— Mais que ferions-nous face au tyran si toute la population embrassait une foi qui interdit de se battre? Nous verrions débarquer des hordes de Français, pillant, tuant, violant. Sans bouger, sans protester?

— Je ne le supporterais pas, dit le deuxième Crimp en poursuivant leurs échanges sur un ton qui négligeait la présence de Mariabella et de Silvanus.

— Bien, puisqu'il en est ainsi. Dieu sauve le roi et que nos armes le soutiennent.

Les deux Crimps ressortirent, laissant une odeur de haine et de mort. Elle était entêtante, dispersée dans l'apothicairerie par un invisible encensoir. Mariabella et Silvanus étaient sonnés. Ils se remirent au travail, côte à côte, jusqu'à ce que Silvanus lâche, les mains tremblantes :

— Je ne verrai pas naître mon enfant.

— Si, tu le verras.

— Non. L'armée va me prendre et c'est tout ce que je mérite.

— Ce n'est pas toi qu'ils veulent.

— Qui d'autre alors ?

Elle n'avait pas de réponse, c'était son intuition qui avait parlé. La visite des Crimps lui faisait penser à celle des rabatteurs qui orientent le gibier vers la dague donnant le coup de grâce. Quelques heures plus tard, alors que Silvanus s'apprêtait à quitter l'officine, il sentait toujours la même menace, lourde et collante, planer sur ses épaules. Il détailla rapidement la rue à droite, à gauche, la Fleet Street était pareille aux autres jours, il s'engouffra dans le flot des passants. Une vingtaine de mètres plus loin, les deux Crimps sortirent d'un porche pour lui barrer le passage. Silvanus n'opposa pas de résistance. Ils le firent monter dans un fiacre noir. Il se retourna vers l'apothicairerie et vit sur le pas de la porte Mariabella qui assistait à son enlèvement, impuissante, ruinée par les paroles qu'elle avait prononcées quelques instants plus tôt pour tenter de le rassurer.

47

Markham se frayait un passage dans la salle bondée de la Ye Olde Mitre Tavern jusqu'à ce qu'il repère Thomas Forster, debout, planté à la même place. Il ne prenait toujours pas le soin de répondre au salut poli des journalistes qu'il bousculait pour atteindre le comptoir. Il retira ses lunettes pour les essuyer, elles étaient couvertes de buée et il ironisa, en désignant les pieds de son ancien journaliste :

— Ça y est, vous avez pris racine ?

Forster l'ignora.

— Il paraît qu'on vous propose d'écrire de façon anonyme ! Quelle idée saugrenue. Bien sûr, tout est possible. Vous pouvez signer sous un autre nom tant que vous y êtes et en changer chaque semaine. Je fais ce métier depuis vingt-sept ans, vous savez ce qui est rare dans un journal ? Le talent. Tout le monde peut s'improviser journaliste et c'est bien le problème, mais le talent ? – Markham désigna d'un mouvement de tête les clients de la taverne. – Si tous nos amis ici présents s'arrêtaient d'écrire dès ce soir, de qui se souviendrait-on demain matin ? Allez, je vais être magnanime aujourd'hui, j'en vois deux, peut-être trois, non deux dont vous, quant aux autres, des pisse-copie. Il serait préférable en effet qu'ils aient la décence de ne pas rajouter leur nom à la bouillie qu'ils pondent. Monsieur

Howard va avoir son deuxième ballon. J'espère que cette fois-ci sera la bonne.

Forster persistait à jouer l'indifférent, mais il connaissait la nocivité de Markham, il avait tenté maintes fois de la tenir à distance, elle trouvait toujours une faille par laquelle s'infiltrer.

— C'est une bonne nouvelle, non? Le roi le veut.

— Mais c'est de la folie! s'écria Forster. Ils ont eu de la chance une fois, mais pas deux.

— Qu'en savez-vous? Personne ne sait. Il aborde un espace inconnu, quelle certitude peut-on avoir de l'inconnu si on ne fouille pas ses mystères?

— Howard y a perdu une main et la prochaine fois, il y perdra la vie.

— Vous parlez de lui comme d'un homme ordinaire. Howard n'est pas un homme ordinaire. Vous êtes bien placé pour le savoir. C'est sa raison d'être, sa grandeur. Aidez-le, c'est son vœu le plus cher. Accompagnez-le, pas physiquement bien sûr, mais avec vos mots, votre style. Racontez son épopée, ses préparatifs, son mariage, sa femme, les gens adoreront. Vous avez carte blanche, je ne modifierai pas une ligne de ce que vous écrirez. C'est le plus grand service que vous puissiez lui rendre.

Markham ressortit de son étui le tissu qui lui servait à nettoyer ses lunettes, il effaça consciencieusement la buée qui les couvrait tout en mesurant du coin de l'œil l'effet qu'il avait produit sur le journaliste. Il vérifia que sa vue était claire, lui souhaita une bonne soirée et quitta la taverne avec le même dédain qu'en y entrant.

Forster habitait un appartement ensoleillé, avec vue sur la Tamise. Il vivait seul. Il s'était promis de ne plus travailler pour le *Gentleman's Magazine*, de ne plus subir la loi de Markham, mais la proposition qu'il venait de lui faire était un venin qui agissait lentement, détruisant toutes ses résolutions. Markham avait raison, Howard ne résisterait pas à la possibilité de repartir vers les confins du ciel, et Forster se disait qu'il était bien le journaliste le plus légitime et le mieux informé pour raconter cette deuxième expédition. Il savait tout de son passé, de sa passion pour les nuages, de la façon dont elle était née.

Quand il avait 12 ans et Luke 11, ils passaient de longues heures ensemble, dans les rues de Londres. Forster mouillait parfois son index et le dressait en l'air pour estimer la direction du vent. Il fabriquait des girouettes qu'il posait sur les toits de Londres et Howard imita son ami en leur donnant la forme de nuages. Au début, ils attribuaient à chacune d'elles un nom d'animal en fonction de leur ressemblance avec telle ou telle espèce, puis Forster, convaincu d'avoir la fibre d'un grand savant, déclara que cette façon de faire était trop puérile, indigne de futurs découvreurs. Il les désigna par des adjectifs correspondant à leurs hauteurs supposées. Howard le corrigeait, démontant ou améliorant chacune de ses théories pour en suggérer une autre. Il était plus jeune, mais son raisonnement surprenait à chaque fois son aîné qui s'inclinait, avec plus ou moins de zèle. Forster était forcé de constater qu'en matière scientifique, Howard avait sans cesse une longueur d'avance, mais il n'instaurait jamais de compétition entre eux, cette notion lui était étrangère. Howard ne cherchait pas à dominer les autres, il les entraînait de leur plein gré. Ils étaient inséparables, jusqu'à ce que le père d'Howard décide de l'éloigner de la capitale afin qu'il poursuive ses études à Acworth. La distance leur était douloureuse, mais encore plus pour Forster, une multitude de lieux lui rappelaient l'absence de son ami. Quand Howard revenait à Londres, leur amitié reprenait son cours avec la même vitalité, avec pour point commun ce goût vorace pour la science. Forster abdiquait moins facilement qu'auparavant devant les théories de son ami, suscitant des conflits où chacun campait sur ses positions. Howard les désamorçait en répétant :

— Je respecte ton point de vue. C'est l'avenir qui nous départagera.

L'avenir appartenait à Howard et lui donnait toujours raison. Forster avait de plus en plus de mal à l'admettre, l'équilibre de leur amitié se dégradait, jusqu'au jour où Thomas fit la connaissance de Mariabella qui lui présenta sa meilleure amie, Rachel. Les deux amis étaient devenus quatre. Leur rivalité s'effaça. Les jeunes femmes les avaient réconciliés. Luke était amoureux de Mariabella, Thomas de Rachel, ils étaient à égalité, convaincus que leur fraternité régénérée ne connaîtrait pas de fin.

Ils avaient tous le même goût pour le progrès et les sciences. Ils se moquaient des commentaires que leur complicité soulevait parfois dans les rues de Londres, lorsqu'ils cheminaient ensemble. Ils avaient entendu parler d'un laboratoire où un médecin faisait des démonstrations censées prouver les bienfaits de l'électricité sur les paralytiques. C'est en se rendant à cette conférence qu'ils franchirent le pont duquel Rachel était tombée. Ils allaient être en retard, ils avaient hésité, l'exaltation de courir vers la modernité avait été la plus forte, les poussant à emprunter ce parapet. Rachel avait bien fait part à Thomas de ses craintes, mais l'enthousiasme que Luke communiquait au groupe les rendait invincibles. Tout se serait bien passé si les rats n'avaient surgi.

L'enterrement avait réuni des centaines de quakers, le silence était épais, interminable, si lourd qu'il écrasait l'émotion. Puis un premier Ami a dressé le portrait de la jeune défunte, et d'autres l'ont suivi pour raconter des anecdotes à son sujet et la relier à Dieu. Forster ne la reconnaissait pas, il avait l'impression qu'on parlait d'une autre. Ce n'était pas la jeune femme prête à briser l'interdit, à l'épouser, lui qui appartenait aux gens du monde. «Je serai exclue de ma communauté, disait-elle, eh bien je me contenterai de ton amour, il me suffit pour être heureuse.» Un autre Ami la compara au Christ, présente et vivante pour l'éternité. La mort l'avait emportée, mais son souvenir demeurerait inaltérable. Rien ne pourrait détruire l'amour porté à Rachel, il subsisterait, gravé dans le temps et dans l'espace, dur comme le marbre, léger comme l'air. Elle vivrait toujours en chacun de ceux qui l'aimaient. Pour la rejoindre, il était vain de chercher une réponse en scrutant le ciel, en direction du royaume des belles âmes décrit par d'autres croyants. Selon les Amis, on trouvait ce royaume en puisant au fond de soi-même. L'un d'eux dit en arborant une mine sereine que déjà elle lui souriait. Forster était blanc, livide. Il subissait tous ces témoignages les mâchoires serrées pour contenir la douleur qui l'envahissait, pour ne pas révéler la tempête qui le dévastait. Il sentait ses muscles trembler, chaque hommage prononcé était la gueule d'un rat qui dévorait sa chair. Il se leva pour quitter la pièce. Mariabella et Luke le rejoignirent à l'extérieur de la Maison commune. Il était immobile, prostré, il semblait ne pas les reconnaître, puis brusquement il sortit de sa torpeur pour hurler:

— C'est pas de l'amour que je ressens, c'est de la haine, une haine féroce, contre l'injustice, contre nous, contre moi. On n'aurait jamais dû franchir ce pont. Jamais. Si Dieu veille sur nous, il n'aurait jamais dû le permettre.

La douleur coulait, nul n'avait le droit d'en interrompre le flot. Des passants le dévisageaient, effarés, le prenant pour un fou. Mariabella trouvait sa colère belle. Elle aussi désapprouvait les formules d'amour prononcées durant ces funérailles, elle les jugeait désincarnées, inhumaines. Il était sain et légitime de s'élever à voix haute contre le Seigneur, aucun interdit n'était infranchissable, aucun tabou ne devait être assez puissant pour empêcher un être de se révolter contre l'injustice. Il était du devoir des hommes de sortir de leur mutisme et de crier leur dégoût quand Dieu était distrait et indifférent au sort d'une innocente. La haine que clamait Thomas n'était pas noire, c'était un torrent d'amour clair et lumineux. Luke s'imprégnait de son ami, chacune de ses paroles était une gifle. Il le savait fier, libre, moins doué que lui pour les déductions scientifiques, mais il lui devait tout. C'était sa boussole, son modèle. Thomas défrichait, et lui semait. Ses cris étaient ceux d'un esprit libre, seul contre tous, celui qui ne peut pas aller au bout du chemin mais qui se sacrifie pour indiquer la bonne direction. C'était son aîné, son guide, le frère qui lui avait montré la voie réelle du ciel. Rachel les avait réunis et sa mort avait ouvert un nouveau gouffre entre eux. L'amitié est parfois inéquitable, elle engraisse l'un au détriment de l'autre. Il avait envie de le prendre dans ses bras, mais la pitié était une erreur. Forster se mordait la main pour cesser de crier. Une goutte de sang perla sur sa peau.

Dix ans plus tard, la douleur remontait encore à la surface. Le volcan n'était pas éteint, il se réveillait avec la soudaineté d'une maladie que l'on croit guérie et qui ressurgit, sans prévenir. Le bruit de la Fleet débordant de son lit traversait le crâne de Forster, grondant, charriant tout ce qu'elle avait arraché aux berges de la ville. Les noyés mêlaient leurs bras aux branches mortes, les vagues du fleuve bordaient leurs corps de draps bourbeux, le passé blâmait les vivants. Depuis la fenêtre de son appartement, Forster suivait les mouvements des bateaux sur la Tamise. Le soleil brillait, lui appliquait sur le visage une compresse douce et tiède, la furie cessa, la douleur se retira. On frappa à la porte. C'était Howard. Cela faisait longtemps qu'ils ne s'étaient pas retrouvés l'un en face de l'autre, seuls. Forster n'exprima pas de surprise. Quand la vague le ramenait de ce passé, il ne sentait plus rien, ne distinguait plus le bien du mal, la vie n'avait plus de goût. Howard connaissait bien cette figure, il comprit d'où venait son ami et Forster ne fit rien pour lui dissimuler la lecture de son âme.

— Gascogne va construire un autre ballon, dit Luke, je veux que ce soit toi qui racontes ce deuxième voyage.

— Comment va la petite Rachel?

— Elle est belle, elle est gaie.

Il avait envie d'ajouter «comme celle que tu as aimée», mais il se retint parce que c'était maladroit, parce que toute parole bien intentionnée n'aurait eu pour seul effet que d'aviver la douleur, alors il répéta:

— Je veux que ce soit tes mots. Quelle qu'en soit l'issue.

Forster eut l'impression qu'Howard jetait sa vie sur la table et qu'il lui en faisait don pour effacer une dette ancienne. Ils étaient désemparés, au centre d'un jeu qu'ils ne maîtrisaient pas. D'autres tiraient les ficelles. Les puissants qui se servaient d'eux étaient la face noire de leur décor, ils devaient les ignorer, entretenir l'énergie qui les animait, leur passion pour les découvertes de leur temps. Forster se rapprocha de son ami, il prit son visage entre ses mains, leurs yeux plongeaient dans le passé de l'autre. Howard colla son front contre celui de Forster et ils mélangèrent leurs larmes, ce trop-plein de non-dits qui s'étaient accumulés depuis dix ans.

— Rachel, dit Howard.

Forster écarta ses bras, Howard aussi, ils se réfugièrent l'un contre l'autre, ne faisant plus qu'un. La paix était revenue. Howard entendit son ami lui murmurer à l'oreille :

— Si tu ne reviens pas, je te tue. T'as compris ? Je te tuerai. Je te le promets.

— Oui. Je veux que ce soit toi, personne d'autre, répéta Howard.

Forster acquiesça, le pacte ancien reprenait vie.

— On m'a parlé d'un homme, dit-il. Le vent est sa passion. Tu ferais bien de le rencontrer. Non, je le veux.

48

Gascogne avait carte blanche pour atteindre le toit du ciel. Il fit le tour de tous les importateurs et fabricants de pièces nécessaires à la construction de *L'Esprit II*. Il trouva à Manchester une filature qui produisait la soie caoutchoutée la plus résistante et imperméable du monde, il en commanda le double de ce qui était utile. L'argent n'était plus un obstacle, l'État payait. Sa principale obsession était le froid. Il élabora une nacelle carrée, en osier de Touraine, qui se fermait à l'aide d'un toit en deux parties, équipées de deux petits hublots permettant de surveiller l'état du ciel. Il ne s'était rien passé pendant des mois, on avait tout oublié et d'un seul coup la machine s'emballait, il fallait activer les cadences. Le chantier grouillait. Gascogne avait recruté les meilleurs artisans en doublant les salaires. *L'Esprit II* prenait forme dans une effervescence qui croissait jour après jour. Les mains qui lui donnaient vie avaient la conviction d'être les disciples de l'Histoire, de contribuer à une aventure rare, de créer une machine dotée d'un pouvoir surnaturel, capable de se hisser à la hauteur de Dieu. Même Diane y participait, elle lisait des auteurs russes parlant d'expéditions dans le Grand Nord sibérien.

— Tu sais lire le russe aussi! s'exclama Gascogne, une nouvelle fois ébahi par son amante.

Elle ignora sa remarque et poursuivit :

— Ces voyageurs disent qu'ils peuvent se déplacer en traîneaux sans sentir les morsures du froid, comme dans un lit. C'est vrai que les femmes russes ne sont jamais aussi charmantes qu'en hiver, leurs joues sont roses, leurs mines pétillantes. Il a de la chance, monsieur Howard, je prendrais bien sa place pour m'allonger près de toi, tout là-haut.

Elle confectionnait pour son amant un manchon en fourrure de castor. Gascogne avait commandé toutes sortes de peaux pour tapisser la nacelle, de phoque, de loutre de mer et de renard. Il les faisait doubler, par des couturières originaires du Devon, d'une toile de cuir pour protéger l'habitat de l'humidité.

— Il y en a même un qui voyageait avec un chauffe-pieds garni de charbons chauds.

Gascogne examina Diane, hésitant, puis il déclara :

— Non, c'est trop lourd.

— Et les plumes de poulet, tu y vois un inconvénient?

Elle avait lu dans les récits de Cornelius de Bruyn que des découvreurs avaient affronté le froid en cousant des plumes dans leurs chaussettes et leurs pantalons.

— Allons-y pour les plumes.

Elle jouait la femme conventionnelle qui épaule son mari, sincèrement, voulant mettre toutes les chances de son côté. Elle passait de longues heures à faire de la couture, en maudissant le voyageur hollandais de ne pas avoir donné plus de détails sur la façon d'assembler les plumes sans qu'elles se déchirent. Elle continuait de faire des rapports à Markham, n'oubliant rien de ce qui se passait sur le chantier. Elle le faisait machinalement, ce n'était plus vraiment de l'espionnage, elle avait l'impression de raconter à un proche la préparation d'un exploit auquel elle participait avec enthousiasme. Elle décrivait tout avec minutie, en espérant que ses comptes rendus suscitent de la part de Markham des remarques judicieuses, propices à minimiser les risques que courait son amant. Parfois, elle disait à Gascogne avant de partir à l'Intelligence Service :

— Je vais rendre compte.

Et il lui répondait en français :
— N'oubliez rien ma chérie.

Howard passait tous les jours sur le chantier. Ils s'asseyaient avec Gascogne, côte à côte sur des tonneaux de vin français, et ils contemplaient le chantier qui s'activait tout seul. Ils semblaient étrangers à l'entreprise qui progressait. Tout le monde s'était approprié un morceau de leur future exploration. Tant qu'ils n'avaient pas décollé, elle était un bien commun pour lequel chacun exerçait sa part de travail.

Parfois, à la fin de la journée, ils s'allongeaient pour fumer une pipe. Diane préparait l'opium et elle laissait les deux hommes se raconter leur vie. Elle ne se sentait plus le droit de s'évader en leur compagnie, respectant les belluaires qui se reposent avant d'affronter le fauve. Elle n'appartenait plus à leur monde. Elle se mettait à part, cousait consciencieusement les plumes de poulets dans les habits de son amant et ne cherchait même plus à savoir ce que les deux hommes se disaient à voix basse. Leur proximité avec l'infini et la mort les éloignait de la masse commune des vivants. Pourtant, il arrivait que leurs propos n'aient rien d'éthéré. Gascogne goûtait la présence de Diane assise près d'une fenêtre, sage, à contre-jour.

— On dirait le tableau d'un peintre ancien, tu ne trouves pas?
— C'est vrai.

Gascogne inspira une bouffée d'opium, tout en admirant sa maîtresse.

— Howard, tu imagines l'effet d'une pipe à 25 000 pieds?

Luke esquissa un sourire.

— Ce n'est pas très quakerien tout cela. Pourtant tu y as pris goût.
— C'est exact.
— Tes douleurs ont disparu?
— Je sens encore ma main, mais elle ne me fait plus mal.
— Depuis quand les nuages te fascinent-ils?
— Depuis toujours je crois. Mais je ne sais pas pourquoi.
— Parfois, c'est mieux de ne pas savoir.
— Et toi? Les ballons?

Quand il s'apprêtait à se lancer dans de longues explications, Gascogne s'approchait d'Howard, non plus pour parler à l'insu de Diane, mais pour économiser son souffle et sentir la proximité d'une âme devenue sœur.

— C'est une longue histoire. Quoique non, c'est le hasard. Je me battais pour la République, au milieu des corps mutilés, des ventres étripés, de ceux qui criaient et que rien ne soulageait. Je n'aimais pas le sang. Quand la République s'est lancée dans la fabrication de ballons, elle a eu besoin de fous, je me suis engagé aux côtés du capitaine Coutelle, un savant passionné d'aérostats, la Convention l'avait nommé premier officier de l'Air. Je me suis porté volontaire pour la première expérience à Fleurus. La première fois que les Autrichiens ont vu notre ballon, ils ont eu peur, on voyait des soldats qui s'enfuyaient, ils nous prenaient pour des sorciers.

— Mais vous risquiez d'atterrir chez l'ennemi?

— Non, il était retenu par deux cordes et une dizaine d'hommes au sol, on montait jusqu'à cinq cents pieds, on passait des heures entières à espionner l'ennemi, leurs travaux, leurs déplacements, on notait tout ce qu'on voyait sur des feuilles accrochées à des lests de sable, on jetait ça au fur et à mesure. Quand on avait besoin de se déplacer, on communiquait par des fanions avec les hommes qui nous retenaient au sol. On a bien essuyé quelques tirs, mais nous étions hors d'atteinte et puis les Autrichiens ont rendu les armes. Après, la République m'a demandé de superviser l'assemblage des ballons au château de Meudon et, un jour, j'ai reçu un message me disant que mon père allait mourir, mon père était anglais, mais je ne l'ai pas revu, j'ai été arrêté dès que j'ai posé le pied en Angleterre, on m'a emprisonné pendant plusieurs mois dans les pontons de Portsmouth et on m'a relâché. Depuis je suis un individu un peu marginal, l'opium soigne le passé et le présent, je saute en parachute depuis le ciel de Londres pour distraire les habitants. Ensuite j'ai rencontré un plus fou que moi qui s'appelle Luke Howard, il me conduit doucement mais sûrement vers la mort, mais pour être honnête, j'y prends un certain plaisir.

Diane délaissa sa couture pour écouter des cris venant de la rue. C'était la voix d'Alexander Tilloch, il hurlait sa haine contre le monde entier, réclamant compensation pour tous les services qu'il avait rendus à l'humanité et à la science. Les deux hommes allongés l'un à côté de l'autre ne l'entendaient pas, comme si Diane faisait barrage, protégeant leur intimité en absorbant tout ce qui pouvait les perturber.

49

L'absence de Silvanus obligea Howard à reprendre des tâches qu'il n'exerçait plus depuis longtemps, en compagnie de Mariabella. C'était un retour en arrière, quand le ciel et la science ne les gouvernaient pas encore, quand la prière et les rituels de leur communauté les protégeaient de leurs doutes spirituels, l'avenir épousait le présent. Ils préparaient les commandes du lendemain. De temps à autre, elle jetait un rapide coup d'œil vers lui, ses gestes étaient plus lents, l'absence d'une main ne se comble pas en quelques mois. Il sentait l'attention de Mariabella, il imaginait qu'elle épiait les mouvements qu'il était contraint d'inventer pour arriver aux mêmes résultats qu'avant. Il ne se plaignait pas, acceptant son handicap, travaillait à son rythme, mettant un point d'honneur à ne rien casser et à gagner en efficacité sur chaque action qu'il répétait. Mais ce n'étaient pas ses gestes qu'elle évaluait, c'était le détachement avec lequel il les accomplissait. Il restait assidu, consciencieux, mais sa fidélité à l'apothicairerie était celle que l'on accorde à une vieille connaissance, dont l'intérêt s'est émoussé. Il ne s'occupait plus des clients sauf en l'absence de Mariabella, il ne savait plus trouver les mots qui convenaient à chacun d'eux, ni témoigner l'empathie qui était pourtant le début de leur guérison.

Il était seul au comptoir quand une jeune femme à peine sortie de l'enfance entra. Son allure était modeste, elle avait de longs cheveux noirs, raides, son visage était livide, inquiet. Elle tenait dans une main un sac en toile, difforme et sale. Howard ne la connaissait pas, il remarqua qu'elle avait le ventre rond.

— Que puis-je faire pour te rendre service ?

Elle balayait du regard la boutique, les pots alignés sur les étagères, donnant l'impression de chercher sans bien savoir quoi. Elle intriguait Howard.

— Tu m'as entendu ?

Elle recula d'un pas, hésitante, prête à battre en retraite, le silence attira la curiosité de Mariabella qui se tenait dans le laboratoire. Quand elle apparut, la jeune femme la dévisagea puis elle s'adressa à Howard.

— Ne vous évadez pas ! Je vous en prie.

Sa voix était tremblante, les mots débités à toute vitesse, elle avait dû réfléchir longuement avant de savoir comment formuler ce qui la poussait jusque-là. Elle pensait qu'on ne l'écouterait pas, qu'elle serait chassée, telle une intruse, une insolente.

— Je ne comprends pas, dit Howard.

— Tu es Wendy ? La femme de Silvanus ? demanda Mariabella.

Elle acquiesça et affirma d'une voix sèche et accusatrice :

— Si vous vous évadez, ils l'enverront à la guerre.

— Qui t'a dit ça ?

— Une dame.

— Quelle dame ?

— Une dame qui connaît monsieur Gascogne, l'homme qui saute dans le vide depuis les ballons. Elle m'a dit qu'il vous ment et qu'il veut profiter de ce vol pour s'échapper avec vous en France.

— Si Paul Gascogne voulait s'évader, il l'aurait fait la première fois, dit Howard.

— Elle dit qu'elle sait.

Il avait envie de la rassurer, mais il ne maîtrisait rien. Là-haut, il s'en remettrait aux vents, aux forces de la nature, aux limites de son corps, au savoir de Gascogne, les paroles dites sur terre seraient sans valeur.

— Elle m'a dit que si vous vous évadez, elle perdrait sa fille aussi.

Wendy sortit de son sac un étui en cuir très étroit, équipé d'un cordon pour être attaché le long d'un bras ou d'une jambe, il contenait un couteau à la lame fine.

— Elle m'a dit de vous remettre ça.

Howard blêmit.

— Que me demandes-tu?

— C'est à cause de vous, tout ça.

— S'il s'agit de contraindre un homme en le tuant, je ne le peux pas.

— Vous êtes contre Dieu.

— Ils reviendront, affirma Mariabella.

Howard refusait toujours l'arme que lui tendait Wendy, elle la posa sur le comptoir.

— Reprends ce couteau, intima Mariabella.

Wendy n'obéit pas, défiant Howard, sans faiblir. Un Ami n'élevait jamais la voix, ne se mettait jamais en colère, mais l'ordre sortit de la gorge de Mariabella avec une violence inédite, elle hurla :

— Reprends ça !

La jeune femme tressaillit, sa résistance s'évanouit, elle récupéra l'arme et l'enfouit dans une poche profonde de sa robe. Un cri avait suffi pour qu'elle retrouve son rang, son dénuement, ce qu'elle avait toujours été, une victime, une présence négligeable. Elle avait envie de fuir, mais même ses jambes la dominaient, étrangères à son désarroi.

— Est-ce que cette dame t'a dit où est Silvanus? demanda Mariabella.

Wendy avait les mains posées sur son ventre, elle était du peuple qui ne compte pas, qui enfante, qui fait la guerre, qui souffre et se tait. Elle sortit de la boutique, pour retrouver le vide.

Silvanus avait été enrôlé dans des brigades de soldats reconvertis en maçons. William Pitt se réveillait chaque matin en craignant que ce soit le jour de la grande Invasion. On disait Napoléon de plus en plus obsédé par l'idée de franchir la Manche, le « fossé », comme il l'appelait. L'Angleterre avait construit tout le long de la côte sud-est une ligne de tours fortifiées, équipées de canons. Elle creusait aussi un canal entre Seabrook et Cliff End qui devait freiner la progression d'une armée venue par la mer. Les travaux avaient été confiés à des entrepreneurs qui n'allaient pas assez vite selon le Premier ministre ; il les licencia, renvoyant leurs ouvriers pour les remplacer par des soldats dont Silvanus faisait partie. Wendy ne savait du sort de Silvanus que ce que Diane avait bien voulu lui raconter.

— Je sème le malheur, lâcha Howard.

Mariabella ne le démentit pas, laissant le champ libre au doute qui assaillait Luke.

— George Gatlin avait raison, mon ambition est sale, c'est celle d'un homme qui ne cherche rien d'autre qu'à s'élever au-dessus des autres. La science est un alibi. Je me moque du mal que je sème, il pousse derrière chacun de mes pas. Je crois marcher vers le progrès, mais j'insulte Dieu tout en semant la mort. Je ne suis qu'un pantin dont on utilise l'énergie et l'inconscience, un instrument, le plus naïf des hommes, je hais mon ambition, je hais mon orgueil, je me hais tout entier, hais-moi, Dieu, hais-moi, punis-moi…

Mariabella posa un doigt sur les lèvres de son mari pour le faire taire.

— Chut ! Dieu ne punit personne. Ce sont les hommes qui se servent de lui pour régner. Et quand Dieu ne suffit pas, ils prennent les armes, ils prennent des otages et ils font passer le progrès pour un péché. Ne renonce pas. Dieu t'a fait ainsi. Vole, vole, découvre les secrets du monde et rapporte-les, c'est la mission qu'il t'a confiée.

50

Les cumulostratus ondulaient en de longues vagues blanches. Une berline verte et noire filait à vive allure à travers la campagne du sud-ouest de Londres. Elle transportait Howard, Gascogne et Forster. Le fabricant de ballons avait posé à ses pieds une cage, avec un pigeon. La campagne était couverte de chênes centenaires, puissants. Un cerf détala d'une zone tapissée de fougères très hautes. Gascogne se sentait épié, Howard détourna la tête quand leurs yeux se rencontrèrent. Il s'imaginait là-haut, contraint de lever la dague de Wendy dans le dos de son compagnon de vol, il craignit qu'il ne lise dans ses pensées et Gascogne lui sourit, comme s'il avait compris. Howard lui rendit un rictus rapide et maladroit. Forster était tassé sur lui-même, ne supportant pas le brimbalement de la voiture qui lui donnait envie de vomir. Dès que la berline sortit de la forêt pour aborder une zone herbeuse, il passa la tête à l'extérieur et vit que la voiture allait grimper une côte en ligne droite, très raide et en mauvais état. Forster cria au cocher de s'arrêter. Les trois hommes descendirent de la berline, les chevaux étaient en sueur.

— C'est juste en haut, dit Forster.

À mesure qu'ils gravissaient la pente, la forêt de chênes formait derrière eux un océan vert. En bas, le cocher avait détaché les chevaux et les conduisait vers un abreuvoir creusé dans un tronc. Ils arrivèrent sur un plateau où le vent, jusqu'alors inexistant, soufflait par rafales douces. L'espace était planté d'une multitude de mâts plus ou moins hauts. Chacun d'eux portait des fanions triangulaires ou rectangulaires, de tailles inégales et de diverses couleurs. Quelques rares drapeaux, de forme carrée, étaient bicolores. Le sens de cette installation était indéchiffrable. Sur un côté du champ, il y avait une petite cabane sur pilotis, avec une large baie. On y accédait par une échelle. Les trois hommes se dirigèrent vers elle et, arrivés à proximité, Forster cria :

— Monsieur Beaufort ! Francis Beaufort !

Un homme jeune, dépenaillé, mal rasé, les cheveux longs et hirsutes, apparut en faisant coulisser la baie. Il paraissait sombre et ne manifestait aucune intention de se montrer hospitalier. Il avait fait son choix entre les vents et les hommes. Il s'était installé là pour rencontrer les uns et fuir les autres. Il dévisagea les trois visiteurs sans rien dire, Forster mit un terme au malaise naissant.

— Voici monsieur Howard, dont je vous ai parlé. Et monsieur Gascogne qui construit l'aérostat.

La pluie se mit à tomber, Beaufort leur fit signe de prendre l'échelle. L'intérieur de la cabane était meublé de façon très sommaire, un lit étroit et une petite table jonchée de cahiers noircis de notes.

— Ils projettent d'effectuer un deuxième vol et ils aimeraient converser avec vous, afin de vous faire part des difficultés qu'ils ont rencontrées précédemment…

Beaufort n'écoutait plus Forster, il prêtait l'oreille à un bruit venu de l'extérieur. Il fit un pas vers la fenêtre pour étudier le comportement de ses fanions qui dansaient avec une énergie croissante sous l'effet du vent. Ils formaient un orchestre dont certains musiciens jouaient une partition pendant que d'autres attendaient leur tour.

— … et donc, poursuivit Forster, ils aimeraient avoir votre point de vue sur les vents d'altitude.

Beaufort se retourna vers Howard.

— Viens ! Tu vois ? Force 4 !

— Ces drapeaux sont tes seuls instruments ? demanda Howard.

— Ce ne sont pas des drapeaux, ce sont des interprètes, ils lisent la langue du vent et ils me la traduisent. Je n'ai pas besoin d'instruments. Je n'ai rien à faire. Je contemple.

Beaufort compléta son explication tout en désignant les différentes parties de son visage avec un doigt.

— Si ! Je dois consulter tous mes sens, la vue, l'ouïe, l'odorat aussi, c'est important le nez, les vents n'ont pas tous la même odeur. Finalement, ça fait beaucoup d'instruments, non ? Tu ne les utilises pas, Luke Howard ?

— Si. Bien sûr.

— Je le sais, je l'ai lue, ta théorie, avec attention. J'en ai même noté certains passages, plus discutables.

— Ils te parlent du sol, mais pas de ce qui se passe tout là-haut, regretta Gascogne en désignant le champ de fanions.

— Ah non, pour ça, il faut s'adresser à Dieu.

Il s'amusait de ses facéties, une manière de solitaire, son air s'éclairait et redevenait grave d'un seul coup.

— L'Angleterre est un trop petit pays pour vos explorations, quand bien même vous iriez au centre du centre, l'océan est partout, une heure suffit pour le rejoindre, je ne vous apprends rien.

— Non, dit Howard, mais nous n'avons pas le choix.

— Allez en France, c'est grand.

— C'est la guerre avec la France.

— La guerre, toujours la guerre. Les Français ne sont pas pires, répliqua Beaufort. Et puis nous ne sommes pas des soldats, notre camp est celui de la science et du progrès, il ne connaît pas les frontières.

Beaufort s'accroupit pour mieux voir l'oiseau et lui parler.

— Nous sommes de petites choses. Tu parles, toi ? Tu la devines, la grêle ?

— Si tu lui accroches un message à la patte et que tu le relâches, dit Gascogne, il parle.

Beaufort ignora le Français qui s'impatientait, il pointa un doigt vers l'extérieur.

— Ah! Que disent nos interprètes, Howard?

— Les verts retombent.

— La force 4 mollit. Ils pèsent 150 grammes. Les plombs sont cousus dans les ourlets. Que serait la science sans couture, n'est-ce pas?

— Comment fonctionne ton échelle? demanda Howard.

— Elle va de 0 à 12.

— Ce doit être une sacrée danse de couleurs force 12! s'exclama Forster.

— Je prie peu, dit Beaufort en s'esclaffant, mais dans une situation pareille, j'implore tout ce qui me passe par la tête pour que mes interprètes ne se transforment pas en loques. C'est du travail tout ça et je suis un piètre couturier. La poésie ne m'intéresse pas. Ce n'est pas de la poésie ce que vous voyez. C'est de la science. Les militaires qui s'intéressent à mon langage ne sont pas des poètes, mais vous n'êtes pas des militaires. Moi aussi la grêle m'intrigue, le nuage qui la nourrit, les vents qui le poussent, ça fait un moment que je l'observe. Qu'espérez-vous de moi?

— Ton signal, répondit Howard.

51

Fin mai 1805, tout était prêt. Les chantiers Gascogne ne comptaient plus que de rares ouvriers qui travaillaient sur les finitions. *L'Esprit II* pendait, flasque, au milieu d'un échafaudage qui s'élevait au-dessus des toits environnants. Il était entouré d'un filet de cordes qui dégoulinaient mollement, en attendant de se déployer autour de l'enveloppe pleinement gonflée pour la consolider. Il dépassait en taille tous les aérostats construits jusque-là. De nombreux tonneaux, bourrés de copeaux de métal, étaient alignés à ses pieds. Il était surveillé nuit et jour par des hommes de confiance de Gascogne et par ses chiens. C'était une création unique, fragile, on la protégeait des dommages causés par des animaux errants, des hommes mal intentionnés ou des Français. Le ciel n'était pas propice à son envol. Il faisait un froid tenace, d'une durée anormalement longue pour un printemps, accompagné de crachin et d'une visibilité nulle. Puis le bleu a subitement remplacé le gris et s'est imposé à son tour pendant de longues journées, sans un souffle de vent. Le pigeon laissé à Francis Beaufort n'avait encore rien à dire à Londres.

La situation désespérait Pitt. Maintenant qu'il était persuadé qu'un ballon capable de survoler ceux de l'ennemi était un gage de sécurité supplémentaire pour le royaume, le Premier ministre ne comprenait pas pourquoi *L'Esprit II* tardait tant à décoller. Markham lui mentait, il temporisait, prétextant que l'enveloppe était prête, mais qu'il restait des problèmes à résoudre concernant la protection des hommes contre le froid et les possibles pertes de connaissance. Napoléon multipliait pourtant les déclarations évoquant la future invasion de l'Angleterre, mais Markham n'avait de ses espions en France aucun renseignement évoquant le déferlement d'une armada venant du ciel. Il n'y croyait plus. En revanche, il écoutait attentivement ce que lui rapportait Diane, il voulait savoir tout ce qui se disait entre Howard, Gascogne et Forster. L'application militaire de ce vol faisait encore partie de ses objectifs, mais Markham était tout autant fasciné par sa dimension scientifique. Sa casquette de patron de presse n'était pas seulement une manière de faire diversion sur ses activités liées à la sécurité du pays, il avait un goût profond pour la science et les explorateurs. Il collectionnait en secret les cartes géographiques, les parcourait pour voyager dans des pays où il n'irait jamais. La théorie d'Howard lui avait paru immédiatement brillante, il l'avait contredite pour alimenter le flot des arguments nationalistes plaisant à ses lecteurs, utiles à son ambition politique, mais là, il avait décidé d'emprunter un trajet qui lui était inhabituel. Il voulait vivre, s'évader, tutoyer le ciel par aventuriers interposés, persuadé qu'il était un peu à l'origine de cette expédition même si personne n'en saurait rien. Ces quelques jours parfumaient sa vie d'une fragrance inédite. Il rajeunit, se mit à préférer la lumière à l'ombre. Il se levait en scrutant le ciel et priait Dieu de laisser deux serviteurs de Sa Majesté atteindre le toit du monde, L'implorant de faire preuve d'indulgence à l'égard de leur curiosité parce que leur seul pêché était d'appréhender ce que Dieu Lui-même avait créé et offert aux hommes. Howard avait écrit le début d'une histoire dont il voulait connaître la suite. Markham se surprenait à rêver de temps gracieux où la guerre ne serait plus le moteur des hommes. Certains matins, au réveil, le spectacle des nuages nettoyait son âme. L'obsession d'Howard était désormais la sienne. Passé ce moment de contemplation, Markham replongeait avec une délectation décuplée dans les méandres et la pourriture de l'humanité.

Un matin, Gascogne poussa la porte de l'apothicairerie. La remarque de Diane à propos des voyageurs qui traversent la Sibérie, les pieds chauffés par des coffrets renfermant des braises, lui avait inspiré une idée. Luke travaillait seul, Mariabella était près de lui, calmant dans ses bras les pleurs de la petite Rachel. Gascogne tenait dans ses mains une boîte en bois, munie d'une sangle.

— Je suis venu te montrer ça.

Howard s'intéressa à l'objet, sans comprendre ce qu'il avait de singulier.

— Pose ta main dessus.

— C'est chaud.

— C'est chaud, pas suffisamment pour enflammer une feuille de papier, donc ça permet de dessiner même quand il fait très froid et, surtout, ça réchauffe les mains. C'est précieux de ne pas avoir les doigts paralysés par le froid quand on dessine, non?

Howard passa la sangle de la boîte autour de ses épaules, Mariabella posa à son tour une main dessus.

— Combien de temps ça va rester chaud?

— Deux heures, peut-être trois. Le temps de voir ce fameux nuage, s'il veut bien se montrer.

Howard ouvrit le tiroir par un bouton qui se trouvait sur le côté de la chaufferette, il était fait de deux compartiments, le plus grand contenait des braises encore rouges et l'autre était prévu pour les instruments de dessin.

— Tu es sûr qu'il n'y a aucun risque de feu? ajouta Mariabella.

— Impossible! C'est du bois trempé dans une mixture à base d'alun.

— Et par rapport au gaz?

— Pareil. Risque nul.

Howard promena sa main sur toutes les faces de l'objet.

— C'est une belle invention.

— Ce n'est pas vraiment une invention, je l'ai adaptée à notre expédition. Que Dieu te protège, Luke Howard.

— Pas toi?

Le Français sourit, sceptique.

— On s'est un peu perdus de vue.

— Des rumeurs disent que tu veux profiter de ce voyage pour regagner la France, dit Mariabella.

L'apostrophe surprit Gascogne, il réfléchit avant de répondre calmement :

— Tout est possible en ces temps de guerre. On dit aussi que votre laborantin a été enlevé et retenu pour une obscure raison d'État. Un laborantin !

— Un otage, dit Mariabella.

— On dit encore que j'ai l'intention de livrer votre mari à Napoléon, parce qu'il serait, selon l'Empereur, plus perspicace que monsieur Lamarck pour l'étude des nuages. Vous voulez savoir tout ce que l'on dit encore dans le dos de votre mari et dans le mien? Il y a là-dedans du vrai et du faux, mais croiriez-vous au tri que j'y ferais moi-même?

— Revenez vivants, dit Mariabella.

— J'en ai bien l'intention, mais si je peux me permettre… – Gascogne marqua un temps d'arrêt, ne sachant comment formuler la suite, puis il fixa Howard, de l'air qui sied à une supplique. – … mon souhait le plus cher serait que tu renonces. Il n'y a pas de honte à reculer devant l'impossible…

— Non, il ne peut pas, l'interrompit Mariabella.

Gascogne se tut. Cette femme le déconcertait, ne sachant s'il fallait l'admirer pour son courage ou la blâmer pour son inconscience. Elle lisait sa perplexité, il n'insista pas, s'inclinant devant le rôle qui était le sien, elle était à l'origine de tout, la force discrète qui permettait à son mari d'accoucher de son destin. Il se contenta de lui glisser d'un ton grave et respectueux :

— Votre énergie nous sera précieuse, madame, très précieuse.

52

Chaque jour qui se levait était peut-être le dernier. L'heure du départ occupait toutes leurs pensées. Mariabella et Luke ne se quittaient plus, se frôlaient, sentaient le vide qui s'étalait autour d'eux, formant une mer qui les isolait. Quand Luke regardait ses enfants, ils plantaient leurs yeux ronds dans les siens, y guettant une réponse.

— Votre père va bientôt voler vers les nuages, dit un jour Mariabella.

— Est-ce qu'ils vont lui prendre une main encore? s'inquiéta Robert.

— Non, ils ne lui prendront rien.

Howard approuva sa femme, ils mentaient, ils n'en savaient rien. La douleur du mensonge était trop forte, il quitta la maison pour gagner la berge de la Tamise et insulter les nuages, pleurant et criant:

— Mes enfants, mes enfants!

Il se détestait, voulait faire demi-tour, vomir sa passion, la jeter dans le fleuve, la déchirer, s'en libérer pour revenir à des tâches humaines, quotidiennes, mais des mains l'empêchaient de s'écarter de son chemin et Mariabella lui répétait: «Ne te retourne pas. Va, va!»

Ils copiaient leurs vies sur leurs vies d'avant. Ils ouvraient, fermaient leur officine, entretenaient leurs silhouettes sombres et rigides, ils parlaient, compatissaient aux drames des autres, sourds aux rumeurs dénonçant les apparences derrière lesquelles on les soupçonnait de vivre cachés. Ils fréquentèrent de nouveau la Maison commune, ensemble. On leur prophétisait des châtiments, ils ne les entendaient pas, ils priaient. Mariabella revoyait la Lumière, elle avait pris la forme d'une croix avec en son centre un homme qui bougeait, mais elle ne parvenait pas à comprendre le sens de ses mouvements, il était trop loin. Un Ami posa une question, ils ne l'entendirent pas. Ils surveillaient les branches de l'arbre qui leur faisait face, derrière la baie de la grande salle, elles balançaient avec molesse leurs feuilles nouvelles. Les nuages filaient vers l'est, ils étaient blancs ourlets de noirs. Ils s'interrogèrent d'un regard discret. Mariabella ne put s'empêcher de tendre une main vers celle de son mari, leurs cœurs dansaient, à une vitesse vertigineuse. Le vent était revenu, promettant de balayer l'ennui et l'attente.

Francis Beaufort dormait, allongé sur le lit de sa cabane. Une fourmi volante se posa sur son nez, puis une autre sur sa joue, il se réveilla et constata que son corps était couvert d'insectes. Il se leva, les chassa, il faisait lourd, les hirondelles frôlaient le sol en trissant, le ciel bleu disparaissait sous des plaques de nuages noires et blanches qui glissaient les unes sur les autres. Debout, depuis la baie de sa cabane, Beaufort passa en revue ses drapeaux. Certains se levaient, d'autres restaient immobiles. Il ouvrit la porte de son abri, descendit l'échelle pour écouter de plus près chacun de ses messagers. Deux vies en dépendaient. Parfois, tous les drapeaux tentaient de se redresser, parcourus par un frisson soufflé ouest-est, ils retombaient puis les bleus se relevaient, leurs pointes tendues vers le nord indiquant une force 3. Le ciel prenait des teintes noires. Beaufort ferma les yeux pour mieux écouter son nez, l'odeur du vent qui pénétrait ses poumons. De grosses gouttes de pluie martelèrent le sol, il ouvrit ses mains vers le ciel, attendant que l'une d'elles l'atteigne pour la ramasser avec sa langue, elle avait un goût de viande grillée. La pluie cessa, le vent aussi, les fourmis volantes formaient sur le sol un tapis. Beaufort concentra encore son attention sur le ciel, les nuages se déplaçaient lentement, ils semblaient inoffensifs, l'air chaud fut atténué un court instant par un courant frais, les drapeaux bleus se remirent à flotter en désignant l'est. Beaufort promena une dernière fois sa langue sur ses lèvres, et dit : « Bon ! » Il remonta dans sa cabane pour sortir le pigeon de sa cage. Il lui enfila à une patte la bague que lui avait laissée Gascogne et libéra l'oiseau en disant :

— Bon voyage, messieurs !

Gascogne était seul dans sa maison, il aiguisait un couteau. La brise faisait tourner les pales d'une petite éolienne accrochée sous l'auvent. Il suspendit son geste, croyant distinguer le roucoulement d'un pigeon. Il sortit immédiatement sur le pas de la porte, le messager venait de se poser. Sans perdre de temps, Gascogne s'écarta de la maison et siffla deux fois, très fort. Le vent s'insinuait dans les plis de *L'Esprit II* qui avait compris, il se balançait, demandait de l'aide pour s'envoler. Un gamin sorti de nulle part apparut immédiatement, Gascogne lui donna une pièce pour qu'il aille prévenir d'urgence Howard.

— Si tu ne le trouves pas tout de suite, tu es un homme mort.

Le gosse fit signe qu'il avait compris, ne doutant pas que le fabricant de ballons mettrait sa menace à exécution, il prit la pièce et fila en courant. Quelques minutes plus tard, les chantiers Gascogne étaient en ébullition. Des dizaines d'hommes et de femmes s'activaient au milieu de ce qui n'était quelques instants plus tôt qu'un entrepôt désert. Tout se passait dans une célérité calme et silencieuse. On aurait dit un rite païen dont chaque fidèle exécutait minutieusement la tâche qui lui incombait. La plupart des hommes faisaient une chaîne pour verser de l'acide sulfurique dans les tonneaux bourrés de fer. L'hydrogène produit était acheminé par plusieurs tuyaux vers une énorme conduite, elle-même reliée à un appendice se trouvant au bas du ballon. C'est par là qu'on le nourrissait. *L'Esprit II* fut pris de frissons, il prenait vie, dévorait le gaz qu'on lui injectait comme un bon vivant qui se remet à table après avoir longtemps jeûné. On démontait l'échafaudage en même temps qu'il se gonflait, énorme, fier et impatient, suscitant l'admiration de ceux qui l'avaient créé et qui découvraient enfin son vrai visage, de la foule curieuse qui se tenait derrière la palissade des chantiers. Les lettres formant son nom devinrent lisibles et ceux qui en comprirent le sens ne purent s'empêcher de rompre le silence pour pousser un « oh ». Un fiacre arriva à toute vitesse. Luke, Mariabella et leurs enfants en descendirent. Un homme récupéra les affaires d'Howard afin de les charger à bord de la nacelle. Gascogne invita Howard dans sa maison. Luke ne cessait d'évaluer la course des nuages et leur transformation.

— Qu'en penses-tu ?

Howard hocha la tête, mais il n'en pensait rien. Il s'en remettait au jugement de Beaufort, à la chance, au hasard, à Dieu, à l'ordre qui venait d'ailleurs parce qu'il est plus facile d'être conduit vers la mort que de s'y rendre de son plein gré. Mariabella et Diane les accompagnèrent. Chacune aidait son homme à revêtir les couches de vêtements choisis pour le voyage. Plus rien ne les dissociait, leurs passés, leurs vertus, leurs croyances, elles étaient les mêmes, des femmes qui aiment. Quand ils furent prêts, Diane remit en ordre les cheveux de son amant et lui chuchota, les larmes coulant sur ses joues :

— Je vais te dire un secret, tu es beau.

Gascogne prit sa maîtresse dans ses bras.

— Dès le premier jour, je t'ai trouvé beau.

Mariabella et Luke ne se quittaient pas, leurs fronts une fois encore réunis, les frottant l'un contre l'autre pour mêler leurs pensées et leurs odeurs, comme ils l'avaient fait la première fois qu'ils s'étaient serrés l'un contre l'autre. Puis elle lui glissa à l'oreille :

— Je suis heureuse.

— J'ai peur.

Elle posa une main sur sa bouche, il l'embrassa et Mariabella lui dit calmement :

— Paul Gascogne t'attend.

On avait remis autour du ballon une corde délimitant un périmètre de sécurité. Les deux hommes sortirent de la maison. *L'Esprit II* les accueillit le torse bombé, orgueilleux, sentant que le pouvoir allait enfin lui revenir. Le recueillement qui les accompagnait sentait la peur, l'excitation, on les admirait, on étudiait chacun de leurs gestes, de leurs expressions, ils n'étaient plus vraiment humains, ils étaient le courage, l'audace, la folie, deux conquérants qui partaient à l'assaut de l'infini. Un homme souleva la corde pour leur permettre de monter à bord de la nacelle. Howard s'agenouilla, écarta ses bras, ses enfants se précipitèrent vers lui. Il les serra, fort, pour qu'ils se souviennent de lui, de leur étreinte, il énuméra leurs prénoms en ajoutant à chacun d'eux: «Je t'aime.» C'était la première fois qu'ils entendaient leur père prononcer ces mots. Gascogne tournait et tournait encore autour du ballon, l'inspectant pour détecter la moindre fuite tout en parlant entre ses dents. Personne ne comprenait ce qu'il disait, ni à qui ses paroles s'adressaient. Ceux qui le côtoyaient depuis longtemps n'avait jamais lu sur son visage une telle détermination, elle avait des allures de haine. Howard prit place dans la nacelle, un homme passa par-dessus la palissade du chantier, suscitant l'attention de tous, Forster se précipita vers le ballon, agité, paniqué, il n'osa pas franchir le cordon de sécurité. Il sortit de sa poche un petit paquet qu'il envoya à Howard en lui disant:

— N'oublie pas ta promesse!

Howard ne savait que dire, comment réconforter son ami. Les larmes giclèrent, inondant le visage de Forster qui murmurait:

— Sauve-le, sauve-le, sauve-le…

Il lui tardait de partir. Le temps qui s'écoulait était insupportable, la situation lui échappait, il chercha refuge dans le regard de sa femme qui tenait Rachel dans ses bras, le supplice redoubla. Elle leva une main vers lui, cherchant une dernière fois à le toucher, il tendit la sienne, celle que le ciel lui avait prise se réveilla, des éclairs de douleur le firent frissonner. Gascogne monta à bord de la nacelle, l'émotion qui étreignait les autres semblait ne pas l'atteindre, et pourtant tout son être tremblait. En lui, c'était le désordre. Il marmonnait encore ; c'était avec la mort qu'il conversait. Elle décrivait l'enfer qui s'impatientait, bien décidée à ne pas lui accorder une seconde chance. Il lui jurait qu'il ne se laisserait pas faire et lui ordonnait de se taire. Il posa une main sur l'épaule d'Howard en espérant qu'il se retourne pour lui dire « renonçons » mais Luke acquiesça, alors Gascogne cria :

— Cordes !

Des hommes se précipitèrent pour les détacher de leurs pieux. Sentant la liberté, le ballon se mit à osciller, à trépigner, Gascogne le surveillait, le jugeant trop fougueux, puis il s'exclama en français, un bras levé, l'index pointé vers le ciel.

— À toi, *L'Esprit* ! – Puis il lança l'ordre : – Lâchez tout !

À ces mots, la foule réunie au pied du ballon et derrière la palissade se mit à hurler, certains entrèrent en transe, Gascogne venait d'ouvrir les vannes de toute la tension que les deux hommes étaient parvenus à maîtriser jusque-là. La petite Mary leva les bras vers le ciel pour tenter de retenir le ballon, personne ne la remarqua, en quelques secondes, il avait déjà dépassé les toits les plus hauts de Londres. Howard et Gascogne surplombaient le monde qu'ils venaient de quitter, ses habitants déjà minuscules et anonymes. Derrière la fenêtre de son bureau, Markham contemplait l'aérostat qui s'élevait. Ses traits n'étaient plus ceux de l'homme cynique, calculateur, qui nage dans les eaux troubles de l'humanité, ils exprimaient une admiration sincère, profonde, le bien devenait pour une fois plus fort que le mal, Markham s'inclina respectueusement devant cette inversion des forces.

— Bonne chance à vous !

Pitt avait annulé son rendez-vous avec l'ambassadeur du Portugal, prétextant qu'il était souffrant. Il avait préféré s'asseoir dans le jardin du 10 Downing Street, afin de suivre le ballon d'un œil qu'il voulait distant pour masquer le respect qu'il éprouvait envers ces hommes se hissant vers l'inconnu, sans savoir entre la mort et la gloire laquelle des deux ils embrasseraient. Il avança une main vers une tasse de thé qu'un serviteur lui présentait sur un plateau, il la fit tomber, la tasse se cassa, il s'excusa, ce qu'il ne faisait jamais, en aucune circonstance. Le roi dormait, anéanti par une nouvelle crise de porphyrie. Il avait ordonné que l'on fasse sonner les cloches de Kew pour transmettre aux explorateurs ses vœux de réussite. Tilloch était dévasté par l'alcool, vautré, la tête et les bras étalés sur la table d'un pub, il sentait l'excitation des clients qui s'invitaient à sortir dans la rue pour voir ce ballon d'une taille exceptionnelle qui passait au-dessus de la ville, il ne comprenait pas de quoi ils parlaient.

Howard et Gascogne se faisaient face, sans un mot, respectueusement, seuls face à l'Histoire et à l'éternité. Ils se serrèrent la main, la pression du monde avait disparu, ils éprouvaient un sentiment de bien-être comme s'ils rentraient chez eux après une longue absence. Le ballon montait vers le ciel à près de 900 pieds par minute, la terre s'éloignait, les humains n'existaient plus que par les bruits qu'ils produisaient. La mer apparut, il n'était plus question de jongler avec les vents, mais de se hisser le plus haut et le plus vite possible. Ils s'apprêtaient à vivre ce que le monde avait de plus grand à leur offrir, des heures qui valaient des siècles, qui valaient leurs vies. Howard sortit de sa poche le paquet que lui avait lancé Forster. Il contenait une petite clef. C'était le porte-bonheur que Rachel avait acheté dans une échoppe, tout près de Blackfriars Bridge, le 15 juillet 1788, avant que Thomas Forster ne se jette avec la fougue d'un chien fou dans la Tamise pour la traverser à la nage, retrouver celle qu'il aimait sur l'autre berge et la prier d'être sa femme. Depuis cette date, la clef n'avait pas quitté le cou de Forster. Howard la passa autour du sien, en ouvrant la bouche en grand pour la première fois du voyage, afin de se déboucher les oreilles. Ils venaient de dépasser les 5 000 pieds, la température était encore douce, les oiseaux avaient déserté le ciel, mais la nacelle attira la curiosité d'une myriade de petits papillons blancs, Gascogne ouvrit une main et l'un d'eux se posa dessus.

— Ne bouge pas, dit Howard, je vais tester ta planche à dessin.

Ils montaient vers des montagnes qui s'accumulaient sur d'autres montagnes. Ils étaient trop inconscients pour les papillons qui s'enfuirent tous en même temps. Le ciel se mit à râler, au loin, telle une bête sauvage sentant des intrus pénétrer sur son territoire. Il formait à l'ouest une barre noire.

— On dirait que monsieur Beaufort a vu juste.

— On dirait, répondit Howard.

Gascogne consultait de temps en temps son baromètre et sa montre, les seuls instruments qui l'intéressaient. La tactique élaborée avec Francis Beaufort consistait à atteindre les 26 000 pieds au bout d'une heure et vingt minutes de vol.

— Il rôde, je le sens.

Le ciel bourgeonnait, jouait avec des boules d'ombre et de lumière qui se pénétraient, se dévoraient pour sans cesse renaître sous une autre forme. Les Londoniens qui suivaient encore l'ascension de *L'Esprit II* le perdirent de vue, il venait de se faire avaler. Les uns disaient que ces hommes ne tenaient pas à la vie, que Dieu ne leur pardonnerait pas leur impudence, d'autres ne disaient rien et se signaient, d'autres levaient leurs pintes pour trinquer à leur folie et à leur audace. Howard et Gascogne flottaient dans un silence absolu, seulement rompu par les cordes et la nacelle qui parfois crissaient quand le ballon pivotait sous l'effet du vent. Ils quittèrent les cumulus pour déboucher dans un désert bleu, sans fin, le froid devint intense. D'un commun accord, les deux hommes fermèrent le toit de la nacelle et ils s'assirent.

— 9 500 pieds, annonça Gascogne. Tout va bien?

Howard opina. Les cordelettes retenant les lests étaient réparties sur tout le pourtour de leur habitacle, toutes étiquetées dans l'ordre chronologique selon lequel elles devaient être coupées, d'après les calculs faits avec Beaufort. Gascogne demeurait le maître à bord, libre de changer de méthode, mais pour le moment, il suivait scrupuleusement la marche prévue. Parfois, il proposait à Howard de couper un lest pour le distraire, de peur qu'il ne s'assoupisse, Howard obéissait, comme un élève respectueux de la discipline.

— Où sommes-nous ?

— Je ne sais pas.

Il n'était plus question de se servir des vents pour éviter la mer ou la France, leur objectif consistait à gravir le ciel tout en restant lucides. Howard s'économisait, replié sur lui-même, afin de ne rien perdre de l'énergie qui lui serait nécessaire pour dire à la forme traquée : « Je suis là, je te vois, je sais désormais qui tu es. » La première fois, il avait dévoré chaque seconde de leur expédition, les savourant, les engloutissant avec une avidité sans borne pour n'en rien perdre, aussi longtemps que son corps l'avait permis. Là, ils étaient deux chasseurs patients, cachés, protégés des vents et du froid, attendant que le nuage sans nom sorte de sa tanière. Ils étaient à plus de 11 500 pieds, libres, des éphémères jouissant d'une vie sans lendemain. Ils ne craignaient plus rien. Ils fonçaient vers un continent inconnu, infini, celui qui n'existait pour l'humanité que dans les peintures, les rêves ou les croyances. C'était un privilège, ils le paieraient sûrement de leurs existences, mais elles étaient leurs seules monnaies d'échange. Quand l'or ne vaut pas plus cher que le sable, quand les ego et le pouvoir n'ont plus aucun sens, quand la vie bat avec une intensité aussi brûlante que le soleil, le présent et le paradis se confondent. Même leur ballon ne redoutait pas l'anéantissement, il était fier, arrogant, déterminé, il était la monture de deux dieux humains. Paul Gascogne se mit à fredonner à voix basse une chanson, en français.

— *La victoire en chantant, Nous ouvre la barrière, La Liberté guide nos pas...*

Howard eut l'impression étrange de connaître son compagnon de vol depuis toujours. Gascogne s'arrêta de chanter lorsque le ciel se remit à gronder près d'eux. Une guirlande de glaçons ceinturait l'orifice de l'aérostat, des nuages vinrent lécher les hublots pour vérifier s'ils étaient bien les mêmes fous que la première fois. Le silence recouvrit l'espace et quelques secondes plus tard, Gascogne cria :

— On est là. On t'entend. On t'attend !

Howard posa sa main sur la boîte à dessin, pour s'assurer une fois encore qu'elle restait sa complice.

— C'est encore chaud?

— Oui, ça va l'attirer. Je le sens. Il aime les portraits, il est jaloux de ses congénères, il n'a pas eu le sien encore.

Un éclair traversa le ciel.

— Il te répond. Il écoute tout ce que nous disons. Parlons bas, dit Gascogne en posant un index contre ses lèvres. – Il jeta un œil sur sa montre en proposant son couteau. – Vas-y, coupe! La 15!

Il trancha la cordelette du quinzième lest. *L'Esprit II* bondit. Gascogne entonna la suite de son chant révolutionnaire.

— *La République nous appelle, Sachons vaincre ou sachons périr; Un Français doit vivre pour elle, Pour elle un Français doit mourir.*

— Elle est sombre ta chanson!

— Des conneries! Le patriotisme encore et toujours! Tout ça pour envoyer des hommes mourir à la guerre gaiement, pendant que d'autres les suivent à distance et meurent très vieux, dans des draps de soie. Je ne te l'ai pas dit, mais j'aime tes nuages, les noms que tu leur as donnés, je ne suis pas fichu d'en reconnaître un, je ne sais pas quels sont ceux qui nous entourent, mais j'aime ton idée, elle est généreuse. As-tu prévu un nom pour celui que nous allons ramener dans nos filets?

— Il faut d'abord qu'on l'attrape.

Le bond que fit le ballon après le lâchage du quinzième lest fut douloureux pour Howard, la sensation de pieux qu'on lui enfonçait dans les tempes. Il avait du mal à soulever son corps, ses bras, la lumière s'assombrissait, la pression du baromètre indiquait qu'ils avaient franchi les 23 000 pieds, le froid glacial avait recouvert de glace les hublots. Gascogne l'aida pour tirer de leurs sacs des couvertures dans lesquelles s'enrouler. Il sortit les manchons, ils y enfouirent leurs avant-bras. Les poumons réclamaient de l'air qui n'arrivait plus, tout devenait pénible; respirer, bouger, ne pas sombrer. Howard se coucha en chien de fusil, une oreille collée contre une épaule et sa main plaquée sur l'autre. Il ouvrait la bouche, comme un poisson, pour se libérer de la pression. Gascogne veillait sur lui, quand il coupait la corde d'un lest, il lisait son visage, évaluant les grimaces de douleur provoquées par l'élévation. Le ciel était muet, ses grondements n'avaient été qu'un leurre, le rendez-vous n'aurait pas lieu, il les avait trompés. Gascogne regarda une nouvelle fois sa montre, hésita à larguer un nouveau lest, mais d'un filet de voix, Howard l'encouragea :

— Coupe encore. La 20 !

Gascogne coupa le vingtième lest et il s'assit près d'Howard. Délaissant ses instruments, il cassa en deux une barre de pemmican et le glissa entre ses dents.

— Mange.

Puis il promena son flacon d'alcali volatil sous le nez de son compagnon. Les dents d'Howard n'avaient pas la force de mordre, il laissa tomber le pemmican et souffla :

— Que dit le plan de vol ?

— Il reste un sac.

— Coupe encore.

L'expédition se diluait dans le néant. Le vide tirait un drap sur leur audace, la mort leur souhaitait la bienvenue. Gascogne coupa le dernier sac de lest, il posa un doigt sur son crâne puis le dressa vers le ciel, dans un dernier salut, les éphémères meurent en volant.

L'aérostat flottait, d'une rondeur parfaite, prêt à éclater. Les deux hommes étaient l'un contre l'autre, inertes, endormis ou morts, les habits couverts d'aiguilles très fines de glace, leurs visages étaient blancs, ceux de statues de marbre, aveugles aux éclairs de feu qui traversaient l'espace, sourds à la colère du ciel qui éclatait en un fracas assourdissant, effrayant. Gascogne entrouvrit les paupières, il dégagea lentement une main de son manchon et la plaqua contre la paroi de la nacelle. Elle tremblait. Il sentait le ballon gesticuler, harcelé par un ennemi qui lui frappait les flancs, lui infligeait des blessures provoquant des spasmes. *L'Esprit II* vomissait de douleur. Gascogne se redressa et colla son front contre le hublot. Son regard se figea, stupéfait, il devina derrière la couche de glace une forme noire qui se dressait, magistrale, un monstre debout, vivant, haut de plusieurs milliers de mètres, avec un œil qui le fixait.

— Il est là. Tu m'entends?

Howard ne réagit pas. Gascogne s'agenouilla et posa une oreille contre la poitrine de son compagnon pour s'assurer qu'il était encore vivant. Ils avaient dépassé les 27 000 pieds. Howard percevait la voix de Mariabella, lointaine, elle susurrait son prénom. Il ouvrit les yeux, étudia longuement Gascogne qui lui répéta :

— Il est là.

Howard se mit sur les genoux et il distingua à son tour, à travers le hublot, un mur noir masquant un cœur qui palpitait.

— Retire le toit!

La raison n'avait plus cours, Gascogne s'exécuta, il détacha les sangles qui reliaient les deux parties du toit, aussitôt emportées par une bourrasque. Il était là, face à eux, sombre, gigantesque, c'était une longue colonne, modifiant sans cesse ses contours, la lave écumante dégoulinant d'un volcan. *L'Esprit II* le longeait, méfiant. Le nuage s'étalait, en prenant la forme d'une immense enclume noire qui s'était emparée du ciel. Ils avaient oublié le froid, les douleurs lancinantes que l'altitude clouait dans leurs corps, ils s'inondaient d'une vision qu'aucun homme n'avait pu imaginer, Dieu leur donnait la force d'affronter le Diable. Howard se baissa pour attraper sa boîte à dessin, elle était encore tiède. *L'Esprit II* résistait maintenant de toutes ses forces, le monstre l'attirait à lui, le ballon tentait de garder ses distances en pivotant sur lui-même tantôt dans un sens, tantôt dans l'autre, mais le nuage insistait.

— Il nous aspire, dit Gascogne.

Howard était sourd, ses sens n'étaient plus que ses yeux, avides, telles deux bouches affamées qui se dépêchent d'avaler. Il avait retiré son gant, l'équilibre restait stable pour dessiner, puis la nacelle fut prise de tremblements, Howard cria au ballon de se calmer, de l'aider; sa détermination était celle d'un soldat fou, mais l'aérostat n'y pouvait rien, le nuage s'amusait de son impuissance, il n'était qu'une minuscule coquille au milieu d'un océan déchaîné. Gascogne voyait la masse noire venir vers eux. Il s'apprêtait à tirer sur la corde permettant d'ouvrir la soupape supérieure, afin de les faire redescendre à toute vitesse et de saisir la dernière chance d'échapper à la mort si les vents leur étaient favorables. Il parlait encore le langage d'un homme lucide.

— C'est notre seule solution.

— Laisse-le faire.

— Mais il va nous aspirer.

Howard acquiesça, c'était leur route. L'humanité vivait depuis la nuit des temps avec un géant au-dessus d'elle, elle ignorait tout de lui. La raison commandait de fuir et la folie de rester. Ils fonçaient vers le mystère, lui faisaient don de leurs corps, c'était tout ce qu'ils pouvaient lui offrir et Howard le remerciait de s'en contenter. Les vents étaient de plus en plus violents, tourbillonnant selon des règles que Gascogne n'avait jamais rencontrées. Il n'y comprenait rien, alors il se plaça derrière Howard, passa les bras autour de lui et s'agrippa à la nacelle pour le stabiliser et lui servir de ceinture.

— Tu le tiens, prends-le ! Prends-le ce diable ! lui ordonna-t-il à l'oreille.

Ils ne faisaient plus qu'un. Les bras libérés, Howard dessinait le monstre qui se laissait faire tout en les attirant à lui. Le mur noir était à quelques mètres, fait d'une matière indéfinissable, les deux hommes se demandaient si le ballon allait se fracasser à son contact ou s'ils allaient mourir d'un phénomène inconnu. La nuit tomba, subitement, ils étaient en lui, il faisait le bruit d'un gigantesque soufflet. L'obscurité était traversée par d'épaisses lames blanches et bleues, des épées manipulées par une créature invisible illuminant les entrailles du nuage. Elles ressemblaient à une gorge tapissée de glace, à la voûte sans fin d'une cathédrale. Et après le jour, le noir retombait, formant un lac bouillonnant, la gorge éructait par le haut le fracas du tonnerre, le ballon était au milieu de ce maelstrom avec deux fourmis à bord qui survivaient de toutes leurs forces. C'était l'enfer. Après un répit, le feu et la fureur redoublaient, d'autres éclairs frôlaient le ballon, Gascogne guettait celui qui allait le transpercer et l'enflammer, l'un d'eux passa à quelques centimètres de la nacelle, sa lumière blanche l'éblouit et le vacarme qui suivit fit trembler tous ses os, son crâne, ses tympans sifflaient, il n'entendait plus rien, le son était aboli et Howard continuait, Howard dessinait. *L'Esprit II* se mit à vriller, formant une torche, mais lui non plus ne voulait pas abdiquer, il reprit forme et tomba, comme si une bouche l'aspirait par le bas. Il se retrouva au milieu d'un déluge de glace, Howard voyait enfin ce que Gascogne lui avait raconté de leur première expédition, cette glace qui descendait et croisait celle qui remontait. Howard était un lion, quand il avait terminé un dessin, il criait :

— Tiens !

Gascogne l'enfouissait rapidement dans son manteau et bloquait son compagnon pour qu'il capture le monstre sous toutes les coutures. À force de le retenir, ses bras pesaient des tonnes, ses mains gelaient, il s'était hissé sur des sacs pour protéger Howard des boules de glace qui filaient dans tous les sens, c'étaient des balles mortelles. La pluie succéda subitement à la grêle, des torrents jaillis de rivières soudaines, elle remplissait la nacelle, noyait les dessins d'Howard comme un assassin supprime ce qui pourrait servir de preuve contre lui, Howard les jetait à la figure du monstre en l'insultant et recommençait son travail. Le tonnerre avait cessé, ils traversèrent un long tunnel, une cage noire, les bruits avaient changé, ils étaient aigus, perçants, lancés par des fous qui se moquaient de ces intrus. Les deux hommes ne redoutaient rien, ils ne savaient plus s'ils montaient, descendaient, ils étaient là pour voir et non pour calculer. Les éclairs récidivèrent, la cathédrale s'illumina et la mitraille reprit, les grêlons avaient la taille de grosses oranges. Howard s'emparait de tout ce qu'il parvenait à arracher au nuage. Parfois, il entendait le bruit d'un choc, celui d'un grêlon venant de blesser Gascogne qui tenait bon sans émettre la moindre plainte, le visage strié de sang. Il résistait jusqu'à la dernière extrémité, faisant barrage avec son corps, il l'échangeait contre les dessins qu'Howard parvenait à exécuter, et il trouvait encore la force de scruter le ciel, de voir, voir encore, ne sachant plus s'il rêvait ou s'il n'était pas pris d'hallucinations causées par l'altitude. Mais son entendement était intact, il revoyait Diane, cela faisait à peine plus de deux heures qu'ils étaient partis, il avait l'impression de vivre en enfer depuis des siècles. Il ne regrettait rien, il remerciait chaque seconde qui passait d'être toujours vivant, à quelques millimètres du feu et de la mort. Il lâcha prise subitement, un énorme grêlon venait de se fracasser sur sa nuque, il s'effondra. Howard se retourna vers son compagnon, le regard effrayé, la raison revenue, il leva les yeux vers le sommet du ballon et lança en français, imitant Gascogne, le bras tendu vers le ciel.

— À toi, *L'Esprit*! À toi!

Il reprit son dessin pour figer encore quelques instants de démesure, ses dernières secondes de vie. L'aérostat se mit subitement à monter à une vitesse vertigineuse, les grêlons volaient, désordonnés, agressifs, ils frappaient Howard, lui reprochaient de résister. Une force invisible pressait son crâne, le torturait et le condamnait d'avoir été trop présomptueux. Son énergie, sa volonté, tout le fuyait, il n'avait plus l'équilibre pour dessiner encore. Son dernier réflexe fut de s'adresser une dernière fois au ballon, ses flancs étaient déchirés, lacérés, il lui dit merci, leur tombeau était là. Howard sentit un rideau noir glisser le long de son visage, il sortit de son cou la clef que lui avait remise Forster, il posa ses lèvres dessus et s'affala à son tour dans la nacelle, vaincu.

Des milliers de mètres plus bas, une couche de grêle recouvrait les rues de Londres. Tout le monde s'était mis à l'abri. C'était une averse un peu plus forte que d'habitude, mais rien d'exceptionnel. Le monstre avait survolé la ville, il avait semé ses grêlons, caché derrière un rideau de stratus. Il avait reçu la visite de deux hommes qui avaient percé son mystère, deux témoins gênants qu'il avait morigénés, broyés, éliminés, afin qu'ils ne témoignent pas de son existence. Le ciel n'appartient pas aux hommes. Il disparut. Des têtes se levaient pour vérifier que l'orage était bien passé. D'autres sondaient le ciel redevenu bleu, espérant y voir un ballon, fils de l'humanité. L'azur est aveugle, il n'avait rien vu, rien deviné du drame qui s'était joué devant lui.

À quarante kilomètres au nord de Londres, William Chester labourait la terre de son champ, avec ses deux chevaux. Il avait vu le ciel glisser telle une plaque de marbre noir, menaçante, il avait vu les lames de glace qu'il crachait vers le sol, mais ici, il n'avait projeté que son souffle chaud et quelques gouttes. Les chevaux tiraient un soc vers le sommet d'une petite colline, où les deux bêtes stoppèrent leur effort, intriguées par la présence d'un long drap blanc étendu sur le sol. William Chester se porta à leur hauteur et vit la nacelle disloquée ainsi que deux formes humaines allongées, inertes, à une centaine de mètres l'une de l'autre. Le laboureur marcha vers la plus proche, Howard était allongé sur le dos, la tête bleue et rouge, marquée par les impacts de grêle, William Chester le secoua doucement par l'épaule.

— Monsieur, monsieur !

Howard ne comprenait pas où il était.

— Je suis vivant ?

— Vous l'êtes. Vous n'êtes pas beau à voir, mais vous êtes vivant.

Il contemplait le ciel bleu, puis il leva sa main, bougea les doigts pour vérifier s'ils fonctionnaient encore et la plongea dans la poche où il avait glissé son dernier dessin. Il sentit le papier et demanda :

— Où est Paul ?

— Il y a quelqu'un d'autre là-bas. Je ne sais pas encore s'il est vivant. D'où venez-vous ?

Comment raconter que l'on revient d'un tel voyage sans passer pour un fou ? Howard voulut se mettre debout, mais une douleur violente lui traversa le corps, il avait une jambe cassée.

Il se mit à hurler de toutes ses forces :

— Paul ! Paul !

Pas de réponse. William Chester passa ses mains sous les aisselles d'Howard.

— Appuyez-vous sur moi.

Howard avançait vers Gascogne sur une jambe, son cœur martelait sa poitrine, il ne décelait aucun signe de vie, il refusait le drame, le redoutait. Il aperçut les restes de *L'Esprit II* déchiqueté, la nacelle avait imprimé sur la terre une trace de plusieurs dizaines de mètres, il cria de nouveau :

— Paul !

Il ne bougeait toujours pas, le regard pointé vers le ciel, le visage boursouflé, bleu, rouge de sang et noir de terre. Quand Howard le rejoignit, il esquissa un sourire. Luke s'assit à ses côtés et Gascogne murmura :

— Il nous a graciés.

Howard hocha la tête.

— Il n'était pas si méchant que ça, ajouta Gascogne. – Il désigna des yeux la poche où il avait enfermé les dessins. – Ils sont toujours là ?

Howard y enfonça sa main.

— Oui.

Gascogne plissa les lèvres, satisfait.

— Je crois que je suis cassé.

Howard s'allongea à côté de son compagnon pour lui nettoyer le visage. Il demanda à Chester de leur porter de l'eau, le paysan se signa, ces hommes étaient une énigme.

— Je n'ai pas mal, Luke. Je n'ai pas mal. J'ai chaud.

53

Trois mois après leur expédition, Howard et Gascogne étaient assis dans une salle de l'Askesian Society, Luke dans un fauteuil de cuir noir et Paul dans sa chaise roulante. Ils attendaient. Sur un mur, on avait accroché la première page du *Gentleman's Magazine* qui titrait: «Les deux hommes et le Monstre», avec les portraits des deux explorateurs amochés, devant un nuage noir qui dévorait le ciel. L'article était signé Thomas Forster et les illustrations Silvanus Bevan, dont Markham avait ordonné le rapatriement de la ligne de front, Mariabella ayant exigé que ce soit lui qui dessine cette épopée à partir des croquis d'Howard. Ils s'amusaient du brouhaha fiévreux provenant de la salle de conférences, pleine à craquer, on avait refusé des milliers de spectateurs.

— Tu crois qu'ils sont venus pour nous?

Howard s'amusa à jouer l'hésitation.

— Il semblerait.

— C'est ma mère qui serait contente, elle a toujours été cabotine, théâtrale… un peu trop libre aussi.

Howard se tourna vers Gascogne mais ne sut pas la fin de l'histoire, Mariabella entra dans la pièce, essoufflée, suivie de Silvanus, les cheveux courts, bien rasé, il portait un carton à dessin.

— On est prêts, dit Mariabella. Il y en a un de plus.

Elle sortit du carton un dessin que Silvanus avait terminé dans l'urgence, elle le présenta aux deux hommes.

— C'est beau. On dirait une peinture religieuse, dit Gascogne.

Howard se leva sans donner son avis et se plaça dans le dos de son compagnon pour pousser sa chaise roulante. Ils prirent un long couloir qui se terminait par un escalier permettant d'accéder à la scène.

— Ah, dit Gascogne, voilà un autre défi !

L'organisateur de la soirée était le même que la fois précédente, il s'excusa de ne pas avoir pensé à cette situation et réclama quelques secondes pour aller chercher de l'aide.

— Ce n'est pas la peine, dit Howard. Il y a de quoi s'asseoir ?

Silvanus jeta un coup d'œil vers l'estrade.

— Oui. Il y a deux chaises.

Howard se plaça devant Gascogne et se baissa.

— Monte !

Gascogne passa ses bras autour du cou d'Howard qui le hissa sur son dos et prit les six marches de l'escalier.

— Je ne suis pas trop lourd, monsieur Howard ? Voulez-vous que je lâche un peu de lest ?

— Ça ira, monsieur Gascogne !

Le tumulte de la salle s'éteignit subitement, le public sentait l'arrivée imminente des deux hommes. L'atmosphère devint électrique, bruissante d'impatience, le parquet craquait sous les talons des plus petits qui voulaient se grandir. Les auditeurs scrutaient sans ciller la scène encore vide, se demandant comment ils allaient apparaître, pareils à leurs semblables ou à des dieux vivants. Quand ils virent la façon dont les deux héros se présentèrent à eux, certains s'en amusèrent, d'autres étaient déçus, ne comprenant pas pourquoi deux êtres qui avaient dominé le ciel se dévoilaient au monde avec une telle désinvolture. Une personne se mit à applaudir et les autres, dont Thomas Forster, firent de même, pendant de longues minutes. Les deux hommes s'assirent côte à côte, laissant la salle leur être reconnaissante, puis Howard leva la main, sûr de lui, ce n'était plus l'homme qui avait présenté trois ans plus tôt sa théorie, sa voix était plus grave.

— Je vous dois des excuses. Je vous avais décrit le nuage qui produit la pluie, celui qui produit la neige, je ne vous avais pas parlé de la grêle, ou si peu, car mes connaissances en la matière étaient faibles. Ma classification était incomplète et je dois avouer qu'elle le restera, pour la simple raison que je n'ai pas encore tout compris à propos de…

La colère s'empara instantanément d'une partie du public qui crut à une tromperie et à l'absence des révélations tant espérées. Howard dut hausser le ton pour la calmer.

— … mais je vous rassure, nous l'avons vu, aussi clairement que l'on vous voit, de l'extérieur et même de l'intérieur. Nous l'avons vu !

La foule est changeante. À son indignation succéda immédiatement un frisson d'excitation et de curiosité. Howard fit signe à Silvanus d'extraire de son carton le premier dessin de la série et de le présenter au public. Il représentait une énorme colonne noire, avec des vagues dégoulinant sur ses flancs. Une rumeur de stupéfaction parcourut l'auditoire. Les spectateurs les plus lointains pressaient ceux qui se trouvaient devant eux.

— On est trop loin ! On veut voir ! hurlaient certains.

Les images suivantes furent présentées dans un ordre qui respectait la chronologie de l'expédition, invitant l'assemblée à découvrir le nuage progressivement, comme ils l'avaient eux-mêmes approché. Chaque illustration provoquait un choc, l'étonnement allait croissant, frisant l'hystérie quand on découvrit le monstre de l'intérieur. Un imperceptible contentement éclairait le visage d'Howard, il s'adressait à Silvanus, le félicitait pour son talent qui avait fidèlement reproduit leurs souvenirs. Le noir était la couleur dominante. Quelqu'un s'écria :

— Est-il vraiment aussi sombre ?

— Les couleurs sont conformes à ce que nous avons vu, confirma Howard.

— Il est effrayant, s'exclama une spectatrice. C'est vraiment une reproduction fidèle ou vous avez forcé le trait ?

— Il est ainsi, rigoureusement ainsi.

— Peut-on savoir quel nom vous lui avez donné? demanda un autre.

— Aucun.

Les questions fusaient, s'enchaînaient à toute vitesse, venant de toute la salle. Howard ne pouvait toutes les satisfaire.

— C'est le diable, ce nuage, il pourrait s'appeler le nuage du diable, *diaboli nubes*.

— Ou *diabolus* tout simplement! *Diabolus*, ce serait pertinent d'après ce qu'on voit.

— Pourquoi pas de nom?

— Parce que l'honnêteté m'impose de vous dire que je ne connais pas suffisamment ce nuage, la façon dont il fonctionne pour lui en donner un. Laissez-moi encore un peu de temps ou laissons le soin aux générations futures de le nommer. Nous en sommes au début de son étude. C'est la rigueur de la science qui l'exige.

Des cris de mécontentement s'élevèrent du public.

— D'autres le feront à votre place, des Français peut-être, alors que c'est vous qui l'avez découvert.

— C'est l'Angleterre, c'est notre pays. Vous êtes anglais, Howard!

— Est-on sûr au moins qu'il s'agit du dernier nuage?

Howard resta évasif. Après les vivats, la foule s'apprêtait déjà à douter du héros. Il s'en moquait, les critiques étaient inconsistantes comparées au déluge de feu et de glace qu'ils avaient essuyé là-haut, elles lui faisaient penser à des postillons, à des moutons qui bêlent en suivant le même chemin. En revanche, Gascogne sentait bouillir la colère en lui, il ne supportait pas la versatilité du public et prit la parole à son tour.

— Non, ne criez pas! Vous n'avez pas le droit de protester, cet homme est le plus rigoureux que je connaisse. Vous voulez une réponse à tout, immédiate, la science n'a pas réponse à tout.

— Allons bon! râla un auditeur.

— Qui sait si les objets n'ont pas une âme?

Certains se mirent à rire, considérant que le fabricant de ballons perdait la raison et qu'il n'était pas légitime pour s'exprimer dans une conférence qui dépassait ses compétences.

— Riez, riez, un jour le monde ne parlera qu'une seule langue.

— Espion! vociféra un homme.

Le ton monta subitement. On s'empoigna. Des voix s'élevèrent contre cette insulte qui n'avait pas lieu d'être vis-à-vis d'un homme qui avait accompli un exploit hors du commun. Gascogne poursuivit, imperturbable.

— Je me pose la question à propos de notre ballon, *L'Esprit II*, ainsi que de son prédécesseur. Qu'ont-ils fait quand nous avons perdu connaissance? Comment se sont-ils comportés? Ont-ils subi la loi du nuage ou ont-ils pris les décisions qui nous ont sauvés?

La sortie de Gascogne surprit l'assistance ainsi qu'Howard qui ne put s'empêcher de sourire et, d'un accord tacite, ils décidèrent de s'amuser de cette salle. Ils flottaient au-dessus d'elle, ils étaient légers, libres, délestés, l'opinion que les autres avaient d'eux était sans importance. Il n'y avait pas de mots pour raconter ce qu'ils avaient vécu. Ils étaient revenus brisés, mutilés, rassasiés, alors ils se mirent à broder, à improviser, leurs lèvres étaient agiles. Gascogne fit signe à Silvanus de lui passer le dernier dessin, celui qu'il avait secrètement achevé avec Mariabella et il le brandit à bout de bras, en hurlant, pour galvaniser la foule qui ne demandait qu'à s'enflammer.

— Et qui sait si le miracle de notre survie n'est pas là, dans la main de Luke Howard?

Le public poussa un «Ho!», le désordre parvint à son comble. Ceux qui ne distinguaient pas le détail étaient prêts à piétiner ceux qui les gênaient. L'image montrait Howard tenant entre ses doigts la clef de Rachel, il la portait à ses lèvres comme s'il embrassait une croix, les yeux levés vers le ciel. La grande majorité des auditeurs prétendaient être des scientifiques, ayant peu d'appétit pour les superstitions, mais le portrait d'Howard réveilla la religion seulement assoupie chez nombre d'entre eux, ils se mirent à applaudir, certains se signèrent pendant que les irréductibles athées se taisaient. Howard remercia Gascogne de la tête, avec gravité, puis son regard balaya la salle et se posa sur Forster, submergé par l'émotion, les mains collées sur ses joues. Puis il s'attarda longuement sur Mariabella, il avait envie de la prendre dans ses bras, de la soulever de terre pour la désigner au public en disant : « C'est elle ! Mon inspiration, mon guide, ma force ! C'est elle qui a rendu l'impossible faisable, c'est elle qui a repoussé l'ignorance, elle que vous devez applaudir, je n'étais que son soldat. » Elle lui envoya un baiser en soufflant dans sa main. Gascogne s'était tu, les deux hommes n'avaient plus rien à ajouter. Ne sachant que faire ni que dire, la foule ne voulait pas les perdre de vue mais les retenir encore, rester à leur contact, les toucher. Un spectateur osa monter sur scène, puis un autre. Howard et Gascogne serrèrent des mains pendant une bonne heure.

Au même moment, Alexander Tilloch cuvait son vin dans une taverne. Chaque jour qui passait le rendait un peu plus méconnaissable, il était rongé par l'alcool, lui abandonnait son être jusqu'à ce qu'il l'achève. Quand on le questionnait sur les exploits de Luke Howard, il disait ne pas connaître cet individu. Nul ne savait s'il l'avait réellement oublié ou s'il faisait semblant. Il n'ouvrait plus la bouche. Les rares fois où il le faisait, c'était pour dire que la vérité gisait au fond d'un verre de gin. William Markham ne s'était pas déplacé à l'Askesian Society, la conférence n'avait rien à lui révéler qu'il ne savait déjà. Howard et Gascogne avaient été interrogés longuement par l'Intelligence Service sur l'altitude atteinte, les réactions de leurs corps, toutes choses susceptibles d'avoir une application militaire. Markham n'avait pas quitté son bureau, préférant relire un article qu'il s'apprêtait à publier, à propos d'une ruine du Nord de l'Angleterre. Diane avait quitté Londres et son amant pour se rendre à Lisbonne. Convaincu qu'elle ne servait plus à rien auprès d'un fabricant d'aérostats cassé, Markham lui avait ordonné de tomber amoureuse d'un noble portugais qui produisait un excellent porto et dissimulait dans ses barriques de la poudre destinée aux catholiques irlandais. Quant à Pitt, réticent à l'idée de dévoiler au monde et aux Français l'exploit réalisé dans le ciel de Londres, il avait finalement levé son veto, pour la gloire du royaume. L'idée de construire une flotte de ballons pouvant survoler celle de l'Armée française avait été abandonnée. Alors que Luke Howard et Paul Gascogne serraient encore des mains, la Grande Armée quittait Boulogne, elle faisait route vers l'est, en direction du Rhin, pour aller faire la guerre aux Autrichiens.

Note de l'auteur

Luke Howard a réellement existé. Il est l'homme qui a nommé les nuages. Quand j'ai découvert sa nomenclature latine, une absence a immédiatement attiré mon attention, celle du cumulonimbus. Or, ce nuage est le plus grand et le plus spectaculaire des habitants du ciel. Comment un œil aussi avisé que celui d'Howard a-t-il pu passer à côté de l'existence de ce géant ? J'ai cherché, trouvé quelques réponses, pas toutes, alors je me suis mis à imaginer, à inventer mes propres « archives ».

Un autre fait m'a interpellé, il s'agit de la polémique née précisément de la volonté d'Howard d'utiliser, à la place de l'anglais, une langue transparente, selon ses termes, pour décrire le ciel. Même si elle n'a pas atteint l'intensité que je lui donne, il m'a semblé que cette piste méritait d'être exploitée. Force est de constater que le poison du nationalisme trouve toujours une brèche par où s'immiscer. Le fait qu'il sévisse quand il s'agit de décrire un phénomène fugace et indifférent aux frontières, était particulièrement inspirant.

Mes recherches m'ont mené dans une multitude de directions. J'ai fini par visualiser le Londres du tout début du XIXe, par ressentir son effervescence scientifique, médiatique, industrielle, démographique, par mesurer la peur incessante des Anglais d'une attaque française. Comme Luke Howard était quaker, j'ai aussi découvert le fonctionnement singulier de cette communauté religieuse, et saisi l'opportunité d'explorer un autre thème, la cohabitation dans un esprit de chercheur, de la foi et de la science.

S'agissant de l'écriture, la seule rigueur que je me suis imposée était de construire un récit fidèle au contexte historique, scientifique, technique… de cette période, tout en mettant en scène des contemporains de Luke Howard, mais en prenant quelques libertés avec leur vécu. Ayant trouvé très peu d'informations sur celle qui a passé sa vie avec l'inventeur des nuages, j'ai fait de Mariabella Howard un personnage épris de science, mais bridé par la religion et par son statut de femme. Ce couple atypique m'a permis de faire un lien entre le début du XIXe siècle et notre époque, avec cette situation qui se répète inexorablement : d'un côté la science qui ne cesse de progresser et, de l'autre, les esprits qui stagnent. S'agissant de Goethe, il a publiquement exprimé sa profonde admiration pour l'ouvrage rédigé par le météorologiste, *Sur les modifications des nuages*. Il n'est pas totalement exclu que ces deux hommes se soient rencontrés sur le tard, mais pour être honnête je les aurais mis en relation de toute façon. Tant que les événements imaginés s'imbriquaient avec la réalité d'une façon plausible, je ne me suis rien interdit. J'ai inventé les rencontres entre Howard et Beaufort, Howard et le roi George III, le conflit opposant les patrons de presse William Markham et Alexander Tilloch… Souvent, avec les découvreurs, l'Histoire et la légende s'entremêlent. Je me suis plu à entretenir ce flou, à imaginer des expéditions et des personnages hors norme.

Bibliographie

HOWARD (Luke), Sur les modifications des nuages, édition présentée par Anouchka Vasak, Éditions Hermann, Paris, 2012

PRETOR-PINNEY (Gavin), *Le Guide du chasseur de nuages*, Éditions JC Lattès, Paris, 2007

HAMBLYN (Richard), *L'Invention des nuages*, Éditions JC Lattès, Paris, 2003

RANKIN (Colonel William), *L'Homme qui chevaucha le tonnerre*, Éditions France Empire, 1961

LAMARCK (Jean-Baptiste de), *Annuaire météorologique pour l'an X*, Muséum d'Histoire naturelle, Maillard, Paris, 1802

SIMMS (Frederick Walter) et SANTIN (Eugène), *Construction des tunnels de Bleckingley et Saltwood*, L. Mathias, Paris, 1845

CLARKSON (Thomas), *Histoire des quakers, suivie du récit de la réforme opérée dans la prison de Newgate, à Londres, par le Comité des Dames*, Paschoud, Genève, 1820

RAGARU (Jean-Claude), 1783, *Charles invente le ballon à gaz*, Éditions du Petit Pavé, 2022

GLAISHER (J.), FLAMMARION (Camille), DE FONVIELLE (W.) et TISSANDIER (Gaston), *Voyages aériens*, Librairie Hachette, Paris, 1870

ACKROYD (Peter), Londres, Éditions Philippe Rey, Paris, 2016

SIMOND (Louis), *Voyage à Londres : 1810-1811*, Éditions La Bibliothèque, Les Lilas, 1992

LAMBOLEY (Claude), «Étienne-Gaspard Robertson (1763-1837), Fantasmagore oublié. Précurseur des trucages cinématographiques», *Bulletin de l'Académie des sciences et lettres de Montpellier*, t.48, 2017

GUIBERT (Marie-Sophie), «Un apothicaire dans sa boutique en 1765», *Revue d'histoire moderne et contemporaine*, t. 33, n° 4, 1986 ; pp. 608-621

Ainsi que les innombrables liens trouvés dans la bibliothèque internet.

Remerciements

Merci à Karima Gamgit, Pascale Gloaguen, Sofia Marty, Xavier Popineau, Jean-Claude Ragaru, David Smith, Florence Sultan, Anouchka Vasak, pour leurs connaissances et leur contribution précieuses à l'existence de ce roman.
Mes profonds remerciements aussi à Isabelle et Hervé Chopin ainsi qu'à toute l'équipe des Éditions Hervé Chopin pour leur accueil chaleureux au sein de leur Maison.
Merci aussi à l'équipe d'Interforum et à la bibliothèque de Bordeaux pour les ouvrages qui m'ont livré de précieux renseignements.
Et un merci tout particulier à Marie qui m'encourage, depuis quelques années déjà, à écrire ce roman.

PEFC
10-31-3532

Dépôt légal 3e trimestre 2025
ISBN 9782357209237

Directrice éditoriale : Isabelle Chopin
Conception de couverture : Louise de Sagazan, © Éditions Hervé Chopin
Maquette : Point Libre

Imprimé en France

32, rue Lafaurie de Monbadon – 33000 Bordeaux
www.hc-editions.com